唐宋詞風景

王基倫　著

五南圖書出版公司　印行

謹以此書紀念

國立臺灣師範大學國文學系教授
淡江大學中國文學學系榮譽教授
陳文華先生（一九四六～二〇二〇）

自序

書稿完成即將付梓時，才發覺文華老師去世三年了。此時完成書稿，想起當年老師引領我們走入詩詞殿堂的場景，心中眞有百般不捨。老師的爲人與教學風範，令人懷念不已，讀者可參考本書附錄一：〈陳文華老師的詞選課〉。此處我想說的是，學生能略懂皮毛，都是經由老師教誨而成；有些老師課堂上帶來的觀念，譬如詞中有虛有實的結構安排，已經成爲學生後來欣賞文學作品的方式之一，更有其他許多課堂上的知識提點，早已內化於心，成爲後來形塑個人淺見的源頭。原來一位博學多聞的好老師，影響學生可以如是之深。這本書的完成，首先須感謝老師當年滿腔熱誠勤勤懇懇的教導。

詞以宋詞爲大宗，上溯源中晚唐、五代，下延伸至民國，讀者品味詞作，往往經由編者精選好詞，嘗鼎一臠，欣賞到上乘的作品。詞選集雖然由精選好詞開始，但是讀者往往沈浸在美好的抒情感受，卻不知道美從何處來？或者說，讀者流於個人的心得體會，往往知其然而不知其所以然，無法告知後學這闋詞何以寫得如此美好？儻若讀者的所知所感都是由他者的轉譯而來，不免於拾人牙慧，那麼我們不禁要問：身爲讀者，有沒有辦法自己體會出一二呢？讀詞從何處入門，有何視角，才能進入堂廡？

理論終究由實證而來。劉勰《文心雕龍．知音》說：「操千曲而後曉聲，觀千劍而後識器。」因此本書仍然經由選詞分析的途徑，先列出原文，再作題解、注釋、語譯的解讀，尋求讀者明瞭語義的情況下，進行文學欣賞。前人選集選出的經典佳作，有時不得不選，因爲經典作品，萬古彌新。而本書能做的努力，在於推陳出新，解析深入而又與眾不同，其目的是要讓讀者更爲全方位的關照到好詞，從中體認到鑑賞詩詞的角度。

大致說來，塡詞者受到時代風氣的影響，先出現了「本意詞」和「白描」作法，這是因爲詞源自民間歌謠，一開始並非文人亟力經營的文體。與此同時，前代文學傳統也會源遠流長的保留下來，諸如「對面著筆」和運用感官功能進行摹寫，在早期詞作就經常出現，我們看到五代時期《花間集》頗多代言女性，追求細膩入微的描寫，走向含蓄婉約的風格，都是循此發展的表徵。既然作家會用五官功能感知這個世界，自然面對廣袤無垠的「空間」、四時朝暮的「時間」有所感動，連帶地對古往今來的歷史事件會有感懷，此所以有「詠史」詩詞的出現。詠史詞登場，代表詞已成爲文人羣體創作的舞臺，於是用典、詠懷於詠史詞常見，而「比興」、「虛實」、「點染」這些高度的寫作技巧，競相紛陳，最後文人從遵守格律體製，又想突破體製束縛的拉鋸中，產生「本色」與「破體」之爭。「破體」的主要表現有「以詩爲詞」和「以文爲詞」二途。嚴格說來，二者用意與承擔使命不同，在文學史上的影響也大不相同。

以上說明了詞作寫法的流變，其中似有一脈絡發展，而事實上更有交錯融合的現象。也就是說，一闋詞當中有時有此技巧，同時可以兼有其他技巧。因爲上述詞家作法的分類，並非來自單一標準，各種寫作技巧有的是從內容看出端倪，如本意詞、詠史等，有的從寫作手法看出大概，如對面著筆、感官摹寫、比興、虛實、點染，有的從形式體製看出蹊蹺，如破體，更多的時候，這些技巧都是跨域的演出，一種技巧常常兼涉內容與形式或其他。如溫庭筠〈更漏子〉（玉爐香）上片寫室內，用視覺寫；下片寫室外，用聽覺寫；而歐陽脩〈臨江仙〉（柳外輕雷池上雨）上片寫室外，從聽覺寫起；下片寫室內，用視覺寫入，他們同時涉及空間與感官摹寫的安排。遇到類似的例子，我們只能將詞作擇一置放。

這本書追求每一章有一個鑑賞的主題，每一個主題下選數闋詞爲證。然而不容諱言的是，還有許許多多的技法未及呈顯。譬如詞有上片與下片作不同思考的寫法，這在詞中極爲普遍。其中上片寫景，下片寫情的詞作就不勝枚舉，本書介紹了白居易〈長相思〉（汴水流）、李煜〈子夜歌〉（人生愁恨何能免）、〈清平樂〉（別來春半）、范仲淹〈蘇慕遮〉（碧雲天）、范仲淹〈漁家傲〉（塞下秋來風景異），歐陽脩〈踏莎行〉（候館梅殘）、柳永〈八聲甘州〉（對瀟瀟）、秦觀〈滿庭芳〉（山抹微雲）都有此寫法，也介紹了王安石〈桂枝香〉（登臨送目）上片寫眼前的景、下片寫過往的史事，蘇軾〈江城子〉（十年生死兩茫茫）上片寫現實世界，下片轉寫虛幻夢境、陸游〈夜遊宮〉（雪曉清笳亂起）上片寫虛幻夢境，下片轉寫現實世界，以上討論得夠多了，卻沒有適當的地方介紹晏幾道〈鷓鴣天〉（彩袖殷勤捧玉鍾）上片寫當年歌舞之樂，下片寫今日落寞之悲。筆者也注意到詞有男性代言女子生活的寫法，如馮延巳〈謁金門〉〈風乍起〉、周邦彥〈少年遊〉〈并刀如水〉；也有詞人自畫像，如蘇軾〈定風波〉〈莫聽穿林打葉聲〉、〈臨江仙〉〈夜飲東坡醒復醉〉、〈卜算子．黃州定慧院寓居作〉〈缺月挂疏桐〉、李清照〈念奴嬌〉〈蕭條庭院〉等，其中只介紹過最後一例。這裏不得不提示讀者，詞作還有許多鑑賞方式，有待細心品味。

綜上所述，筆者不避謙遜，試著提出本書的優點有：

一、本書比對參酌各家版本的原文，選擇文義較能正確抒情敘事者用之。詞經過坊間傳唱過後，常有不同的文字樣貌，亦須加以釐清。

二、【題解】部分，說明了詞牌的名稱由來，格律的要求，讓讀者理解有些作家是依循詞牌填詞，早期多有合乎詞牌原意的作品出現，謂之「本意詞」。後來的作家，只將詞牌當作曲調來用，以至於詞牌內容常有不同的重點訴求。

三、【注釋】、【語譯】讓讀者明瞭內容，說明詞的大意，也說明相關的典故，看出詞家爲何能活化用典，轉出新意。

四、【賞析】盡量把詞作的寫作時間、地點說明清楚，通過知人論世的工夫，瞭解一闋詞的創作背景。關於前人或今代大家的說法，有時適度採用，有時比較前人評語之間的同異，說明何者更佳，有時也做糾繆舉證的工作，其中更多的部分是加入筆者個人的見解。希望能透過深度賞析，提出個人觀點，讓讀者耳目一新，有充實鑑賞能力的機會。本書在這方面著力甚多，因爲筆者堅持：讀書不是依賴電腦收集資料的工作，而是有賴於人腦用思考去體會生命的歷程。

五、【評箋】精選有心得之言，不以夸多附會爲尚。

六、本書以寫作主題爲鑑賞方式的角度，可供學習塡詞者參考，也可以作爲後續學術研究主題的參考。

筆者認爲，中文系的治學方法只有「文本細讀」而已，這方法老套卻很實在。讀者經由文本細讀而瞭解作者的情思，也經由後世評說者的文本再細讀，才能產生與評說者相互交流又能共鳴的場境。當然，這方法也有它的局限，來自原作者或後世評說者的局限都有可能。因此任何一篇作品都可以經由不同的詮釋者提出各自不同的理解，不斷提出創造性詮釋，才有臻至完美詮釋之可能。好的詞篇不厭百回讀，好詞的創造性詮釋鑑賞也是不厭百回讀。

目錄

六、時間 139

詞篇目錄（依創作年代先後排列）

■溫庭筠〈更漏子〉（玉鑪香）（頁076）
■韋莊〈女冠子〉（四月十七）（頁031）
■韋莊〈女冠子〉（昨夜夜半）（頁035）
■鹿虔扆〈臨江仙〉（金鎖重門荒苑靜）（頁193）
■李璟〈攤破浣溪沙〉（手卷真珠上玉鉤）（頁221）
■馮延巳〈鵲踏枝〉（誰道閒情拋棄久）（頁142）
■李煜〈虞美人〉（春花秋月何時了）（頁050）
■李煜〈子夜歌〉（人生愁恨何能免）（頁055）
■李煜〈相見歡〉（林花謝了春紅）（頁059）
■李煜〈相見歡〉（無言獨上西樓）（頁063）
■李煜〈清平樂〉（別來春半）（頁114）
■李煜〈破陣子〉（四十年來家國）（頁148）

■辛棄疾〈摸魚兒〉（更能消幾番風雨）（頁231）
■辛棄疾〈青玉案〉（東風夜放花千樹）（頁315）
■辛棄疾〈破陣子〉（醉裏挑燈看劍）（頁268）
■辛棄疾〈西江月〉（醉裏且貪歡笑）（頁326）
■辛棄疾〈清平樂〉（茅簷低小）（頁329）
■辛棄疾〈南鄉子〉（何處望神州）（頁239）
■辛棄疾〈永遇樂〉（千古江山）（頁243）
■姜夔〈揚州慢〉（淮左名都）（頁271）
■姜夔〈暗香〉（舊時月色）（頁250）
■姜夔〈疏影〉（苔枝綴玉）（頁256）
■陸游〈夜遊宮〉（雪曉清笳亂起）（頁134）
■蔣捷〈虞美人〉（少年聽雨歌樓上）（頁179）

一、本意詞

每一闋詞都有詞牌，詞牌有如今之歌譜。剛開始一首曲調流傳開來時，曲調有它基本的調性、適合演奏的場域，於是詞人配合曲調的特質而作詞，這種詞意內容和詞牌名稱相符的詞作，就稱之爲本意詞。早期詞作如張志和〈漁歌子〉寫湖海隱居者的生活（參見本書第二八三頁）、白居易〈憶江南〉寫懷念江南的風光，劉禹錫也有〈憶江南〉，[1]溫庭筠題作〈夢江南〉，他們三人所寫的題意都很接近。白居易〈長相思〉、溫庭筠〈更漏子〉（參見本書第七十六頁）、李煜〈憶江南〉[2]也是本意詞。到了後來，詞牌和題意漸漸不掛勾了，於是本意詞愈來愈少，但

1 唐．劉禹錫〈憶江南〉其一：「春去也，多謝洛城人。弱柳從風疑舉袂，叢蘭浥露似霑巾，獨坐亦含嚬。」其二：「春去也，共惜豔陽年。猶有桃花流水上，無辭竹葉醉尊前，惟待見青天。」

2 南唐．李煜〈憶江南〉其一：「多少恨，昨夜夢魂中。還似舊時遊上苑，車如流水馬如龍。花月正春風。」其二：「閒夢遠，南國正清秋。千里江山寒色暮，蘆花深處泊孤舟。笛在月明樓。」

是還有佳作，譬如張先〈江南柳〉寫折柳送別的故事；[3]蘇軾〈臨江仙〉寫出「小舟從此逝，江海寄餘生」，有意求仙的生命追求；[4]秦觀〈鵲橋仙〉寫牛郎、織女一年相會一次的故事，也和喜鵲搭橋的傳說密切相關；李清照〈如夢令〉藉清晨起牀詢問昨夜風雨，表達惜春的心情；她的〈聲聲慢〉寫丈夫去世後的落寞心境，儻若低聲句句慢讀，更能領略箇中滋味（參見本書第六十六頁）；蔣捷〈聲聲慢〉寫秋聲，整首詞全用「聲」字押韻，秋聲、風聲、更（ㄍㄥ）聲、鈴聲、笳聲、砧聲、蛩聲、雁聲，一韻到底。[5]這也是本意詞！還有賀鑄〈踏莎行〉這闋詞寫道：「楊柳回塘，鴛鴦別浦，綠萍漲斷蓮舟路。斷無蜂蝶慕幽香，紅衣脫盡芳心苦。　返照迎潮，行雲帶雨，依依似與騷人語。當年不肯嫁春風，無端卻被秋風誤。」詞的內容原與詞牌無關，但是這闋詞傳播甚廣，後人乾脆改稱詞牌名爲〈芳心苦〉，於是變相成爲本意詞了。這不是特例，有許多詞牌被更換名稱，就是因爲與詞作內容更相符而改換詞牌名。由此可知，本意詞是詞作早期發展留下來的痕跡，後世作品雖少，仍然綿延不絕。以下我們選五首爲例。

（一）白居易〈憶江南〉　三首之一

江南好，風景舊曾諳①。日出江花紅勝火，春來江水綠如藍。能不憶江南？

【題解】

〈憶江南〉，詞牌名。宋王灼《碧雞漫志》說：「此詞乃李德裕爲謝秋孃作，故名〈謝秋孃〉，因白居易詞更今名，又名〈江南好〉，又因劉禹錫詞有『春去也，多謝洛城人』句，名〈春去也〉；溫庭筠詞有『梳洗罷，獨倚望江樓』句，名〈望江南〉；皇甫松詞有『閒夢江南梅熟日』句，名〈夢江南〉，又名〈夢江口〉；李煜詞名〈望江梅〉。此皆唐詞，單調，至宋詞始爲雙調。」這裏說明了詞牌發展之初，詞牌名稱並未固定下來。〈憶江南〉這個詞牌就有許多別名，如〈安陽好〉、〈夢遊仙〉、〈步虛聲〉、〈壺山好〉、〈望蓬萊〉、〈歸塞北〉等。這是因爲曲調濫觴於民間，各地方民眾隨口命名，人人言殊。

---

3 宋．張先〈江南柳〉：「隋堤遠，波急路塵輕。今古柳橋多送別，見人分袂亦愁生。何況自關情？斜照後，新月上西城。城上樓高重倚望，願身能似月亭亭，千里伴君行。」

4 宋．蘇軾〈臨江仙．夜歸臨皋〉：「夜飲東坡醒復醉，歸來髣髴三更。家童鼻息已雷鳴。敲門都不應，倚杖聽江聲。　長恨此身非我有，何時忘卻營營？夜闌風靜縠紋平。小舟從此逝，江海寄餘生。」

5 宋．蔣捷〈聲聲慢〉：「黃花深巷，紅葉低窗，淒涼一片秋聲。豆雨聲來，中間夾帶風聲。疎疎二十五點，麗譙門、不鎖更聲。故人遠，問誰搖玉佩，簷底鈴聲。　彩角聲吹月墮，漸連營馬動，四起笳聲。閃爍鄰燈，燈前尚有砧聲。知他訴愁到曉，碎噥噥、多少蛩聲。訴未了，把一半、分與雁聲。」

然而，誰的詞作有佳言美句，流傳更廣，名聲更大，就會用他的詞句當作詞牌名稱。再者，早期的詞牌曲調較爲簡單，配合曲調而來的文句也較短，到了後世，有時把原來的曲調重唱一次，就變成了雙調，產生了詞分上片和下片，而且常見上片與下片字數相同的情形。這闋〈憶江南〉的單調體，共二十七字，三言一句，五言二句，七言二句，平聲韻。雙調體，共五十四字，即前調加一疊。

【作者】

白居易，字樂天。生於唐代宗大曆七年，卒於武宗會昌六年（七七二～八四六年），年七十五。貞元十四年（七九八年）進士，補校書郎。元和二年（八〇七年），入翰林院爲學士，遷左拾遺。牛、李黨爭興，貶江州司馬。累遷杭州、蘇州刺史。文宗太和初，召還刑部侍郎，武宗會昌初，以刑部尚書致仕。晚年居洛陽，慕浮屠，自號醉吟先生，又號香山居士。工詩，倡導新樂府，以反映社會民情，通俗易解爲特徵。詩與元稹齊名，時稱「元白」，且與劉禹錫唱酬多，時稱「劉白」。文亦有名，著有《白氏長慶集》。

【注釋】

①諳：熟悉之意。

【賞析】

正因爲江南的美好，在白居易心中留下深刻的印象，所以他才會憶起江南。首句短短三個字就揭露了主題。接著作者補充說道：江南的美好是因爲過去對它的熟悉。最熟悉的是風景，「日出江花紅勝火，春來江水綠如藍」，這正是難以忘情的地方。「日出」、「春來」，互文見義。「日出」時有「江花」、有「江水」，「春來」時也有「江花」、也有「江水」。春來百花盛開和紅光普照，凸顯了春色的豔紅亮麗，而春江水滿時，那碧波也在陽光輻射下，藍得更藍。把「江水」納進來寫顏色，在詩詞中較少見。紅、綠、藍色交相輝映，加強了色彩的鮮明性，明亮的色彩鋪滿了大地。

整闋詞以追憶的情懷，寫出「舊曾諳」的江南春景。此時作者身在洛陽，而洛陽的「花寒懶發」，[6]使他更回憶江南「日出江花紅勝火」的季節。作者發自內心讚歎「江南好」，在寫出「舊曾諳」的江南美景之後，最後又以眷戀之情，道出「能不憶江南？」用問句收束全詞，形成悠遠深長的韻味。

---

6 唐．白居易〈魏王堤〉：「花寒懶發鳥慵啼」，寫唐朝的洛陽風景。

【評箋】

明．沈際飛《古香岑草堂詩餘．別集》：較宋詞自然有身分，不知其故。

明．卓人月、徐士俊《古今詞統》：非生長江南，此景未許夢見。

（二）白居易〈長相思〉

汴水①流，泗水②流，流到瓜州③古渡頭。吳山④點點愁。　思悠悠⑤，恨悠悠，恨到歸時方始休。月明人倚樓。

【題解】

〈長相思〉，唐教坊曲名。南朝梁、陳時期的樂府多取古詩「長相思」三字作起句，寫男女相思之情，後世遂以爲詞牌名。〈長相思〉詞牌有許多別名，如〈雙紅豆〉、〈吳山青〉、〈山漸青〉、〈青山送迎〉、〈長相思令〉、〈相思令〉、〈憶多嬌〉等。這闋詞爲雙調小令，共三十六字，分二疊，有八句皆用韻者，有後疊起句不用韻者，有後疊另換一韻者。

【注釋】

①汴水：亦稱汴河、汴渠，源於河南，由河南開封東南流入安徽宿縣，至江蘇徐州，與泗水合流，入淮河。

②泗水：源於山東泰山南麓，經山東曲阜、江蘇徐州後，與汴水合流，入淮河。

③瓜州：在江蘇省江都縣南、長江北岸，與鎮江隔江相望，當大運河與長江交匯口。瓜州本爲長江中的沙洲，沙漸長，其形狀如瓜，故名。一作「瓜洲」。

④吳山：在浙江杭州，春秋時爲吳國南界，故名。此處泛指江南羣山。

⑤悠悠：悠遠，連綿不斷的樣子。

【賞析】

這闋詞上片寫景，下片寫情。上片前三句「汴水流、泗水流，流到瓜州古渡頭」是實景，卻未必是此時此刻作者能親眼所見，其中帶有幾分想像。想像水流到了遠處的江南，流經吳山，而山是客觀的存在，作者的移情作用，卻讓山帶有許多愁恨。以上連用四個地名而不覺堆砌，是因爲四地名有象徵意義，點出了愁越來越遠。「愁」字點醒全片。愁恨是因爲苦於離別之情，水流到愈遠的地方，正是離別的對象去到了更遠的地方。吳山的秀麗景色不復存在，只見幽人的愁恨既多且重，「點點」二字很精巧地表達出複雜的情感。山因人之愁，是爲愁山，則上文所說的水，也是恨水了。

下片說出了思念的愁恨長久，恰似江水連綿不絕。這裏直抒胸臆，說出對離別之人長期不歸的怨恨。「恨到歸時方始休」是多麼深刻的埋怨呀！生離之別，竟然如此煎熬，此恨綿綿無絕期，惟有你回來才沒有恨。末尾「月明人倚樓」，是畫景也是情語。這五字包攏全詞，從而知道以上的想水想山，含思含恨，都是人在明月下、倚樓時的心事。這才明白這闋詞所寫的離別之情，是在寫閨怨，一位少婦的丈夫外出，隨著汴水、泗水到了遙遠的地方，少婦的心也隨著流水而追隨丈夫的行蹤飄然遠去。以寫景來寄寓戀情，以山水比附人的愁恨，結穴才點出主人公的身分，構思新穎奇巧。

【評箋】

民國．廖從雲《歷代詞評》：樂天詞作，多流麗高雅，音節諧婉，自是唐音格調。

（二）溫庭筠〈夢江南〉 二首之二

梳洗罷，獨倚望江樓。過盡千帆①皆不是，斜暉脈脈②水悠悠，腸斷白蘋洲③。

【題解】

〈夢江南〉，詞牌名。一名〈憶江南〉，見前。

【作者】

溫庭筠，字飛卿，并州祁（今山西祁縣）人。約生於唐憲宗元和七年，卒於懿宗咸通十一年（八一二～八七〇年）。

少敏悟，工詩賦；然薄行輕佻，貌醜陋，喜為側豔之詞。宣宗大中初年，至長安（今西安市）應試。每應試，押官韻，八叉手而八韻成，時號「溫八叉」。以恃才不羈，又好譏刺權貴，累試不第。咸通中，失意歸江東。著述頗多，與李商隱齊名，時稱「溫李」。其詩辭藻華麗，穠豔精緻，內容多寫閨情。其詞藝術成就在晚唐諸人之上，為「花間派」首要詞人，與韋莊齊名，並稱「溫韋」。後人輯有《溫飛卿集》。

【注釋】

①千帆：成千的帆船，形容極其多。帆，代指船，以部分代全體。

②斜暉：夕陽餘暉。脈脈，含情脈脈的樣子。

③白蘋洲：白色蘋草長滿的沙洲。白：陽光照耀與水光折射下顯露出白色。蘋，多年生草，生淺水泥沙中。洲，水中可居之地。

【賞析】

起句「梳洗罷」，平平寫來，帶出一位女子的形象。接著，出現了一幅圖畫：「獨倚望江樓。」焦點是獨倚的人。這裏「獨」字用得很傳神。這不是戀人暱暱情語的「互倚」，而是獨自一人無語。獨自倚樓的女子，或許她希望中的美好日子即將來到，於是臨鏡梳妝，顧影自憐，著意修飾一番。然而熱情遇到冰冷的現實，「過盡千帆皆不是」，帶來一層層深深的失望和痛苦。這句話是整闋詞感情上的大轉折，淺易之語，卻含有無限傷痛。初登樓時的興奮喜悅，久等不至的焦急，卻換來「誤幾回天際識歸舟」[7]的「離情正苦」[8]。隨著時間的推移，情緒是複雜而有變化的。苦等一整天後，夕陽斜暉益趨黯淡，船隻也愈來愈少，人何以堪？此時原本沒有生命的落日流水，也成爲她內心情感的延伸。那夕陽含情脈脈地照著，江水悠悠不斷地流著，她們成爲陪伴思婦最長久的朋友了。原來思婦不是只有這一天的等待，日復一日，年復一年，江水不斷，而思婦的感情也從不間斷過呀！最後一句：「腸斷白蘋洲。」白蘋洲在何處？俞平伯《唐宋詞選釋》說：「不要過於落實，似泛說較好。」這見解是對的。江中有白蘋洲，是常見的景象，只是船兒看盡之後，目光再度回眸，看見的依然是這個沙洲。千帆過盡，眞情落空，映入眼簾的只有白蘋洲，豈能不腸斷於此！

這首小令，雖然是由男性代言女性的心情，卻寫得情眞意切，樸素自然，近乎白描，沒有矯飾之態。整闋詞像一幅清麗的山水小軸，畫面上沒有奔騰不息的波濤，落日餘暉也缺乏熾熱的色彩，盤旋著一種無可奈何的歎息和難以排遣的哀愁。那外在的景物，如臨江的樓頭、點點的船帆、悠悠的流水、遠方的小洲，全因女子而聯繫在一起，成爲生命情感的投射，於是女子的形象被傳達出來，女子的心理也被揣摩出來，細膩且傳神，構成一幅情景交融的圖畫。

【評箋】

清·劉熙載《藝概·詞曲概》：溫飛卿詞精妙絕人，然類不出乎綺怨。

清·譚獻《譚評詞辨》：溫庭筠憶江南詞：「過盡千帆皆不是，斜暉脈脈水悠悠」，兩句猶是盛唐絕句。

清·陳廷焯《白雨齋詞話》：絕不著力，而款款情深，徘徊不盡，是亦謫仙才也。吾安得不服古人？

民國·王國維《人間詞話》：溫飛卿之詞，句秀也。

民國·李冰若《栩莊漫記》：飛卿此詞：「過盡千帆皆不是，斜暉脈脈水悠悠」，意境酷似《楚辭》，而聲情綿渺，亦使人徒喚奈何也。柳詞「想佳人，倚樓長望，誤幾回天際識歸舟」，從此化出，卻露鉤勒痕跡矣。

---

7 此借用宋·柳永〈八聲甘州〉語句。

8 此借用唐·溫庭筠〈更漏子〉語句。

（四）秦觀〈鵲橋仙〉

纖雲弄巧①，飛星②傳恨，銀漢迢迢暗度③。金風玉露一相逢④，便勝卻、人間無數⑤。　柔情似水，佳期如夢，忍顧⑥鵲橋歸路？兩情若是久長時，又豈在、朝朝暮暮⑦。

【題解】

〈鵲橋仙〉，詞牌名。應劭《風俗通》云：「織女七夕當渡河，使鵲爲橋。」韓鄂《歲華紀麗・七夕》：「鵲橋已成，織女將渡。」權德輿〈七夕〉：「今日雲軿渡鵲橋，應非脈脈與迢迢。」因取以爲曲名，以詠牛郎織女相會事。有歐陽脩、柳永所創二種詞調，前者五十六字，上下片各兩仄韻，亦有上下片前兩句皆叶（ㄒㄧㄝˊ）韻，成爲各四仄韻；後者八十八字。此調多賦七夕故事，秦觀沿用詞牌本意，倚聲賦之。這詞牌又名〈鵲橋仙令〉、〈憶人人〉、〈金風玉露相逢曲〉、〈廣寒秋〉等。

【作者】

秦觀，字太虛，後改字少游，揚州高郵（今江蘇高郵）人。生於宋仁宗皇祐元年，卒於哲宗元符三年（一〇四九～一一〇〇年），年五十二。

觀少時，豪俊慷慨，強志盛氣，好大而奇。神宗元豐八年（一〇八五年）進士，官河南蔡州教授。元祐三年（一〇八八年）被召至京師，任太學博士，蘇軾以賢良方正薦，除祕書省正字、兼國史院編修官。哲宗紹聖元年（一〇九四年），坐元祐黨籍削秩，出判杭州，監處州酒稅，又徙郴州，編管雷州。徽宗立，召還，至藤州（今廣西藤縣），以暑疾卒。

觀詩文俱工麗深至，頗受蘇軾賞識，與黃庭堅、張耒、晁補之並稱爲蘇門四學士。尤擅長塡詞，富《花間》、《尊前》遺韻，體製淡雅，溫柔婉約，自出清新。有《淮海集》四十卷、《後集》六卷行世。詞集名《淮海詞》，亦稱《淮海居士長短句》，三卷，傳本甚多，彊村叢書本最佳。

【注釋】

①纖雲弄巧：纖雲，細的雲絲。纖，細。弄巧，變幻不定的樣子。

②飛星：指天上的牛郎、織女星。

③銀漢：即雲漢，指銀河，天河。晴夜天空，見有灰白色之帶，微光閃爍，彎環如河者。白居易《白氏六帖》：「天河謂之天漢。銀漢，銀河。」鮑照〈夜聽妓〉二首之一：「夜來坐幾時，銀漢傾露落。」王昌齡〈蕭駙馬宅花燭〉：「可憐今夜千門裏，銀漢星槎一道通。」迢迢暗度，《文選》曹植〈洛神賦〉李善注：「曹植〈九詠〉注曰：『牽牛爲夫，織女爲婦。織女、牽牛之星，各處河鼓之旁，七月七日乃得一會。』」

④金風玉露一相逢：形容七夕相會時，秋夜天氣美好。李商隱〈辛未七夕〉：「恐是仙家好別離，故教

迢遞作佳期。由來碧落銀河畔，可要金風玉露時。」金風，秋風。張景陽〈雜詩〉十首之三：「金風扇素節，丹霞啓陰期。」《文選》李善注：「西方爲秋而主金，故秋風曰金風也。」玉露，白露，晶瑩的露珠。一相逢，指七夕的相會。

⑤便勝卻人間無數：李郢（一作趙璜）〈七夕〉：「烏鵲橋頭雙扇開，年年一度過河來。莫嫌天上稀相見，猶勝人間去不回。」意頗相近。

⑥忍顧：不忍心回頭看。

⑦朝朝暮暮：日日夜夜，猶言時時刻刻。宋玉〈高唐賦〉：「妾在巫山之陽，高丘之阻，旦爲朝雲，暮爲行雨。朝朝暮暮，陽臺之下。」

【語譯】

片片彩雲在夜空中飄動，變幻出巧妙的圖案，雙星流露終年不得相見的別恨；七月初七的夜晚，在黑夜裏渡過遼闊的天河相會。秋風送爽、白露滋潤的美好夜晚，眞摯的情意一夕相逢，便勝過人世間男男女女無數次的聚首。

相會時溫柔纏綿，美好的時刻就像夢一般的短暫，臨別時，哪裏忍心回頭看那條鵲橋已搭好的回去的路呢？雖然重逢時短，只要兩情眞心相愛，又何必在乎是否天天廝守在一起。

【賞析】

七月七日，為牛郎、織女一年一度的相聚之夜。這個淒美的愛情故事，傳誦不衰，自來不乏詩人題詠，大都感慨他們聚少離多。而秦觀此篇，能別出心裁，從「時間久長」的觀點著筆，歌誦牛、女雙星擁有歷久不渝的眞摯感情。命意高妙脫俗，令人耳目一新。

起筆先寫故事背景，牛郎、織女相會前的情態，刻畫精美，文字密度很高。「纖雲弄巧」四字是形容詞加名詞、動詞加名詞，其中有轉品（詞性轉換）的技巧。雙星終年不得相見，當然有離恨，接續「銀漢迢迢暗度」六字，就寫出約會時間在夜晚，路途遙遠而困難。底下忽然一轉，「金風玉露」兩句，忽然展示快樂心情，變情景為議論，卻又蘊藉婉約，不著痕跡。我們知道，雙星雖然每年七夕才得一見，但在人世間的夫妻，或為天塹所限，或因生離死別，頻年或終身不得一見者大有人在，縱使夢想一年一聚也不可得！所謂「便勝卻人間無數」，是互相安慰的話，也是珍貴的自傲，委婉的心曲。

換頭「柔情似水」，寫兩情之綢繆；「佳期如夢」，寫相聚之短暫；在依依難捨的情境下，不願意回看來時的道路。然而終究有分別的一刻，此時感情基調由相聚之喜轉入別離之傷。「忍」字用得好，簡潔地說出兩人的難捨難離，心中有無限苦楚。然而末尾「兩情若是久長時，又豈在朝朝暮暮」句，又從別後著想，於失望落寞中，提供天下有情人無限的慰藉。事實也是如此，夫妻即使朝夕相處，會面也未必能有眞情，而有深情者，也未必能朝夕相處。如今牛郎、織女雖然不能朝朝暮暮廝守在一起，但是他們的愛情故事卻已經是天長地久，永浴愛河了。秦觀實已探盡世間夫妻相處的隱痛，翻案寫出曠達而又饒富至理的詞境。收束的「兩情若是久長時」二句，呼應了上片末兩句，更是錘鍊詞意，自擴新境，勝過前人甚多。

這闋詞於平澹中寄寓款款深情，和前人詠七夕的作品相較，詞意越鍊越深。從〈古詩十九首〉開始，牛郎、織女相會就有「盈盈一水間，脈脈不得語」的悲情狀態，而秦觀反而強調其中情感的永恆性，看他句句寫天上，句句寫牛郎織女，其實句句在說人間。

【評箋】

明．李攀龍《草堂詩餘雋》：相逢勝人間，會心之語。兩情不在朝暮，破格之談。七夕歌以雙星會少別多爲恨，獨少游此詞謂「兩情若是久長」二句，最能醒人心目。

明．沈際飛《古香岑草堂詩餘．正集》：七夕，往往以雙星會少離多爲恨，而此詞獨謂情長不在朝暮，化臭腐爲神奇。

民國．俞陛雲《唐五代兩宋詞選釋》引夏孫桐（一八五七～一九四一年）云：七夕之詞最難作，宋人賦此者，佳作極少，惟少游一詞可觀。

民國．吳梅《詞學通論》：〈鵲橋仙〉云：「兩情若是久長時，又豈在朝朝暮暮。」……此等句皆思路沈著，極刻畫之工，非如蘇詞之縱筆直書也。北宋詞家以縝密之思，得遒煉之致者，惟方回與少游耳。

（五）李清照〈如夢令〉

昨夜雨疏風驟①，濃睡不消殘酒。試問捲簾人②，卻道：「海棠③依舊。」知否？知否？應是綠肥紅瘦④！

【題解】

〈如夢令〉，詞牌名，後唐莊宗李存勗（八八五～九二六年）自度曲，製此詞時本名〈憶仙姿〉，有句云：「如夢，如夢，殘月落花煙重。」後世遂取「如夢」兩字爲名。單調，三十三字，七句，五仄韻，第五、六句慣例用疊韻，上聲去聲韻通押。又名〈宴桃源〉、〈比梅〉、〈不見〉。

【作者】

李清照，自號易安居士，山東濟南人。生於北宋神宗元豐四年，南宋高宗紹興十一年尚在世，卒年未詳（一〇八一～一一四一年之後）。

易安爲禮部員外郎、京東路提點刑獄李格非之女，二十一歲嫁給太學生諸城趙明誠。明誠父挺之，徽宗朝宰相。早年生活優裕，明誠亦能文詞，與清照伉儷情深。二人屏（ㄅㄧㄥˇ）居青州鄉里十年，承接父輩官爵的庇蔭，衣食有餘；後明誠起知青州、萊州，皆政簡地便，遂多搜羅書籍金石字畫，共爲校讎考訂，誦讀唱和，甚得其樂。金兵入侵中原時，四十六歲，避兵燹而輾轉流徙，所藏盡失。三年後，明誠病死，時清照年已五十，無子女，境遇孤苦，孑然一身，逃難至臺州、溫州、越州（今浙江紹興）、杭州等地，後依其弟李迒於金華以終。或說清照晚年改嫁張汝州，其說妄誕不足信，清人俞正燮、李慈銘、陸心源等辨之甚詳。

清照文采風流，淵源有自。詩文超俊有奇氣，不只塡詞而已。詞作語言清麗，典雅眞實，乃自我抒情之作，初無傳世之意。詞風少年馨逸，寫悠閒生活；暮年悽婉，多悲歎身世，情調感傷。自宋以來，於諸媛中卓然自立，當推爲第一。惜作品多散佚，詩文僅存十餘篇，詞集名《漱玉詞》，載詞六十首，亦出自後人掇拾。另有〈詞論〉一篇，主張詞須協律，提出詞「別是一家」之說，反對以詩爲詞。[9]

【注釋】

①雨疏風驟：雨量稀疏，狂風急猛。驟，急。

②捲簾人：指侍女、丫頭。

③海棠：落葉亞喬木，高丈餘，葉長卵形，春月生新梗，花朵茂密，花色內面粉紅，外面半紅半白，花蕊鮮紅，頗爲豔麗。

④綠肥紅瘦：綠葉繁茂，紅花瘦損。綠，代指葉；紅，代指花；以抽象代具體事物。肥喻茂盛；瘦喻憔悴、凋零。

【語譯】

昨天夜裏，雨稀疏地下，風颳得很緊，我睡得很沈，醒來後還是覺得有點不清醒。問一問捲簾的侍女，外面的花兒怎麼樣了？她對我說：「海棠花兒還是那樣。」哦！你看清了嗎？你細看了嗎？應該是稀疏的雨使綠葉兒鮮活起來了，而強勁的風會讓紅花兒凋零呀！

【賞析】

這闋詞某些版本有副題：「春晚」或是「暮春」。從內容寫到海棠減損看來，是春天將盡的時候，然而詞中沒有一個「春」字，只寫清晨睡醒後的一時感興。

一開始說「昨夜雨疏風驟」，那正是強風勁吹的夜晚，春光即將逝去，留也留不住。而女主人卻是一夜酣眠，因爲睡前喝酒過量了。這時候趙明誠旅居在外，易安鬱鬱寡歡，有借酒消愁的意味。由於不勝酒力，醉態還在，因此小心翼翼地「試問」一下，問什麼呢？問題內容沒寫出來，從侍女的回答可知，易安在問海棠花怎麼樣了？這可是她心中惦記的事。然而侍女無心回答，只說海棠花一如往常。多麼不解風情呀！「卻」字說明了這不是易安預期的答案。於是易安提出自己的想法：「知否？知否？」這兩個疊詞用疑問詞的方式出現，語氣不算強烈，然而又沒

9 宋・李清照〈詞論〉見解，參見宋・胡仔《苕溪漁隱叢話》後集卷三十三。

有同意侍女的說法，帶有微微責備的意思。「應是綠肥紅瘦」，這句話不僅是借代修辭，裏面含藏了色彩的鮮豔對比，花葉的數量對比，以及易安這位閨中女子心中的盼望期許。

唐朝韓偓〈懶起〉：「昨夜三更雨，今朝一陣寒。海棠花在否，側臥卷簾看。」他寫出看花的動作。周邦彥〈少年遊〉：「一夕東風，海棠花謝，樓上捲簾看。」他寫出對已逝年華的惋惜和追念。然而都不如易安詞的造語清新，而且其中有問有答，也富有轉折變化的心情。易安能表現女性特有的細微感情，情致細膩勝過一般男性作家。

【評箋】

宋・胡仔《苕溪漁隱叢話》：近時婦人能文詞，如李易安，頗多佳句，小詞云：「……綠肥紅瘦。」此語甚新。

清・王士禛《花草蒙拾》：前輩謂史梅溪（達祖，一一六三～約一二二〇年）之句法，吳夢窗（文英，約一二〇〇～約一二六〇年）之字面，固是確論，尤須雕組而不失天然。如「綠肥紅瘦」、「寵柳嬌花」，人工天巧，可稱絕唱。

清・黃蘇《蓼園詞選》：按，一問極有情，答以「依舊」，答得極澹，跌出「知否」二句來。而「綠肥紅瘦」，無限淒婉，卻又妙在含蓄。短幅中藏無數曲折，自是聖於詞者。

二、對面著筆

「對面著筆法」是詩詞中一種獨特的藝術表現手法，不明顯地從正面書寫作者情思，而是從對方落墨，描摹所思對象如何深切地想念自己，借彼寫己，或代己抒懷，將主題思想寄託於對方，把深沈的情思含蓄表達出來。此筆法明寫對方，暗涉自己，比如欲描寫相思之苦，不寫自己，而寫對方如何殷切、如何焦慮地盼望自己的歸返；或寫被送別的心情時，不寫自己的遠行天涯、離愁漸濃，轉寫對方看著自己的背影漸遠漸小；從而將主體情思表達得更加婉曲而深致。[1]

清代高亮功《芸香草堂評山中白雲詞》云：「將說己之寄陳，先說陳之寄己，是對面著筆。」簡單來說，即是刻意揣摩對方，轉換描寫對象。詩詞固然長於抒情，但無論是男子作閨音或是自我抒情，常常只有一個維度，所顯示的只是抒情的單向性，而運用「對面著筆」之後，不

1 參見曹豔春：《詞體審美特徵論》（成都：巴蜀書社，二〇一〇年五月），頁一八一。

但用筆靈動，曲折細膩，而且將抒情增加到二維、甚至多維，達到相互映襯、相得益彰的效果。例如王維〈九月九日憶山東兄弟〉說：「遙知兄弟登高處，遍插茱萸少一人。」他想像兄弟們在登高的時候是如何的思念自己，更加突顯了自己對親人的想念；杜甫〈月夜〉也是這種筆法的名作：

> 今夜鄜州月，閨中只獨看。遙憐小兒女，未解憶長安。香霧雲鬟濕，清輝玉臂寒。何時倚虛幌，雙照淚痕乾？

首聯不說自己見月憶妻，卻說妻子望月憶己。頷聯不說自己看月憶兒女，偏說兒女年幼，還不知道父親身陷長安的事，把懸念兒女、體貼妻子的深情，細膩曲折地表達出來。頸聯想像妻子看月憶己的情景，可能已經久站於濕冷空氣下，從側面表現夫妻情深。末聯想像歸家後的相聚景象，暫且安慰今日相思之苦。此詩從對面落筆，藉由妻子兒女的景況，帶出自己深深思念家人之情。明末清初王嗣奭《杜臆》說：「公本思家，偏想家人思己，已進一層；至念及兒女不能思，又進一層。」詩中的抒情維度，從杜甫本人延伸到妻子、兒女。如此一來，感情更爲深沈，也更多維。清代浦起龍（一六七九～一七六二年）《讀杜心解》說：「心已馳神到彼，詩從對面飛來，悲婉微至，精醲絕倫。」紀昀（一七二四～一八〇五年）《瀛奎律髓刊誤》卷二十二也說：「入手便擺落現境，純從對面著筆，蹊徑甚別。後四句又純爲預擬之詞。通首無一筆著正面，機軸奇絕。」[2]又比如白居易〈邯鄲冬至夜思家〉更直接挑明：「想得家中夜深坐，還應說著遠行人。」也是從想像家人對自己的思念這個角度，表達獨自在外漂泊的寂寥憂愁和對家鄉親友的綿綿思念。

唐宋詞中的對面著筆法，主要運用於相思、懷鄉、歸隱、悲離的情緒。對面著筆的詞作不勝枚舉，譬如前章解析溫庭筠〈夢江南〉二首之二，就是在描摹女子思念郎君的情景，又如李煜〈一斛珠〉寫大周后、[3]〈菩薩蠻〉寫小周后與他相處的情形，[4]還有晏殊〈雨中花〉有句云：「莫傍細條尋嫩藕，怕綠刺、罥衣傷手」一句，借用採蓮女間的相互提醒，以表達對美人的關心。歐陽脩〈踏莎行〉寫送行的女子、柳永〈八聲甘州〉寫閨中女子、蘇軾〈江城子〉寫亡妻，以及周邦彥〈虞美人〉描寫離別後的心緒，也是從閨中情景寫起，詞中「豔紅消」及「捧心啼

2 關於杜甫〈月夜〉的分析，尚可參考張夢機：《思齋說詩》（臺北：華正書局，一九七七年一月），〈詞箋零墨〉，頁一九四—一九五。

3 南唐・李煜〈一斛珠〉：「曉妝初過，沈檀輕注些兒箇。向人微露丁香顆，一曲清歌，暫引櫻桃破。羅袖裛殘殷色可，盃深旋被香醪涴。繡牀斜凭嬌無那，爛嚼紅茸，笑向檀郎唾。」

4 南唐・李煜〈菩薩蠻〉：「花明月暗飛輕霧，今宵好向郎邊去。剗襪步香階，手提金縷鞋。畫堂南畔見，一向偎人顫。奴爲出來難，教君恣意憐。」

困」，側寫一位女子獨自借酒澆愁，以淚洗面，卻實指主人公的憔悴，都是這等筆法。[5]其他可隨手拈出的例子有：

> 晏幾道〈鷓鴣天〉：從別後，憶相逢，幾回魂夢與君同。
>
> 秦觀〈鼓笛慢〉：念香閨正杳，佳歡未偶，難留戀、空惆悵。
>
> 賀鑄〈感皇恩〉：小樓妝晚，應念斑騅何在？
>
> 周邦彥〈風流子〉：遙知新妝了，開朱戶，應自待月西廂。
>
> 周邦彥〈六醜・薔薇謝後作〉：殘英小、強簪巾幘。終不似、一朵釵頭顫裊，向人欹側。
>
> 周邦彥〈綺寮怨〉：尊前故人如在，想念我、最關情。
>
> 趙長卿〈祝英臺近〉：冷落深閨，知解怨人否。料應寶瑟慵彈，露華懶傅，對鸞鏡、終朝凝佇。

以上有許許多多的詞，都是男性詞人模擬女性的各種姿態，一看即知是對面著筆。由此可見，詞作開始發展時，就有對面著筆法，其藝術效果有三：

1. 增加抒情維度。從一維的男性口吻，或全然以女子口吻，提升至二維甚至多維，同時將兩方或多方的情緒凝結於一。
2. 拓展詞境。能拓寬詩詞的時空和情感境界，可以打破二人處於異地的身心局限，將不同時空的情景，與不同人物的種種情態，再現筆下。

3. 盡情達意，開拓出情感內容的新境界，深化詞心。

依表現方式而論，對面著筆法通常是男子虛擬懸想女子的種種情態，遙想對方時，又往往有「想」、「念」、「料」、「應」等領字提詞。[6]此種筆法可分爲二類：一爲「整體對面著筆」，二爲「部分對面著筆」，此乃依其整闋詞都如此寫，或部分內容如此寫區分開來。以下我們選六首爲例。

（一）李白〈菩薩蠻〉

平林漠漠煙如織①，寒山一帶②傷心碧。暝色③入高樓，有人樓上愁。

玉階空佇立④，宿鳥⑤歸飛急。何處是歸程？長亭連短亭⑥。

---

5 宋．周邦彥〈虞美人〉：「金閨平帖春雲暖，晝漏花前短。玉顏酒解豔紅消，一面捧心啼困、不成嬌。 別來新翠迷行徑，窗鎖玲瓏影。砑綾小字夜來封，斜倚曲闌凝睇、數歸鴻。」

6 曹章慶：〈宋詞對面著筆藝術探析〉，《渭南師範學院學報》，第三十二卷第三期，二〇一七年，頁七〇—七五。

【題解】

〈菩薩蠻〉原唐教坊曲名。唐朝蘇鶚《杜陽雜編》云：

> 大中（唐宣宗年號）初，女蠻國貢雙龍犀，有二龍，鱗鬣爪角悉備；明霞錦，云：「鍊水香麻以爲之也。」……其國人危髻金冠，瓔珞被體，故謂之菩薩蠻。當時倡優遂製〈菩薩蠻〉曲，文士亦往往聲其詞。[7]

於此可見「菩薩蠻」一詞來自女蠻國。菩薩於唐俗有美女之稱，且妝扮華麗，頭有高髻，故有此稱呼。爾後倡優遂將其譜作曲，文人則依曲填詞。楊憲益《零墨新箋》指出：「女蠻國……爲甸當時的羅摩國。」[8] 他進一步考證〈菩薩蠻〉名稱來源和傳入中國的時間：

> 驃苴或驃詔（Piusaw）與〈菩薩蠻〉的菩薩相同，〈菩薩蠻〉顯然就是驃苴蠻的另一譯法。……〈菩薩蠻〉是譯音，是古代緬甸的音樂，又緬人自稱爲蠻（man），……〈菩薩蠻〉舞曲傳入中國，並不一定在唐宣宗時，可能在開元、天寶間，甚至在開元以前，就已經傳入中國了。[9]

這又說明了〈菩薩蠻〉是古代緬甸的樂曲，可能於唐玄宗開元年間就傳入中國。事實上，開元時人崔令欽所著《教坊記》已載有此曲名。〈菩薩蠻〉流行於晚唐五代，後唐孫光憲（約九二六前後）《北夢瑣言》卷四云：「宣宗愛唱〈菩薩蠻〉詞，令狐相國假其（指溫庭筠）新撰密進之，戒以勿洩。」宋代王灼《碧雞漫志》又云：「溫詞十四首載《花間集》，今曲是也。」清代徐釚（ㄑㄧㄡˊ）（虹亭）《詞苑叢談》亦載：「唐宣宗愛唱〈菩薩蠻〉，令狐丞相託溫飛卿撰進宣宗，使宮嬪歌之詞。」可見溫庭筠推波助瀾作了數曲〈菩薩蠻〉，成爲當時流行的樂章。

此調爲小令，舊題李白作。《詞律》平仄悉依李白所塡，雙調，四十四字。上下片各四句，第一、二句押仄韻，第三、四句換平韻，句句皆換韻。龍榆生《唐宋詞格律》說：「平仄遞轉，情調由緊促轉低沈，歷來名作最多。」後人不斷改換詞題，又名〈重疊金〉、〈子夜歌〉、〈花間意〉、〈梅花句〉、〈花溪碧〉、〈巫山一片雲〉、〈晚雲烘日〉等。[10]

---

7 唐・蘇鶚：《杜陽雜編》（臺北：臺灣商務印書館，《欽定四庫全書》・子部・小說家類，一九八五年六月），卷下，頁四—五。

8 楊憲益：《零墨新箋——譯餘文史考證集》，（臺北：明文書局，一九八五年四月），頁九。

9 楊憲益：《零墨新箋——譯餘文史考證集》，頁十—十一。

10 參見嚴建文：《詞牌釋例》，（杭州：浙江古籍出版社，二〇〇三年八月），頁四七。

【作者】

這闋詞相傳爲李白所作，但也有許多學者不同意此說。北宋釋文瑩（俗姓不詳，？～一〇七八年）《湘山野錄》載：「此詞不知何人寫在鼎州滄水驛樓，復不知何人所撰，魏道輔泰見而愛之。後至長沙，得古集於子宣內翰家，乃知李白所作。」11可知在北宋神宗熙寧年間，已傳此詞爲李白作品。今因這闋詞別無其他作者，故仍舊繫於此。

李白，字太白，號青蓮居士，祖籍隴西成紀（今甘肅天水附近）人。生於唐武后大足元年，卒於肅宗寶應元年（七〇一～七六二年），年六十二。

隋末，其祖先以罪徙西域，唐中宗神龍初年（七〇五年）遁還，隨父遷居四川。既長，喜縱橫術，擊劍爲任俠，輕財重施。玄宗天寶初年，遊長安，賀知章見其文，歎曰：「子謫仙人也！」薦於玄宗，召見，命供奉翰林，後賜金放還。安祿山造反，永王璘辟爲幕僚，因璘敗死，白遂流放夜郎。中途遇赦東歸。李陽冰爲當塗令，白往依之，卒於當塗。有《李太白集》。

【注釋】

①平林漠漠煙如織：平地的樹林蒼茫迷濛，煙霧如網織的樣子。平林，平地上的樹林。《詩．小雅．車舝》：「依彼平林，有集維鷮。」《傳》：「平林，林木之在平地者。」漠漠，分散陳列貌，亦可解作迷濛看不清貌。謝朓〈游東田〉：「遠樹曖阡阡，生煙紛漠漠。」煙，指夕陽時分的煙靄，包括塵土、雲氣。如織，形容煙靄濃密的樣子。

②寒山：寒冷的秋山，當指夕陽西下，暮色四合之際所見的山，予人寒涼之感。一帶，猶言一片。謝脁〈冬日晚郡事隙〉：「蒼翠望寒山，崢嶸瞰平陸。」

③暝色：黃昏暮色。謝靈運〈石壁精舍還湖中〉：「林壑斂暝色，雲霞收夕霏。」

④玉階：白色石階，階的美稱。佇立，久立。

⑤宿鳥：棲鳥，回巢的鳥。

⑥長亭短亭：古代設在路邊供行人休歇的亭舍，因各亭間距離不一，故有長亭、短亭之別。《釋名》：「亭，停也，人所停集也。」庾信〈哀江南賦〉：「十里五里，長亭短亭。」連，一作「更」。

【語譯】

平遠廣大的樹林蒼茫迷濛，煙霧濃密；秋山還留下一片惹人傷心的翠綠蒼碧。暮色已經映入高樓，有人獨自在樓上發愁。

她在美麗的石階上空等待，站立那兒好久好久；望見鳥兒飛回巢是多麼地匆忙著急。什麼地方是你回來的路途中呢？應該是一個個長亭接連短亭的地方。

---

11 宋．文瑩撰，鄭世剛、楊立揚點校：《湘山野錄》（北京：中華書局，一九八四年七月），卷上，〈鼎州滄水驛樓李白詩〉，頁十五。文中鼎州在今湖南常德，子宣爲曾鞏之弟曾布（一〇三六—一一〇七年）。

【賞析】

這闋詞上片渲染山林清寒傷心之景，下片由景入情，寫閨中思婦佇立盼望遊子歸來的悲傷。全篇意境蒼涼，筆法渾厚，結尾含蓄不盡，是最早的文人詞之一。

上片空間由大而小。首句的「平林」便可知人與樹林有一段距離、且位於可眺望一片樹林的廣闊高處；而「煙如織」則呈現了煙由遠而望、裊裊飄升的質感與視覺意象，畫面不著痕跡地呈現其寬廣。而後「寒山一帶傷心碧」，以兼具心靈愁緒與色彩的雙重意象，形容位於遠處的山脈。這兩句寫高樓瞭望遠方的景色，蒼茫廣闊，卻含有傷心的情緒。後二句從高樓寫到樓中有人，由天色的昏暝，暮景漸漸幽晦「入樓」時，更見淒涼。風景逐步聚焦，藉由「平林、煙、山、樓、人」如此由大至小、由遠而近、視覺逐漸拉近的書寫，明顯對比人與周邊的景物，人處於高樓眺望四周的強烈寂寞感由此而生。景深縮小後，主人翁的意識更趨明朗：「有人樓上愁。」這句話結住前三句，也開啟下文。

下片空間由小而大。先寫出玉階上的人「空佇立」。這是說高樓上的人已經移步而下，站立於臺階上。著一「空」字，則知其所思念的人，折騰了一整天的等待，依然成空，寂寥之情，躍然紙上。儻若這位主人翁不是只有一天的等待，或許前幾天、前幾個月已經開始等待，或許明後天、下個月繼續等待，那麼「空」字的意思又不一樣了。那會是明知空等，依舊不死心的堅持下去。癡心之情，溢於言表。由於她的等待幾乎不可能實現，因此在高樓上見到的廣大樹林，帶給她的是「傷心碧」；而臺階上見到的回巢鳥，帶給她的是「歸飛急」的感受。這時移情到萬物上，也會經由物而思念人，不禁要問：「何處是歸程？」接著自己又回答：「長亭連短亭。」詞中的愁緒，隨著長短亭相連的視覺意象向前綿延而顯得漫長。這兩句點明主題，全文乃因閨人思念遠行者而發，「有人樓上愁」的「愁」字，至此遂明。也才知道遊子的路途是這麼的遙遠，是長亭連短亭、連接不斷的遠方，而閨中女子的離愁也是這麼的遙遠綿長了。

【評箋】

宋·黃昇《花庵詞選》：李太白〈菩薩蠻〉、〈憶秦娥〉兩闋，爲百代詞曲之祖。

清·劉熙載《藝概·詞曲概》：太白〈菩薩蠻〉、〈憶秦娥〉兩闋，足抵少陵〈秋興〉八首。想其情境，殆作於明皇西幸後乎？

清·陳廷焯《白雨齋詞話》：太白〈菩薩蠻〉、〈憶秦娥〉兩闋，神在箇中，音流絃外，可以是爲詞中鼻祖。

（二）韋莊〈女冠子〉　二首之一

四月十七，正是去年今日，別君時。忍淚佯低面①，含羞半斂眉②。
不知魂已斷③，空有夢相隨。除卻天邊月，沒人知。

【題解】

〈女冠子〉，詞牌名，源自唐朝宮室教坊曲。女冠即女道士，此調最初歌詠女道士用，故以此名之。《花間集》載薛昭蘊始撰此調，注：「求仙去也，翠鈿金篦盡捨。」意即捨棄女性使用的花形飾物、金梳子，棄俗從仙。

整闋詞四十一字，仄韻轉平韻。上片五句，兩仄韻、兩平韻；下片四句，兩平韻。其後有一百字以上的長調，始於柳永，一名〈女冠子慢〉，也有多種不同體製，多屬於仄韻。黃昇《花庵詞選》云：「唐詞多緣題，所賦〈臨江仙〉則言仙事、〈女冠子〉則述道情、〈河瀆神〉則詠祠廟，大槩不失本題之意，爾後漸變，去題遠矣。」

【作者】

韋莊，字端己，京兆杜陵（今西安市近郊）人。生於唐宣宗大中五年（一說唐文宗開成年間），卒於前蜀高祖武成三年（約八五一～九一〇年）。

韋莊出身貧寒，上進力學，才敏過人。僖宗年間，應舉入長安，遇黃巢之亂，中和三年（八八三年）春，作〈秦婦吟〉，詩裏有「內庫燒爲錦繡灰，天街踏盡公卿骨」的句子，受到當時人注目，稱他爲「秦婦吟秀才」。之後避戰亂到江南。乾寧元年（八九四年）進士，入蜀依附王建，掌書記。及王建稱帝，史稱前蜀，以韋莊爲相，開國制度、禮樂刑政，多出自韋莊的擘畫。累官至吏部侍郎，同平章事，卒謚文靖。

韋莊身經喪亂，四處奔波，眼見烽火興衰，多有感觸。詩詞常見白描手法，清麗秀雅，著有《浣花集》十卷。其詞無專集，散見於《花間集》、《尊前集》和《全唐詩》等總集中。近人王國維輯爲《浣花詞》一卷，凡五十四首，蓋取其詩集爲名。與溫庭筠齊名，並稱「溫韋」。

【注釋】

① 佯低面：故意低下頭來。佯，假裝，假意。

② 斂眉：皺眉。

③ 魂已斷：魄散魂斷，喻從此再也沒有對方的消息了。

【語譯】

四月十七日，正是去年的這一天，我和你分別了。那時候，強忍著淚水，怕被人看見，偷偷地低下頭來；想說些什麼，又害羞地說不出口，半皺著眉頭，心中充滿著別離的痛苦和憂傷。

後來的日子裏，我倆漸行漸遠，心情也愈來愈覺得孤寂，從此再也沒有你的消息，只有在夢裏我才能與你相見。這種夜夜失魂落魄的思念苦楚，除了天邊的明月，沒有人知道。

【賞析】

詞牌名爲「女冠子」，描寫的對象原本就是女性；在五代時期，許多詞作都是男性爲女性代言。這闋詞用平淺的字眼，寫出深刻的感情，頗能代表韋莊的詞風。

起筆「四月十七，正是去年今日，別君時。」是倒裝句。把日子寫在最前頭，表示年年記得此日，是主人翁難忘的日子；一般說來，小令的字數很少，在那麼短少的字數中，還要標示日期，可見這個日子十分重要。

接著作者就寫出去年此日分別的情景：「忍淚佯低面，含羞半斂眉。」這兩句把女子嬌羞的動作、含蓄的心理寫活了，十分鮮明生動的記憶。這可能是作者回想去年此日與對方分別時的樣貌，沒有身歷其境的人，很難寫出這樣的場景。他看見一位女子離別時楚楚可憐的樣子，也因此在分手後，更加思念對方。

下片俗稱為「換頭」，由此另起新意，換個角度書寫。上片寫去年的情形，下片就回到現實，寫這一年來的生活情形。一年來魂飛夢起，常常有夢。然而，夢中相見的次數愈多，反而愈發襯托這一年來已經杳無音訊，再也不曾見面了。「不知魂已斷，空有夢相隨」，王闓運（一八三三～一九一六年）《湘綺樓詞選》說：「『不知』得妙，夢隨乃知耳。若先知，那得有夢？惟有月知，別常語矣。」

可不是嗎？如果一年前就知道這是一種單相思之苦，那就不會頻頻作夢了。正因為對對方懷有期盼，直到一年後才知道這些期盼都落空了，魂魄已斷，夢境才清醒。過去三百多天的日子裏，一切的思念豈不付諸流水了嗎？這些朝思暮想，日有所思、夜有所夢的淒楚情懷，恐怕只有「天邊月」知道了。末句直接寫明「除卻天邊月，沒人知」，一則說明這些夜半夢中之事，他人不知，惟有月才能得知；再則也即認定我對你的思念，恐怕連你也不知道，這就暗示了是一種單相思的苦，一種長時間的苦，也是一種得不到解套方式的苦。

整闋詞採用白描手法，直接敘寫，沒有強烈的字眼，流動著舒緩的節奏。又由於語帶含蓄，不說破意思，因此充滿著沈靜的氣氛與朦朧的情境。

（三）韋莊〈女冠子〉　二首之二

昨夜夜半，枕上分明夢見，語多時。依舊桃花面①，頻低柳葉眉②。半羞還半喜，欲去又依依。覺來知是夢，不勝悲。

【注釋】

①桃花面：形容女子面容如桃花般美麗。唐代宇文士及《妝臺記》云：「隋文帝宮中梳九眞髻紅妝，謂之桃花面。」又明代孫幼安《稗乘》收錄元代李材《解酲錄》云：「御史中丞祝公，有張京兆之風，嘗爲妻合脂與粉，調以塗之，號桃花面。」

②頻：頻頻，頻繁的舉動。柳葉眉：形容美女的眉毛細如柳葉，很柔媚的樣子。張安石〈玉女詞〉：「柳眉桃臉暗銷春。」（《全唐詩》卷七七一）前蜀後主王衍（八九九～九二六年）〈甘州曲〉：

「畫羅裙，能解束，稱（ㄔㄣˋ）腰身。柳眉桃臉不勝春。」（《全唐詩》卷八八九）

【語譯】

昨天深夜裏，我清楚地記得夢見了你，和你說了好多話。你依舊那麼美麗，頻頻低下頭來。害羞又歡喜的樣子，臨別要走卻又依依不捨，不願離去。等到一覺醒來，才驚覺只是夢一場，不禁悲從中來，難以承受。

【賞析】

這闋詞和前一闋詞，詞調相同，內容也相近，同樣用了「借夢抒情」的手法，應該是寫於同時。詞中的女子「欲去又依依」，描述她來到了痴心男子的夢境裏。

起筆三句，帶出了夢境。夢中情話綿綿，千言萬語，可想見主人翁的痴情。「桃花面」、「柳葉眉」，畫面停格在當年美好的印象，正是作者對她的思念，不曾衰減。接著寫出女子嬌羞嫵媚的樣子，那依依不捨的情意，完全把主人翁對她的想望，投射到對方的身上了。從話語，寫到容貌，寫到姿態，再寫出款款深情，男子對女子的傾心神往，一一交代無遺。

杜甫〈夢李白〉詩中說過：「故人入我夢，明我長相憶。」一般人思念朋友，很自然的將他拉入夢裏，不足爲奇。然而，這闋詞奇特的是，詞中美好的夢境，一覺醒來，卻完全崩解！原來，美麗的女子早已不在身旁，年來已經失去了聯繫，夢境中的點點滴滴，事實上不可能再回來了。夢境愈是美好，愈是「不勝悲」，凸顯出現實世界的冷酷無情。夢醒時，推翻了美好的夢境，再也尋不回美好的過去，眞是令人傷心呀！

【評箋】

清．陳廷焯《白雨齋詞話》：韋端己詞，似直而紆，似達而鬱，最爲詞中勝境。

民國．王國維《人間詞話》：韋端己之詞，骨秀也。

（四）張先〈醉垂鞭〉

雙蝶繡羅裙，東池宴，初相見。朱粉不深勻①，閑花淡淡春。 細看諸處好，人人道，柳腰身②。昨日亂山昏，來時衣上雲③。

【題解】

〈醉垂鞭〉，詞牌名。張先自創調。雙調四十二字，前後段各五句，三平韻、兩仄韻。早期文人作詞，於宴席上即興塡詞，交由歌妓演唱。張先此作亦如此。

【作者】

張先，字子野，烏程（今浙江吳興）人。生於宋太宗淳化元年，卒於神宗元豐元年（九九〇～一〇七八年），年八十九。

仁宗天聖八年（一〇三〇年）進士，晏殊辟為通判，累官尚書都官郎中。晚歲退居湖、杭之間，與蘇軾、陳襄諸人唱和，泛舟垂釣為樂。蘇軾題其詞集云：「子野詩筆老妙，歌詞乃其餘波耳。」詩格清新，尤長於樂府，又善作慢詞，與柳永齊名。因詞作三處善用「影」字，世稱張三影。有《子野詞》傳世。

【注釋】

①朱粉：指胭脂水粉，女性化妝用品。朱，紅色。不深勻，意謂淡妝，不是濃妝豔抹；與下句「淡淡春」相應。

②柳腰身：細腰。

③衣上雲：形容衣裳之美，如黃昏時羣山上的雲彩。仿李白〈清平調〉：「雲想衣裳花想容」之意。

【語譯】

在東池宴會上與你初相見，你穿著繡有雙蝶飛舞的羅裙，讓人印象深刻。嬌美的臉上塗著淡妝，好像春花初開，恬淡而優雅。

仔細端詳，每個地方都好看，尤其是人人都讚美的細柳般的腰身，輕盈曼妙。那一身華美的雲裳，更如同昨日黃昏羣山湧起的雲霞一樣，跟隨著你，飄然來到。

【賞析】

這闋詞爲酒筵中贈妓之作，仔細描繪她的面貌與體態之美。張先以慢詞聞名，但所作小令，亦有可觀，尤其描摹人物情態，頗能掌握靈動活潑的神韻。

描寫美人，首先描寫羅裙，又以其衣裳之美作結，可謂處處點染，呈現一個淡雅秀美的女性形象。通篇不用穠麗雕琢的字詞，襯托出美人淡妝的清新可人；「閑花淡淡春」，將她的神情、風度，勾畫了出來。人人都說美人身材好，但據詞人看來，她許多地方都好，而這「諸處好」，又是「細看」後所下的評語。用「人人道」之語，凸顯美人容貌出眾，意態嬌美，攫獲眾人目光，筆法生動活潑。末二句以衣裳之輕盈飄逸，或衣上雲紋而聯想天上的雲霞，特別強調是黃昏時自亂山羣峯湧動流散的雲朵，絢麗耀眼至極，更烘托出美麗女子的風情萬千，令人目不暇給。而以倒裝句表現，先說亂山昏，再點出衣上雲，尤其能夠製造氣氛，使美人的出現，彷彿伴隨縹緲的雲氣，翩翩降臨人間。曲折而富動態美感，最令人讚賞。全詞前八句處處點明美麗女子的體態，偏重靜態美；最後二句偏重動態美，渲染出爲她神魂顛倒的迷戀痴心。

（五）柳永〈八聲甘州〉

對瀟瀟①、暮雨灑江天，一番洗清秋②。漸霜風淒緊③，關河冷落④，殘照當樓。是處紅衰翠減⑤，苒苒物華休⑥。唯有長江水，無語東流。

不忍登高臨遠，望故鄉渺邈，歸思難收⑦。歎年來蹤跡，何事苦淹留⑧？想佳人妝樓顒望⑨，誤幾回天際識歸舟⑩。爭⑪知我、倚闌干處，正恁凝愁⑫！

【題解】

八聲甘州，原唐教坊大曲名，後用作詞牌。《新唐書‧禮樂志》：「開元二十四年（七四六年），升胡部於堂上，而天寶樂曲，皆以邊地名，若涼州、伊州、甘州之類。」甘州在今甘肅張掖，故知此調源於唐代邊塞。《詞譜》云：「此調前後段八韻，故名『八聲』，乃慢詞也。……此調以柳詞爲正體。」整闋詞雙調九十七字，上下片各九句，四平韻。又有別名〈甘州〉、〈瀟瀟雨〉、〈宴瑤池〉等。

【作者】

柳永，初名三變，後改名永，字耆卿，福建路建寧軍崇安縣（今福建崇安）人。因排行第七，時人或稱柳七而不直稱其名，以屯田員外郎致仕，故又稱柳屯田。約生於宋真宗初年，卒於仁宗末年（約九八七～一〇五三年）。

柳永出身仕宦之家，赴京屢試不第，失意之餘，流連歌樓酒肆，薄於操行，喜作詞。仁宗頗好其詞，每對酒，必使侍妓歌之再三。三變聞之，作宮詞號「醉蓬萊」，因內官達於後宮，且求其助。後仁宗聞而覺之，自是不復歌此詞。南宋嚴有翼《藝苑雌黃》載：「當時有薦其才者，上曰：『得非塡詞柳三變乎？』曰：『然。』上曰：『且去塡詞。』由是不得志，日與儇子縱游娼館酒樓間，無復檢約，自稱云：『奉旨塡詞柳三變。』」南宋吳曾《能改齋漫錄》載：「仁宗留意儒雅，務本理道，深斥浮豔虛薄之文。初，進士柳三變好爲淫冶謳歌之曲，傳播四方。嘗有〈鶴沖天〉詞云：『忍把浮名，換了淺斟低唱。』及臨軒放榜，特落之，曰：『且去淺斟低唱，何要浮名！』景祐元年（一〇三四年）方及第，後改名永，方得磨勘轉官。」歷任餘杭令、鹽場大使，終屯田員外郎。

柳永與歌伎樂工相往來，爲他們塡詞作曲，詞作流傳甚廣。葉夢得《避暑錄話》云：「余仕丹徒，嘗見西夏一歸朝官云：『凡有井水飲處，即能歌柳詞。』」可見城鎮人口密集處，都能傳唱柳詞。柳永能用民間流行的慢詞創作，拓展了詞的篇幅；又將詞由男女之情帶到羈旅行役，拓展了詞的視野。他的詞坦率生動，不避口語，也能追求雅致，融情入景，運用鋪敘技巧，影響深遠。有《樂章集》傳世。

【注釋】

①瀟瀟：風雨急驟貌。

②清秋：美好的秋天，秋日天空澄明。殷仲文〈南州桓公九井作〉：「獨有清秋日，能使高興盡。景氣多明遠，風物自淒緊。」李白〈憶秦娥〉：「樂遊原上清秋節。」

③霜風淒緊：寒風疾勁，寒氣逼人。霜風，秋風。淒緊，一作「淒慘」。

④關河：山河。冷落，冷清寂寞。

⑤是處紅衰翠減：到處花草凋零。是處，到處。紅、翠，指代花草樹木。語出李商隱〈贈荷花〉：「此荷此葉常相映，翠減紅衰愁殺人。」

⑥苒苒：輕柔貌。白居易〈有木〉八首之五：「有木香苒苒。」一說漸漸，同冉冉。劉禹錫〈謝竇員外句休早涼見示〉：「四時苒苒催容鬢，三爵油油忘是非。」物華休，景物凋殘。物華，風光景物。杜甫〈曲江陪鄭八丈南使飲〉：「自知白髮非春事，且盡芳尊戀物華。」

⑦歸思難收：歸鄉的心情難以平靜。陶潛〈始作鎮軍參軍經曲阿作〉：「眇眇孤舟逝，綿綿歸思紆。」思字讀去聲。

⑧淹留：久留。《楚辭・離騷》：「時繽紛其變易兮，又何可以淹留？」

⑨妝樓：女子住的樓房。顒望，擡頭遠望。李赤〈望夫山〉：「顒望臨碧空，怨情感離別。」《廣韻》：「顒，仰也。」

⑩天際識歸舟：望著天邊，辨認歸來的船隻。語出謝脁〈之宣城郡出新林浦向板橋〉：「天際識歸舟，雲中辨江樹。」

⑪爭：怎。

⑫恁：如此。凝愁，憂愁凝結不解。

【語譯】

面對著傍晚時分的風雨灑遍江天，一番秋雨洗出一個澄明清澈的秋天。漸漸地，淒涼的霜風一陣緊似一陣，關山江河一片冷清蕭條，雨停了，夕陽餘暉照耀在高樓上。到處紅花凋零、綠葉稀落，美好輕柔的景物全都衰敗。只有那滔滔的長江水，不聲不響地向東流去。

面對這種蕭條景色，漂泊的旅人實在不忍心登高遙看遠方，眺望那渺茫遙遠的故鄉，渴求回家的心思難以收攏，徒然增加思鄉的愁緒。歎息這些年來的行蹤，爲什麼苦苦地久留在外地不回鄉呢？想起家中的美人，一定在華麗的樓上，擡頭凝望行人歸來，多少次錯把遠方駛來的船當作心上人回家的船。她哪會知道我，此時倚著欄干，望著故鄉，愁思正如此的深重！

【賞析】

這是一闋旅情的詞，描寫久客思歸的心情。上片寫景，情寓景中，鋪陳遊人離鄉之孤獨；下片寫情，運用對面著筆法，將思念之情推至所思念的對方。

開頭三句，「對瀟瀟、暮雨灑江天，一番洗清秋」，先用「對」字領出遊子視角所見暮秋時節登樓遠望之景。句中有人的感受，呼之欲出。接著再用「漸」這個領字，領出所見的關河闊大。「紅衰翠減」用抽象字眼代指具體的花草，增加視覺效果外，「衰」、「減」二字更加強描寫蕭颯之景。「漸」是逐漸、漸漸地，寫景愈趨廣大冷漠，有層次感。傍晚暮色降臨，萬物闃寂，花草凋零，江水無語，又悄然設下聲貌。上片末二句「唯有長江水，無語東流」，仍然含蓄，此下發露眞情。

下片一開頭即表明「不忍」，這是因爲已經登高臨遠了，蓄積心情已久，不想再承受思鄉愁苦。然而心頭的疑問是，自己「何事苦淹留」？暗示多年來一事無成的窘態。不得歸時，反問自己何以不歸？更加悲涼無奈。「想佳人」三句，虛想佳人等待之苦。「想」字貫注深情，本是自己登高遠眺，難以爲懷，卻偏設想閨中人應該還在登樓望遠，屢屢盼望遊子的歸來。主角從遊子轉移至閨中佳人，從單相思的抒情躍升到詞人與佳人互相思念，於是原本處於不同場景的遊子與佳人，書寫於同一個時間點、同一個畫面，增加了抒情維度。遊人在蒼茫秋景中思念佳人，與佳人獨守空閨、遙望遠方兩景相繼疊合，思念的綿長與深摯婉轉流暢的表現出來。「誤幾回、天際識歸舟」則是屢次察覺到的錯判，不由得讓人想到溫庭筠〈夢江南〉中「過盡千帆皆不是」的思婦。最後，詞人又將鏡頭拉回到自己身上，以佳人的不知悲傷哀愁，反襯出自己的悲傷哀愁。

梁啓勳《詞學》說：「烘托法有將自己之情感藏著不寫，而寫對方，不寫我如何思念他，先寫他如何思念我。如此，則自己濃厚之情感，自然表現。如柳耆卿之〈八聲甘州．對瀟瀟暮雨〉。」這闋詞由景入情，再用兩處生愁的手法，表達出詞人的萬般愁緒，精心設計，技巧高超。

【評箋】

宋．趙令畤《侯鯖錄》引蘇軾：人皆言柳耆卿詞俗，然如「霜風淒緊，關河冷落，殘照當樓」，唐人佳處，不過如此。[12]

民國．俞陛雲《唐五代兩宋詞選釋》：「霜風」、「殘照」三句音節悲抗，如江天聞笛，古戍吹笳，東坡極稱之，謂唐人佳處，不過如此。

民國．劉永濟《唐五代兩宋詞簡析》：此爲羈旅離別之詞。蓋旅人每遇節候遷移，景物變換，即動歸思，而秋氣蕭索，尤易生人悲感。故《楚辭．九辯》獨於秋生悲。此詞上半闋因秋雨引起離愁。「霜風」三句，乃秋雨望中遠景，寫得壯闊，故東坡稱之。「紅衰翠減」，即「物華休」，乃秋雨望中近景。「長江」二句，見景物皆變，不變者惟有「長江」耳。下半闋即寫引起之歸思。「年來」二句，言客中情味索然，以見歸之不可緩。「想佳人」以下，又從對面著想，寫家人念游人，不知游人此時亦正思家人也。觀「倚欄干處」句，知首句「對瀟瀟暮雨」以下所見遠近景物，皆倚欄干時眼中之物象也。全首布置井井，正其巧於鋪敘之處。

---

12 此則資料，宋．吳曾《能改齋漫錄》改作晁補之（无咎，一〇五三～一一一〇年）云：世言耆卿曲俗，非也。如「霜風淒緊」云云，眞不減唐人語。

（六）秦觀〈減字木蘭花〉

天涯舊恨，獨自淒涼人不問。欲見回腸①，斷盡金鑪小篆香②。　黛蛾③長斂，任是春風吹不展。困倚危樓，過盡飛鴻字字愁④。

【題解】

〈減字木蘭花〉，詞牌名，一名〈簡蘭〉、〈木蘭香〉、〈天下樂令〉。按〈木蘭花令〉始於韋莊，五十五字，全用仄韻，經一再簡化，才有〈減字木蘭花〉調，四十四字，兩仄韻轉兩平韻，四換韻。

秦觀此詞「天涯舊恨」、「過盡飛鴻」諸句，寫離恨至深，語亦極沈痛。似秦觀謫離處州，被放郴州所作，其實蓋在紹聖三年丙子至紹聖四年丁丑（一〇九六～一〇九七年）之間。

【注釋】

①回腸：愁腸，含有回還曲折意。司馬遷〈報任少卿書〉：「是以愁一日而九回。」杜甫〈秋日夔府詠懷奉寄鄭監李賓客一百韻詩〉：「吊影夔州僻，回腸杜曲煎。」

②篆香：盤香，將香做成篆文。洪芻《香譜・百刻香》：「近世尚奇者作香，篆其文，準十二辰，分一百刻，凡然（燃）一晝夜已。」蘇軾〈宿臨安淨土寺〉：「閉門羣動息，香篆起煙縷。」

③黛蛾：女子的眉毛。黛，《說文》：「畫眉也。」蛾，《韻會》：「蛾似黃蝶而小其眉，勾曲如畫。」溫庭筠〈感舊陳情五十韻獻淮南李僕射〉詩：「黛蛾陳二八，珠履列三千。」

④過盡飛鴻字字愁：謂飛鴻過去，或成「人」字，徒增愁思，亦歸思也。趙嘏〈寒塘〉：「鄉心正無限，一雁度南樓。」

【語譯】

天涯流落，感傷舊情懷，淒涼的景況無人過問。愁腸百轉，好似燒完了金鑪上嬝嬝不絕的盤香。美麗的眉毛時常皺斂，任東風怎麼吹也吹不開。疲倦地倚在高樓上，只見雁兒飛過，排列出來的字形徒增離愁。

【賞析】

這闋詞起句極怨，直接排解怨情的寫法，於追求含蓄婉約的詞風中並不多見。「天涯」為空間，「舊恨」為時間，處於此廣闊綿延不盡的時空裏，獨自淒涼，誰復問訊。恨則腸一日而九回，恰似燒盡的金鑪篆香之曲折，借物喻情，借具體的「小篆香」比喻抽象的「回腸」，設喻巧妙，烘托出閨中百般聊賴的愁緒。下片則是閨中女子登場，她的內心有愁，因而愁眉不展，春風和煦也化不開，作者描摹閨怨情態，由內心寫到外表，簡要而深刻。末尾才點明愁的主因：高樓遠眺，望見鴻鳥歸而人不歸；因此怨情滿紙，不盡之意皆在言外了。全詞以「愁」字貫串全文，閨怨題材雖不特殊，然而用具體事物描摹抽象情感的寫法，頗爲著力。

【評箋】

民國・俞陛雲《唐五代兩宋詞選釋》：「迴腸」二句及「黛蛾」二字，尋常之意以曲折之筆寫之，便生新致。結句含蘊有情。

民國・唐圭璋《唐宋詞簡釋》：此首一氣舒捲，語特沈著。起兩句，言獨處淒涼。次兩句，言懷人之切。就眼前爐香之曲曲，以喻柔腸之曲曲。下片兩句，言愁眉難展。「困倚」兩句，歎人去無信。斷盡爐香，過盡飛鴻，皆愁極傷極之語。

三、白描

《詩經》有賦、比、興，賦就是直抒胸臆，不假雕飾，不用典故，平鋪直敘的寫法。這種寫法，可稱之爲白描。

白描法常出自作者眞誠的內心，不刻意使用技巧，因此早期往往見於民間歌謠，以素樸口語化見長。通常用白描手法寫出來的作品，三言兩語就能依風景、環境或其他意象，直接或間接揭示出人物的外貌、神態、心理活動，特徵顯露，使讀者如見其人。所寫出來的作品往往較爲簡短，言簡意眞，沒有太多的詞藻修飾與渲染烘托，然而這並不妨礙與其他各種寫作技巧的結合，比如譬喻、烘托、對比、夸飾、實寫和虛寫、動景與靜景、遠景與近景、摹寫形色聲味的技巧等。要理解和辨析白描法最簡單的方式，就是多讀幾遍原文，不用參看注解，也能體會作者的心意。

以唐宋詞來說，最擅長白描手法的人，無過於李後主（李煜）。在他之前，白居易〈憶江南〉、白居易〈長相思〉、溫庭筠〈夢江南〉這些早期的詞作，緣自素樸的民歌，也都是白描手法，不過他們詞中有文言文字眼，有用到古代地名，是文人詞的風格，比民間歌謠來得文雅。到了李後主，我手寫我口，有時自問自答，寫得直接明白，完全是內心話的表露，眞是白描手法一大家。譬如李煜〈清平樂〉云：「雁來音信無憑，路遙歸夢難成。」這在李清照寫來就會是〈一翦梅〉的：「雲中誰寄錦書來，雁字回時，月滿西樓。」或是辛棄疾〈臨江仙〉所寫的：「冷雁寒雲渠有恨，春風自滿余懷。」後來者不論是誰，都比李煜更追求文字典雅的技巧。雖然後主詞有兩種風格，一類位居江南國主之時，寄情聲色，而筆意自成馨逸；另一類則亡國入宋之後，憂憤痛哭，不能自已；吳梅《詞學通論》說：「其悲歡之情固不同，而自寫襟抱，不事寄托，則一也。」可見李後主作品能以直抒胸臆見長。到了後來，晏殊〈浣溪沙〉（參見本書第七十七頁注腳二）、歐陽脩〈生查子〉、李之儀〈卜算子〉、1李清照〈如夢令〉、辛棄疾〈醜奴兒〉、蔣捷〈虞美人〉也純粹是白描手法。以下我們選五首爲例，而李煜作品居多。

（一）李煜〈虞美人〉

春花秋月何時了①？往事知多少！小樓昨夜又東風，故國不堪回首月明中。雕欄玉砌②應猶在，只是朱顏改③。問君能有幾多愁？恰似一江春水向東流。

【題解】

〈虞美人〉，原唐教坊曲名。初詠項羽寵姬虞美人故事，因以爲詞牌名。此調可用多種宮調演出，調式不同，塡出來的句式和字數也有不同，又名〈虞美人令〉、〈玉壺冰〉、〈憶柳曲〉、〈一江春水〉、〈巫山十二峯〉等。一般用雙調，五十六字，上、下片各四句，皆爲兩仄韻轉兩平韻。最後結語用「上六下三」句讀，而李煜喜用九字句，一氣呵成，宋、元詞人依李體者頗多。

【作者】

李煜，初名嘉，字重光，南唐中主李璟之子，徐州人。生於南唐烈祖昇元元年，卒於宋太宗太平興國三年（九三七～九七八年），年四十二。

煜於宋太祖建隆二年（九六一年）嗣位爲南唐國君，尊宋爲正統，歲貢以保平安，在位十五年。宋太祖開寶四年（九七一年），自貶國號曰江南國主。開寶八年十一月二十七日，曹彬攻克金陵（今南京市）。九年正月初四，煜被押至汴京（今河南開封），受封違命侯。太宗登基，改封隴西公；居宋二年餘，卒。世稱南唐後主、李後主。

---

1 宋・李之儀〈卜算子〉：「我住長江頭，君住長江尾。日日思君不見君，共飲長江水。　此水幾時休，此恨何時已。只願君心似我心，定不負相思意。」

煜年少穎悟嗜學，工書畫，善音律，能自譜樂府，雅好詩詞。宮中所作，華豔溫馨；及國破家亡後，絕望日多，感慨益深，詞作哀怨淒絕，「眞所謂以血書者也」[2]。其風格爲直抒胸臆，用情眞摯，語言明快，不加巧繪，形象生動，以本色勝。於晚唐五代詞中別樹一幟，對後世詞壇影響深遠。清朝袁枚引《南唐雜詠》評李後主：「做個才人眞絕代，可憐薄命作君王。」

【注釋】

①了：了結，完結。

②雕闌玉砌：指遠在金陵的南唐故宮富麗堂皇。雕闌，欄干之有雕刻之美者。玉砌，庭階以玉石砌成者。

③朱顏改：紅潤的容顏已經不再。這裏可以指已經衰老。朱顏，喻青春，或逕指容貌顏色。白居易〈浩歌行〉：「既無長繩繫白日，又無大藥駐朱顏。朱顏日漸不如故，青史功命在何處？」又，白居易〈醉歌：示妓人商玲瓏〉曰：「腰間紅綬繫未穩，鏡裏朱顏看已失。」王國維《人間詞話》說是美女。《楚辭．招魂》：「美人既醉，朱顏酡些。」

【語譯】

春花秋月這麼美好的時光什麼時候才能了結？往事知道有多少！昨夜小樓又吹起了東風，新的一年又來到，而在皓月當空的夜晚，我實在難以承受回憶故國的傷痛。

精雕細刻的欄干、玉石砌成的臺階應該都還在吧！只是我已日漸衰老。若要問我心中有多少哀愁，就像這不盡的滔滔春水向東流去。

【賞析】

詞的上片以問句開始，春花、秋月皆為美麗的事物，然而作者卻問他們何時終了？先寫「春花秋月」的美景，再用「何時了」表示厭煩，這是句中矛盾，感歎這種日子沒有完結的一天。為何感到厭煩呢？因為往事太多太多，如此美麗，而昔日的美好已不可重來。外在事物只會勾起內心最深的傷痛，於是乎作者希望春花、秋月能夠終止，不須再出現眼前。

小樓吹起了東風，春花再生，這表示又過了一年。因這春風回想起南唐的王朝、李氏的社稷。春花、秋月每年會重來，然而自己的故國卻已滅亡，愁緒萬千，不堪回首。一個「又」字，表明詞人內心的愁緒已被多次翻攪，反覆受折磨，希望美景別來，但是它又來了。這也點明「春花秋月」和「又東風」的時序變化，不再如昔日的可愛，反倒使人厭煩了。李煜亡國前寫過〈玉樓春〉道：「晚妝初了明肌雪，春殿嬪娥魚貫列。鳳簫吹斷水雲間，重按霓裳歌徧徹。臨風誰更飄香屑？醉拍闌干情味切。歸時休放燭花紅，待踏馬蹄清夜月。」之前同樣出現的春花、夜月，而今完全不同了。兩相對照，可見李煜心中有多少感慨！

上片第一句與第二句是情境互發的句子，第三句與第四句也是情境互發的句子，亦即互相解釋，反覆作說明。第三句再補足第一句的文意，「小樓昨夜又東風」承「何時了」而來，第四句

2 語出王國維《人間詞話》。

再補足第二句的文意，「故國不堪回首月明中」承「往事知多少」而來。詞意一再來回補足，緣自於後主的心緒頗不平靜，思緒不斷，難以解脫。

詞的下片，作者還是回首了。他想起故國的宮殿，「雕欄玉砌應猶在，只是朱顏改。」用空間、時間為主體，寫出物是人非的惆悵，故國的宮殿應該依然完好，只是人已逐漸衰老。「應猶在」是空間物體的永恆性，宇宙運轉無窮；「朱顏改」則是生命時間的無常，人生畢竟是短暫的。過去富庶時代的景象還在，那是一遍又一遍的提醒，曾經發生過的那些美好都是真的，並不是夢。這又讓自己增加了想回到故國的急迫感。

然而，願望不可能實現，統統轉化成愁苦累積在心間。到底這些愁緒有多少呢？正好比一江春水那樣又大又多不休不止地向東流去。春，代表的是生機無限，春水指豐沛的河水量。春水漲溢恣肆，奔放傾瀉；又不捨晝夜，無盡東流。水向東流，是無法改變的方向，代表了後主這輩子心向東南。這闋詞一大特色便是作者勾勒了良辰、美景、賞心、樂事，卻更加反襯詞人如今的淒苦難耐，有多少的當下美好、就有道不盡的無數怨愁。愁的力度和深度席捲而來，詞人用九個字的長句：「恰似一江春水向東流」，透過現實永無止盡的春江水不停的流動漫延，將抽象的愁形象化，才足以抒發這麼悲苦的情懷。因其生動形象的寫愁手法，別有滋味，成為千古傳唱的佳句。

作者通過今昔交錯對比，自然永恆與人生無常的對比，抒發了亡國後頓感生命落空的悲哀，表現了一個亡國之君的無窮哀怨。全文以問起，以答結，由問天、問人而到自問，那種孤獨無助、無依無靠之感，作為一國之主卻被他人控於股掌之中，何等可憐？作者對宇宙與人關係的思索，激起人無限的慨歎與惋惜。這闋詞沒有巧麗精工的修辭，只用洗練的文字簡單勾勒出心境，展示了詞風並非只有《花間集》的豔麗一途，而是可以寄託詞人情志。

【評箋】

宋・王銍《默記》：後主在賜第，因七夕，命故妓作樂，聲聞於外。太宗聞之大怒。又傳「小樓昨夜又東風」及「一江春水向東流」之句，併坐之，遂被禍云。

民國・吳梅《詞學通論》：前謂後主詞用賦體，觀此可信。顧不獨此也，〈憶江南〉、〈相見歡〉、〈長相思〉等，皆直抒胸臆，而復婉轉纏綿者也。至〈浪淘沙〉之「無限江山」，〈破陣子〉之「揮淚對宮娥」，此景此情，安得不以眼淚洗面？東坡譏其不能痛哭九廟，以謝人民，此是宋人之論耳。

民國・任訥《詞曲通義》：此首表示五代詞中有白描一體，與溫氏之作以精麗勝者，截然不同。但意境遠大，詞雖淺而含蓄愈甚，與溫氏一派同爲詞中至境。

（二）李煜〈子夜歌〉

人生愁恨何能免？銷魂獨我情何限①！故國夢重歸，覺來雙淚垂。

高樓誰與上？長記秋晴望②。往事已成空，還如③一夢中。

【題解】

〈子夜歌〉，詞牌名。一名〈菩薩蠻〉，見前。此詞牌於《尊前集》、《詞綜》均作〈子夜〉，無「歌」字。

【注釋】

①銷魂：江淹〈別賦〉：「黯然銷魂者，唯別而已矣！」何限，無限。

②長記秋晴望：時常記得過去秋遊歡樂的景象。長記，永遠牢記。秋晴，晴朗的秋天。望，遠望，眺望。

③還如：仍然好像。還，仍然。

【語譯】

人生的愁恨何時才能結束？怎麼只有我如此銷魂，無窮無盡的悲痛！睡夢中回到故國，醒來後仍然要面對殘酷的現實，不由得落下兩行淚。

被俘虜的日子孤單冷清，誰還能與我一起登上高樓遠眺呢？以前一起在秋日晴空下登高望遠的日子，我永遠也不會忘記。可是好景不常，往事不過是一場空，什麼也抓不住，好像都是在夢中。

【賞析】

後主詞不用典，但情感深，未必易懂，這闋詞正是一個例子。詞的開頭就從悲歎的心情寫起，直接表明自己的愁緒。「人生愁恨何能免」是對人生的歎息，不僅自己如此，社會大眾也如此，大家都有愁恨，沒有辦法免除。這說來有點抽象，可以包含多種複雜的心情，在這裏「愁」是哀憐自己被囚禁的無奈心情，「恨」是追悔，追悔自己的亡國之痛。也正因有如此「愁恨」，作者才會說出「銷魂獨我情何限」的話來。銷魂這種離別的痛苦在我身上是多麼的無限。句中強調爲什麼唯獨我是這麼不幸悲慘的？表現了作者深切體會的悲哀和絕望。他到了北方大概知道回不去了，他的恨就是「此恨綿綿無絕期」[3]了。

面對這麼深廣的愁恨，唯一能夠得到寬慰的方式就是來到夢中，故國只有在夢中才能夠回去。然而醒來之後立即跌入現實，現實生活告訴自己，故國再也沒辦法回去了。夢是眞的有夢，夢中「故國重歸」也是眞的，對往事的依戀，得到的卻是虛假的安慰，一旦回到現實世界，一切化爲烏有，夢醒時只有淚水伴隨著。原來，做夢本來就是虛幻的事。「故國夢重歸」是虛中有實，「覺來雙淚垂」是實中有虛。這樣寫法，讓作品的時空距離感拉長拉大。

---

3 此借用唐．白居易〈長恨歌〉語句。

上片寫思念故國，下片轉寫眼前的實景，那是往事成空、人生如夢的感傷和悲哀。因爲夢醒了，就出來走，走上了高樓。「高樓誰與上」，不是故國的高樓，而是現在的高樓。後主另一闋詞〈相見歡〉說過「無言獨上西樓」的場景。他常在晚上的時候獨自一個人上高樓，因爲睡不著，而上高樓沒有人陪伴，因爲被軟禁了。藉由登高遠眺來追憶故國，故國已經完全不復見了，家園回不了，此情此恨只能用回憶來寄托，因此說道：「長記秋晴望。」常常記得以前的日子，那是令人回味的生活。

望向了秋晴，讓他想到往事都已經成空了，這種現實是後主最不願意回憶、最不願意看到的。最後他發覺人生就像是一場夢，可以消極的感覺到一切都是「空」。這個夢就是前面說的「故國夢重歸」的夢，夢中見到故國，想起了故國的往事，這種心情，背後所埋藏的故事是多麼地無奈、淒涼。

這闋詞有頓挫。每兩句一小節，每節的內容都是一波未平，一波又起，陣陣翻出新意，而最後又回到原點，那是無法解脫的狀態。這種結構來自他內心流程的變化：痛定思痛（第一、二句）→從夢中尋求解脫，夢醒了更痛（第三、四句）→再回憶往事（第五、六句）→表面上說往事已成空，心底卻不能接受往事已成空的事實（最後二句）→重新掉入痛苦深淵（回到第一、二句重頭開始）。後主在後期亡國之後表述的心情，一再如此重覆的搬演著。

【評箋】

宋・馬令《南唐書》：後主樂府詞云：「故國夢初歸，覺來雙淚垂。」又云：「小樓昨夜又東風，故國不堪回首月明中。」皆思故國也。

（三）李煜〈相見歡〉

林花謝了春紅①，太匆匆。無奈朝來寒雨晚來風。　胭脂淚②，相留醉，幾時重？自是人生長恨水長東！

【題解】

〈相見歡〉，原唐教坊曲名，後用作詞牌。《詞律》云：「按此調本唐腔，薛昭蘊一首正名〈相見歡〉，宋人則名〈烏夜啼〉。」《詞譜》以薛昭蘊一首爲正體，雙調三十六字，前段四句，六、三、六、三，三平韻；後段五句，句式爲三、三、三、六、三，兩仄韻，兩平韻。然而李後主喜歡九字句，將前、後二段末二句六、三的格式，合成一長句，且九字句宜於第二字略爲停逗。龍榆生《唐宋詞格律》說：「舊譜分作六言、三言兩句，不盡合適。」此詞牌又有〈上西樓〉、〈西樓月〉、〈西樓子〉、〈西樓秋夜月〉、〈秋夜月〉、〈月上瓜州〉、〈憶眞妃〉、〈憶眞孃〉等別名。

【注釋】

①林花謝了春紅：即「林花春紅謝了」的倒裝。一說「林花」是主詞，辭謝了春天的花，意即樹林中不再有花。上述兩種解釋，都代表春天已離去。春紅，春花。李白〈怨歌行〉：「十五入漢宮，花顏笑春紅。」

②胭脂淚：美人落淚。相傳胭脂山長有胭脂草，花汁可製成化妝用的紅胭脂，多爲匈奴婦女所用。胭脂山一作燕支山，或焉支山，在甘肅山丹縣東。《史記‧匈奴列傳》載：「出隴西，過燕支山。」司馬貞《史記索隱》說：「匈奴失焉支山，歌曰：『失我焉支山，使我婦女無顏色。』」胭脂，一解作帶雨的春紅，指花。杜甫〈曲江對雨〉：「林花著雨燕脂溼。」

【語譯】

樹林間的紅花已經凋謝，去得太匆忙。也是無可奈何啊，花兒怎麼禁得起那淒風寒雨晝夜不停地摧殘呢？

美人掉下眼淚，想要把我留下，問我什麼時候還能再相逢？人生從來就是悲苦怨恨的事情太多，就像江水滔滔不絕永無盡頭的向東流！

【賞析】

後主詞都是短幅的小令，明白如話。他有深厚的文藝根柢，毋須粉飾作態，幾乎是在無意爲之的狀態下，出口成章。雖然他用字淺白，但由於篇幅短小，隨機而發，在沒有交代前因後果的情形下，有時並不容易懂，從而產生了多義性。譬如這闋詞一開始說「林花」，讀者不曉得是什麼花，繼而說是「謝了春紅」，才知道是春林的紅花，然而哪個林？哪種花？無法一一深究。他只是說出眼前的感受：春天過去了。感傷春天的流逝，是作家常見的題材，因為良辰美景不在。為此，他感傷地說道：「太匆匆」。

「太匆匆」是個人主觀的感受，接著他再嘗試提出解釋：「無奈朝來寒雨晚來風」，是因為風吹雨打導致春花飄落，春天也跟著離去。這句話稍顯客觀，不過，「無奈」二字表明他束手無策，而早晚都來的無情風雨，也著實帶來很大的挫折感。風雨無情之下，花被打落，人無能為力，變得相對微弱渺小。由此可知，歎息聲中著一「太」字、寫出「無奈」二字，都是有心思的文筆。上片到此，後主寫出美好的時光如春花消逝，遭受暴風雨的殘酷侵襲，繁華歲月轉瞬消失，讓他措手不及。無奈失去的一切再也回不來了，他被迫接受現實。

過片三字句、三疊句，「胭脂淚，相留醉」前二句換仄韻，「幾時重」後一句歸原韻。以簡單的三短句，勾勒出詞人心頭最沈痛的悲願。「胭脂淚」承上文「春紅」而來，原本是花被風雨打落，因而帶淚；但是又將受雨摧殘的花朵擬人，化作美人流淚，並與臉上的胭脂相融，接著說到「相留醉」，這時主詞就換成美人了。宋軍壓境，堂堂江南國主肉袒出降的那天，與眾嬪妃淚別，難以割捨的情感撕心裂肺。「相留醉，幾時重」，既是後主在詞中寄託歸返江南的希望，但再也無法踏入眷戀的故土，也可以說美人落淚的原因無關外頭的風雨，而是「別時容易見時難」，此刻美人欲留住我，也想問何時再能重逢？「相留醉」另有版本作「留人醉」，相較之下，「相留」比「留人」含蓄委婉些，今日的醉與他日的重逢也都是兩人之事，不是一人的舉動，因此「相留醉」似乎更好。當美人提問時，後主應該也落淚了。因爲身不由己，未來的事全操控在他人手中。他失去了自由，也失去了人生作主的任何一次機會。我們可以拿蘇軾〈木蘭花令・次馬中玉韻〉「故將別語惱佳人，要看梨花枝上雨」[4]的句子作比較。東坡明知馬中玉對自己有深厚的感情，一旦分離，必定會流淚哭泣，卻故意用詼諧語氣調侃他，是想先打破不好的氣氛，藉此安慰對方最壞也不過如此，眼前好友即使落淚了，也還可以及時給予安慰。然而此時此刻的後主呢？眞的完全「無奈」。他無力護花，無力回天，連給與佳人安慰的一句話也說不出口。

最後能怎麼辦呢？後主很無奈的說道：「自是人生長恨水長東！」這句話是在下結論，「自是」兩字，點明了結論的必然性。「人生長恨」就如「水長東」，滿腔的恨就像滔滔不絕的江水，東流千里，這就肯定了痛苦的眞實存在，永恆而巨大的存在，無可改變。後主〈虞美人〉說：「問君能有幾多愁？恰似一江春水向東流」，同樣用了意長恨與水東流相連接的譬喻的手法，這是譬喻中的明喻，雖然也直接明白了，但還不如「自是人生長恨水長東」來得直截了當，說話不留餘地。後主失去了祖先留下來的美好江山，豈不歎惋？美人失去了江南宮殿的美好生活，豈不傷懷？這是帶愁帶恨的人生，走不下去的人生。

【評箋】

清・譚獻《譚評詞辨》：前半濡染大筆。

民國・王國維《人間詞話》：詞至後主而眼界始大，感慨遂深，遂變伶工之詞而爲士大夫之詞。周介存（濟）置諸溫、韋之下，可謂顛倒黑白矣。「自是人生長恨水長東」、「流水落花春去也，天上人間」，《金荃》、《浣花》，能有此氣象耶？

（四）李煜〈相見歡〉

無言獨上西樓，月如鉤。寂寞梧桐深院鎖清秋①。　剪不斷，理還亂，是離愁。別是一般滋味在心頭。

4 宋・蘇軾〈木蘭花令・次馬中玉韻〉：「知君仙骨無寒暑，千載相逢猶旦暮。故將別語惱佳人，欲看梨花枝上雨。　落花已逐迴風去，花本無心鶯自訴。明朝歸路下塘西，不見鶯啼花落處。」

【注釋】

①鎖清秋：形容看不見美麗的秋景。鎖是幽閉。無人來往，無景可賞，如同被幽閉。清秋，美好的秋天。參見柳永〈八聲甘州〉【注釋】②。

【語譯】

默默無語，獨自一人夜晚走上西樓，看見彎彎的一鉤新月。寂寞的梧桐樹生長在庭院裏，美麗的秋景也進不來。

那剪也剪不斷，理也理不清，讓人心亂如麻的，正是許許多多去國離鄉的愁思。另有一種說不出來的滋味在心頭。

【賞析】

對感情內斂的人來說，當他不想說話時，往往付諸行動。而後主的行動是：在深夜獨自悄悄地走上西樓。爲什麼是一個人呢？因爲後主被幽禁了，形單影隻，大周后去世了。小周后也不在身旁。西樓是西邊的樓。我們都知道，月亮從東邊升起，西邊落下。後主如果想要追月，他當然知道半夜以後月亮是在西邊出現的。換言之，這個時候夜已深沈，他是在輾轉難眠的情形下前往西樓。

而來到西樓，擡頭看見的不是圓月；俯視庭院，寂寞的梧桐樹兀自孤伶伶地站著。「寂寞」

二字，形容所處的環境，可以用來形容梧桐樹，也可以形容深深的庭院，也可以形容庭院裏的人。由於被形容的主體可以變換，這裏出現了多義性的詮釋。梧桐樹原不寂寞，是因爲梧桐樹在秋天開始落葉、凋零，後主觸景生情而說它寂寞。深深的庭院也可以是不寂寞的，因爲此刻是深夜，四下無人，闃寂無聲，才感到寂寞。庭院怎麼可能鎖住清秋呢？用一個「鎖」字，則美景不得進入，可想而知。這才明白，所有的寂寞都是後主的移情作用，眞正的主體是人。

下片景外生情。連下三個三字句，愈寫愈深，形容離愁又亂又多。這種國破家亡的愁恨，不敢說，也無人可傾訴，後主身爲一國之君，他內心的悔、恨、悲、悽，旁人更是難以體會。最後只能說成「別是一般滋味在心頭」了。

【評箋】

宋·黃昇《花庵詞選》：此詞最悽惋，所謂「亡國之音哀以思」。

民國·劉永濟《唐五代兩宋詞簡析》：此亦李煜降宋後作。前首上半闋表面似惜花，實乃自悲如林花已謝，且謝得「太匆匆」，而朝雨、晚風尚摧殘之不已，故曰「無奈」。下半闋因念，今日雖欲求如臨別之時淚眼留醉亦不可得矣，何況重返故國，故曰「人生長恨」如「水長東」。後首上半闋言所處之寂寞。下半闋滿腹離怨，無語可以形容，故樸直說出。「別是」句，尤爲沈痛。蓋亡國君之滋味，實盡人世悲苦之滋味無可與比者，故曰「別是一般」。此二首表面似春、秋閨怨之詞，因不敢明抒己情，而託之閨人離思也。

民國・俞平伯《論詩詞曲雜著》：自來盛傳「剪不斷，理還亂」以下四句，其實首句「無言獨上西樓」六字之中，已攝盡悽惋之神。

民國・唐圭璋《唐宋詞簡釋》：此種無言之哀，更勝於痛哭流涕之哀。

（五）李清照〈聲聲慢〉

尋尋覓覓，冷冷清清，悽悽慘慘戚戚①。乍暖還寒時候，最難將息②。三杯兩盞淡酒，怎敵他、晚來風急？雁過也，正傷心，卻是舊時相識。滿地黃花③堆積。憔悴損，如今有誰堪摘？守著窗兒，獨自怎生④得黑？梧桐更兼細雨，到黃昏、點點滴滴。這次第⑤，怎一箇、「愁」字了得！

【題解】

〈聲聲慢〉，詞牌名。毛先舒《塡詞名解》云：「詞以『慢』名者，慢曲也，拖音嫋娜，不欲輒盡。今曲子牌亦多稱慢，如〈二郎神慢〉、〈紅林檎慢〉、大率多是慢引子耳。」此調雙疊，九十七字，字數另有增減一、二字者，有平韻、仄韻兩體。歷來作者多用平韻格，以晁補之、吳文英、王沂孫爲正體，而李清照《漱玉詞》所用仄韻格（即此詞），前後片各五仄韻，押入聲韻，最爲世所傳誦。此詞牌又名〈勝勝慢〉、〈人在樓上〉等。

【注釋】

①「尋尋覓覓」三句：意謂想把失去的找回來，卻一無所有，什麼也沒找到，心中非常空虛悵惘、迷茫失落。悽悽慘慘戚戚，憂愁悲苦傷心的樣子。

②將息：舊時方言，猶言養息，休養調息之意。王建〈留別張廣文〉：「千萬求方好將息，杏花寒食約同行。」司馬光〈與姪帖〉：「時熱，且各自將息。」

③黃花：菊花。

④怎生得黑：怎樣捱到天黑？怎生，舊時俗語，如何、怎樣的意思。

⑤這次第：猶言這光景、這時節。

【語譯】

我到處尋找，尋也白尋，找也白找，屋裏冷冷清清，想來眞悽慘，越想越悲哀傷心。忽然暖和又忽然寒冷的時節，最難休養調理好身體。喝三兩杯淡酒，怎麼能擋得住晚上的勁風呢？正傷心的時候，鴻雁又飛過去了，它還是我以前在北方認識的朋友。

菊花謝落，堆積滿地。憔悴枯黃，如今有誰還會來採摘？我守著窗戶，獨自一個人怎麼才能捱到天黑？更加上細雨敲落在梧桐葉上，到黃昏還點點滴滴下個不停。這光景，哪裏是用一個「愁」字能說得清！

【賞析】

這闋詞寫晚年寡居生活的辛苦，其中用了許多當時的口語。

開篇連下十四個疊字，寫一個人獨處的寂寞無聊。尋而又尋，覓而又覓，換來冷冷清清的結局，於是一個人主動的動作，轉為外在氣氛的壓抑，最後變成心中只剩下一堆悽慘憂慼。重疊字旨在加強語氣，前人也常見，如柳永〈雨霖鈴〉：「念去去、千里煙波，暮靄沈沈楚天闊。」然而連續重疊十四字則屬罕見。後人有極為肯定此寫法者，但是也有人認為出自鄙賤者傖父之流的口氣，以其詞語淺白的緣故。仔細觀察，「尋尋」是尋找大的地方，「覓覓」是尋找小的地方，「冷冷清清」是屋內空無一人，再也不是從前的兩人世界，這才體會到同樣是過去的場所，現在變得孤獨無依了。「悽悽」、「慘慘」、「戚戚」也是愈寫愈到內心深處，個人內心的憂傷慼苦，外人難以理解。這些疊字，是易安生活中的口語，也都經過一番思索而後表達，從外在舉動寫到內心感受，層層推進，層境愈來愈深。

前面敘及心情的波動，自應好好調理。只是天氣「乍暖還寒」，久久難以安頓身心。天氣轉冷，為了禦寒，也是為了澆愁，入夜前飲了三兩杯淡酒，這又是獨自一人飲酒。但是怎能壓得住心頭的悲傷？晚來勁風，不是淡酒所能抵擋；無端哀愁，也不是淡酒三兩杯能夠化解。正在這萬千心事難解的時刻，看見鴻雁飛過，讓她想起人在北方時也見過鴻雁。雁子事實上未必相識，但可知她天天思念故鄉，天天注意雁子。

下片接續寫景，語意連貫。受不住「晚來風急」的黃花，掉落滿地。黃花留在枝頭上時，有人摘取，而今落地後，有誰會撿起來呢？易安以菊花自比，說明年華老去，白身憔悴，再也無人疼惜。悲歎黃花憔悴，是歎花，也是歎己。

白天百無聊賴，就希望天快點黑，這意思和易安另一闋詞〈醉花陰〉「薄霧濃雲愁永晝」的意思很相似。[5]而她在窗邊守候什麼呢？沒有可候的人兒，也沒有可候的事兒，所候到的是雁過，花落，是梧桐細雨不停地下，淚水不停的落著。易安這裏沒有明白寫出落淚，但是她的巧思，來自晚唐溫庭筠〈更漏子〉「梧桐樹，三更雨，不道離情正苦。一葉葉，一聲聲，空階滴到明」的句子。這裏有滿滿的離情之苦，如同雨滴滴個沒完，正象徵愁苦的無止境，由於取用「梧桐更兼細雨」的意象與溫飛卿詞的含義相同，因此推測起來也有落淚的意思。結語說道：「這次第，怎一箇、『愁』字了得！」這是永遠說不盡的苦，也不是一兩個字能表達完盡的了。

有些書提及「梧桐更兼細雨」的「細」字、「三杯兩盞淡酒」的「淡」字，是詞人故意選用

---

5 宋・李清照〈醉花陰〉：「薄霧濃雲愁永晝，瑞腦消金獸。佳節又重陽，玉枕紗廚，半夜涼初透。東籬把酒黃昏後，有暗香盈袖。莫道不消魂，簾捲西風，人比黃花瘦。」

輕淡的字眼。這說法有待商榷。這闋詞也用到沈重的字眼，應該說易安是在寫生活，生活中的物件本來就有輕有重，她出自於女性細膩觀察入微的生命特質，注意到有些輕淡微細的東西，於是作此描寫。

【評箋】

宋・羅大經《鶴林玉露》：近時李易安詞云：「尋尋覓覓，冷冷清清，淒淒慘慘戚戚。」起頭連疊七字，以一婦人乃能創意出奇如此！

宋・張端義《貴耳集》：易安秋詞〈聲聲慢〉：「尋尋覓覓，冷冷清清，淒淒慘慘戚戚。」此乃公孫大娘舞劍手。本朝非無能詞之士，未曾有一下十四疊字者，用《文選》諸賦格。後疊又云：「梧桐更兼細雨，到黃昏、點點滴滴。」又使疊字，俱無斧鑿痕。更有一奇字云：「守著窗兒，獨自怎生得黑？」「黑」字不許第二人押。婦人中有此文筆，殆間氣也。[6]

清・劉體仁《七頌堂詞繹》：易安居士：「最難將息」，「怎一箇、『愁』字了得？」深妙穩雅，不落蒜酪，亦不落絕句，眞此道本色當行第一人也。

清・萬樹《詞律》：此遒逸之氣，如生龍活虎，非描塑可擬。其用字奇橫而不妨音律，故卓絕千古，人若不見才而故學其筆，則未免類狗矣。

清・徐釚《詞苑叢談》：首句連下十四個疊字，眞似大珠小珠落玉盤也。

清・許昂霄《詞綜偶評》：易安此詞，頗帶傖氣，而昔人極口稱之，殆不可解。

清・周濟《介存齋詞選序論》：雙聲疊韻字，要著意布置，有宜雙不宜疊，宜疊不宜雙處；重字則既雙又疊，尤宜斟酌。如李易安之「淒淒慘慘戚戚」，三疊韻，六雙聲，是鍛鍊出來，非偶然拈得也。

清・梁紹壬《兩般秋雨盦隨筆》：至李易安詞：「尋尋覓覓，冷冷清清，淒淒慘慘戚戚。」連下十四疊字，則出奇勝格，眞匪夷所思矣。

清・陳廷焯《白雨齋詞話》：後幅一片神行，愈唱愈妙。

民國・劉永濟《唐五代兩宋詞簡析》：此清照逃難至南方，其夫死後所作。一種悽苦難堪之情，自肺腑中噴薄而出，似淺而深，沈痛無比。昔人稱清照能以尋常言語入之音律，抒寫深切之感情，不假雕飾，自然動人，與李後主相同，故有詞家二李之稱。此詞首用十四箇疊字，後又用兩箇疊字，昔人稱爲難能。然此十四疊字，亦有一定層次，首四字尤非有深切情感者不

6 間氣，又作閒氣，舊謂英雄豪傑上應星象，稟天地特殊之氣，間世而出，稱爲「間氣」。《太平御覽》卷三百六十引《春秋演孔圖》：「正氣爲帝，間氣爲臣。」宋均注：「間氣則不苞一行，各受一星以生。」宋・梅堯臣（聖俞，一〇〇二～一〇六〇年）〈永叔贈酒〉：「始得語且橫，既醉論益堅。曾不究世務，閒氣爭古先。」

易道出。〈古詩十九首〉中有一首可作此四字注解。古詩曰：「明月何皎皎，照我羅牀幃。憂愁不能寐，攬衣起徘徊。客行雖云樂，不如早旋歸。出戶獨彷徨，愁思當告誰。引領還入房，淚下沾裳衣。」此詩寫一人愁思不寐，披衣出戶，彷徨久之，復行入房，即此詞所謂「尋尋覓覓」也。簡言之，即心中如有所失。蓋獨處傷心之人，確有此情況也。「冷冷清清」者，境之淒寂也。「悽悽慘慘戚戚」者，心之悲苦也。「乍暖還寒」，固是秋末氣候，而愁苦之人當此時候，又感適應不易，故曰「最難將息」。「雁過」而曰「舊時相識」者，雁逢秋而南下，清照亦北人南來，故與雁爲舊識也，且以比獨處淒寂之況。「滿地黃花」二句，與其盛時所作〈醉花陰〉詞「簾捲西風，人比黃花瘦」句，有今昔不同之感。「守著窗兒」以下，更因黃昏細雨，增人悲咸，故曰「這次第，怎一箇『愁』字了得」也。一箇愁字不能了，故有十四箇疊字，十四箇疊字不能了，故有全首。總由生活痛苦，不得不吐而出之，絕非無此生活而憑空想寫作者可比也。

民國・吳灝《歷朝名媛詩詞》：易安〈聲聲慢〉一闋，張正夫稱爲「公孫大娘舞劍手」，以其連下十四疊字也。此卻不是難處，因調名〈聲聲慢〉，而刻意播弄之耳。其佳處在後又下「點點滴滴」四字，與前照應有法，不是草草落句。玩其筆力，本自矯拔，詞家少有，庶幾蘇、辛之亞。

四、感官摹寫

人對外在世界的認知，首先起源於五官，而五官的感受形諸文字，就是各種意象，如視覺意象、聽覺意象等。一般人觀察世界，主要是睜眼看，其次是耳朵聽，其次才是嗅覺、味覺、觸覺的運用，因此文字意象的表達也以視覺意象爲多。

作家將思維具體落實，形成筆墨文字，這時各種感官意象的呈現，有助於思想形象化的表達。因此，加強各種感官功能的運用，使各種意象紛然呈現，意象鮮明而逼眞，是文學手法必然的規則。更進一步的作家，會將各種意象綜合運用，一篇詩文中同時出現了多種感官摹寫，不足爲奇。重點是感官摹寫產生出來的意象，有新意，切合想要表達的思想內容，能讓讀者品味再三。

唐宋詞中常見感官摹寫的手法，發展到北宋中期，已經達到爐火純青的地步。如晏殊〈清平樂〉說道：

金風細細，葉葉梧桐墜。綠酒初嘗人易醉，一枕小窗濃睡。　紫薇朱槿花殘，斜陽卻照闌干。雙燕欲歸時節，銀屏昨夜微寒。

這闋詞主要摹寫眼睛觀察到的景物，但是添入初嘗綠酒、詞人已經酣睡許久的情節，就帶出了朦朧感。在睡醒時分，看見外頭夕陽斜照的凋殘意象，詞人才有了「銀屏昨夜微寒」的淒涼感。說是「銀屏」的感知，其實正是詞人的感知，這有如李後主〈浪淘沙〉所說：「羅衾不耐五更寒」，[1]也有如李清照〈念奴嬌〉所說：「被冷香消新夢覺」。他們都拿無知覺的羅衾、被子，代替自身的觸覺感受。原來摹寫可以進化到以無知事物代替有知的人，寫法新穎。

又如晏殊〈踏莎行〉說道：

小徑紅稀，芳郊綠徧，高臺樹色陰陰見。春風不解禁楊花，濛濛亂撲行人面。　翠葉藏鶯，朱簾隔燕，爐香靜逐遊絲轉。一場愁夢酒醒時，斜陽卻照深深院。

這闋詞也是摹寫眼睛觀察到的景物，也在寫酒醒後才發覺春天已去的遲暮之感。妙的是「高臺樹色陰陰見」，先寫出隱約顯現，下文才說出有鶯鶯燕燕藏在綠葉叢裏，「藏鶯」、「隔燕」是鶯燕不叫不飛了，寫出靜態，卻是從「藏」、「隔」的動態中顯出「靜」。原來感官的摹寫不一定是看得到、聽得到，有時看不見、聽不到，完全安靜的一種狀態，也是由人的感知而來。感官的摹寫能如此寫，又是再一層的進化了。

歐陽脩〈采桑子〉說道：「百卉爭妍，蝶亂蜂喧」，這很明顯由視覺帶出聽覺，而下一句「晴日催花暖欲然」，又由視覺帶到觸覺了。這闋詞最後還以「水闊風高颺管絃」的聽覺感受作結。事實上，歐陽脩〈采桑子〉處處可見感官摹寫的運用，譬如下列二首：

> 畫船載酒西湖好，急管繁絃，玉盞催轉，穩泛平波任醉眠。　行雲卻在行舟下，空水澄鮮，俯仰留連，疑是湖中別有天。
>
> 羣芳過後西湖好，狼籍殘紅，飛絮濛濛，垂柳闌干盡日風。　笙歌散盡遊人去，始覺春空，垂下簾櫳，雙燕歸來細雨中。

讀者一看便知，透過眼睛觀察到的美景之外，歐陽脩也把耳朵聽到的「急管繁絃」、「笙歌散盡」的聽覺感受，以及身體感受或碰觸到的「穩泛平波任醉眠」、「垂柳闌干盡日風」寫入詞中，視角並非很特殊，只是把所見所聞的一一置入，然而用語精美，構成一幅完美的圖畫。

---

1 南唐．李煜〈浪淘沙〉：「簾外雨潺潺，春意闌珊。羅衾不耐五更寒。夢裏不知身是客，一晌貪歡。獨自莫凭欄。無限江山，別時容易見時難。流水落花春去也，天上人間。」

在「笙歌散盡」、「人去春空」的聲音消逝之後，平常人容易有些憂愁感傷，但是歐陽脩立刻寫道「雙燕」這老朋友又回來了，[2]憂愁旋即化去。歐陽脩晚年詞作的一大特色是閒逸平和、心神愉快。

感官摹寫的實例所在多有，本書還引用過下列的例子。譬如秦觀〈阮郎歸〉其四的上片：「湘天風雨破寒初，深沈庭院虛。麗譙吹罷小單于，迢迢清夜徂。」這裏的文字感受，前二句由視覺而來，後二句由聽覺而來。又如秦觀〈滿庭芳〉的起筆三句：「山抹微雲，天粘衰草，畫角聲斷譙門」，前二句也是由視覺而來，第三句由聽覺而來。以下我們選取四首意象鮮明的作品，說明這些摹寫在詞中發揮的效果。

（一）溫庭筠〈更漏子〉

玉鑪香①，紅蠟淚②，偏照畫堂秋思③。眉翠薄④，鬢雲殘⑤，夜長衾（ㄑㄧㄣ）枕⑥寒。

梧桐樹，三更雨⑦，不道⑧離情正苦。一葉葉，一聲聲，空階滴到明。

【題解】

〈更漏子〉，詞牌名。古人以漏刻計時，用銅壺盛水，底穿一孔滴水，壺中插一支箭，上有刻度，壺裏的水漸漸減少，箭上的刻度也一一顯露出來，於是看漏刻而知時間。夜深人靜，漏聲越聽越分明。一夜又分爲五更，故曰更漏。杜甫〈江邊星月〉二首之一：「餘光隱更漏，況乃露華凝。」許渾〈韶州驛樓宴罷〉：「主人不醉下樓去，月在南軒更漏長。」毛先舒《塡詞名解》說：「唐溫庭筠作秋思詞，中詠更漏，後以名詞。」

這闋詞爲雙調小令，共四十六字，分二疊，一疊之中由仄聲韻換成平聲韻。上片六句，兩仄韻、兩平韻，下片六句，三仄韻、兩平韻。始於溫庭筠，並以溫庭筠、韋莊二家〈更漏子〉爲正體。後世這個詞牌也有許多別名，如〈付金釵〉、〈獨倚樓〉、〈翻翠袖〉等。

溫庭筠所作〈更漏子〉，多歌詠午夜情事，藉更漏時的夜景興發情思愁緒。這闋詞選自《花間集》，而《尊前集》以爲馮延巳作，不可信。

---

2 以雙燕爲朋友的詞很多，譬如宋．晏殊〈浣溪沙〉：「一曲新詞酒一杯，去年天氣舊池臺，夕陽西下幾時迴？　無可奈何花落去，似曾相識燕歸來。小園香徑獨徘徊。」宋．晏幾道〈臨江仙〉：「夢後樓臺高鎖，酒醒簾幕低垂。去年春恨卻來時。落花人獨立，微雨燕雙飛。　記得小蘋初見，兩重心字羅衣。琵琶絃上說相思。當時明月在，曾照彩雲歸。」

【注釋】

①玉鑪香：天寒地凍時，用香爐薰衣服或烤手取暖，用來帶出香氣。

②紅蠟淚：蠟燭融化，向下流注如淚。李商隱〈無題〉：「春蠶到死絲方盡，蠟炬成灰淚始乾。」杜牧〈贈別〉：「蠟燭有心還惜別，替人垂淚到天明。」

③畫堂：裝飾華麗的內室。秋思，因秋日的寂寞淒涼而感傷。思字讀去聲。

④眉翠薄：翠是黛綠色，用以畫眉毛。薄，形容顏色已褪。

⑤鬢雲殘：黑潤豐麗如雲一般的鬢髮，形狀也已零亂。鬢：靠近耳旁兩頰的頭髮。

⑥衾枕：被子和枕頭。白居易〈長恨歌〉：「翡翠衾寒誰與共？」

⑦梧桐樹，三更雨：梧桐樹，落葉喬木，葉闊大呈手掌狀，秋末開始飄落。雨滴落葉聲很單調，詩人多用以表現淒涼情景。孟浩然〈句〉：「微雲淡河漢，疏雨滴梧桐。」白居易〈長恨歌〉：「春風桃李花開日，秋雨梧桐葉落時。」

⑧不道：不知道，沒料到。

【語譯】

美麗的鑪子散發出芳香，紅色的蠟燭滴流著燭淚，搖曳的光影映照著華麗屋宇內傷感悲秋的人。蛾眉的翠綠褪了，頭髮也零亂了，漫漫長夜無法安眠，被子枕頭都是冰涼涼的。

半夜三更，聽到雨打在窗外梧桐樹葉的聲音，誰知道別離的人心情這麼愁苦。一片片葉子，點點滴滴的雨聲敲打著，落在庭前無人的臺階上，一直滴到天亮時分。

【賞析】

這闋詞描繪思婦的離愁。從起句「玉鑪香，紅蠟淚」開始，就呈現了溫庭筠溫婉華麗的詞風，他喜歡揣摹女子內在心理活動而刻意雕琢。筆觸描繪極其細膩，由景生情，句句景語，亦是情語。

上片先描繪出穠麗的景色。華屋內，玉鑪散發暖香，燭光也柔和安祥，卻只有一女子空守，她看見蠟燭泣淚。女子的情感不僅與周遭景致不諧調，還投射了個人情感於無情之物蠟燭上。後句「眉翠薄，鬢雲殘」再相映出一幅「爲伊消得人憔悴」[3]之景，女子淡妝薄顏，也已經失去了「女爲悅己者容」[4]的動力。室內溫度愈是溫暖，反而更加襯托主角內心的淒清孤寂。「夜長衾枕寒」，再補充說明女子孤單難眠，輾轉反側，因而被窩不得溫熱的窘狀。這句話呼應了「更漏子」的詞牌名，也點明了女子環顧畫堂四周，只換來空寂的感覺，等到爲了暫忘愁思而鑽入被

---

3 宋．柳永〈蝶戀花〉：「竚倚危樓風細細。望極春愁，黯黯生天際。草色煙光殘照裏，無言誰會凭闌意。　擬把疏狂圖一醉。對酒當歌，強樂還無味。衣帶漸寬終不悔，爲伊消得人憔悴。」

4 此借用漢．司馬遷〈報任少卿書〉語句。

衾，卻又徹夜未眠，聽到外面世界細微的聲音。

下片「梧桐樹」的出現，正是秋天景致。女子聽到半夜三更的雨聲，顯見夜已深沈，依然難以入睡。這時女子注意到樹葉、窗戶、臺階上的滴雨聲，她的注意力不停地轉換，觀察愈趨細密。她著眼愈細，愈能看出這個夜晚時間慢慢地推移。雨聲何其細微，卻是「一葉葉，一聲聲」聽得清清楚楚，甚至於被煩擾到更不能眠，直到天亮。「一葉葉」承「梧桐樹」而來，「一聲聲」承「三更雨」而來，語意連貫而且緊密。最後「空階滴到明」一句，突顯外面實爲冷寂的世界。女子的心煩意亂無法得到解脫，只能一個人概括承受這一切了。

整闋詞上片寫室內之景，用視覺寫；下片鏡頭轉移到室外，同時從視覺的感官印象轉移到聽覺意象，色彩則由濃豔轉爲疏淡。結構清楚，意象分明。

【評箋】

宋・胡仔《苕溪漁隱叢話》：庭筠工於造語，極爲綺靡，《花間集》可見矣。〈更漏子〉一詞尤佳。其詞云：「玉鑪香，紅蠟淚……。」

清・謝章鋌《賭棋山莊詞話》：溫尉是王、謝子弟，溫尉詞當看其清眞，不當看其繁縟。胡元任謂「庭筠工於造語，極爲奇麗。然如〈菩薩蠻〉[5]云：「梧桐樹，三更雨，不道離情正苦。一葉葉，一聲聲，空階滴到明。」語彌淡，情彌苦，非奇麗爲佳者矣。

清・譚獻《譚評詞辨》：「梧桐樹」至「滴到明」，似直下語，正從「夜長」逗出，亦書家無垂不縮之法。

民國・李冰若《栩莊漫記》：飛卿此詞，自是集中之冠。尋常情景，寫來淒婉動人，全由秋思離情爲其骨幹，宋人「枕前淚共階前雨，隔著窗兒滴到明」，[6]本此而轉成淡薄。

民國・唐圭璋《唐宋詞簡釋》：此首寫離情，濃淡相間，上片穠麗，下片疏淡。通篇自晝至夜，自夜至曉。其境彌幽，其情彌苦。

（二）范仲淹〈漁家傲〉 秋思

塞下①秋來風景異，衡陽雁去無留意②。四面邊聲連角起③。千嶂④裏，長煙落日孤城閉。　濁酒一杯家萬里，燕然未勒⑤歸無計。羌管悠悠⑥霜滿地。人不寐，將軍白髮征夫淚。

5 此處〈菩薩蠻〉當作〈更漏子〉。

6 宋・聶勝瓊〈鷓鴣天〉：「玉慘花愁出鳳城，蓮花樓下柳青青。尊前一唱陽關曲，別個人人第五程。尋好夢，夢難成，有誰知我此時情。枕前淚共階前雨，隔個窗兒滴到明。」

【題解】

〈漁家傲〉，詞牌名。因北宋晏殊詞有「神仙一曲漁家傲」句，取以爲名。此調以晏詞爲正體，雙調六十二字，上下片各四個七字句，一個三字句，每句用韻，皆用仄韻，聲律諧婉。後有周邦彥詞之疊韻、杜安世詞之三聲叶韻、蔡伸詞之〈添字漁家傲〉，皆屬變體。又名〈遊仙詠〉、〈吳門柳〉、〈荊溪詠〉、〈綠蓑令〉、〈忍辱仙人〉等。仲淹此詞副題「秋思」，上片寫「秋」，下片寫「思」，深寓寫作本意。

【作者】

范仲淹，字希文，蘇州吳縣（今江蘇吳縣）人。生於北宋太宗端拱二年，卒於仁宗皇祐四年（九八九～一〇五二年），年六十四。

仲淹幼時孤貧好學，眞宗大中祥符八年（一〇一五年）登進士第，隨後至各地任官，常上書條陳政事。仁宗景祐元年（一〇三四年）六月，徙知蘇州，次年於當地建郡學，延聘胡瑗爲教授；寶元元年（一〇三八年），於當地興學育士，又聘李覯爲教授。

康定元年（一〇四〇年）五月，遷龍圖閣直學士，陝西經略安撫副使，此時張載至陝謁見范公，請從軍，仲淹器重其才，囑咐研讀《中庸》。八月，兼知延州，九月，遣狄青破西夏敵，授《左氏春秋》於狄青。當其鎮守延安時，西夏人相戒莫敢犯，曰：「小范老子，胸中自有數萬甲兵。」羌人呼爲「龍圖老子」。康定二年，好水川之戰宋軍大敗，韓琦、范仲淹受罰被貶。慶曆二年（一〇四二年）十一月，與韓琦效命邊事，駐兵涇州。仲淹密令長子純佑和蕃將趙明，率兵偷襲西夏軍，奪回了慶州西北的馬鋪寨。他隨後引軍出發，深入西夏邊防，就地動工築起大順城。范仲淹〈城大順迴道中作〉：「三月二十七，羌山始見花。將軍了邊事，春老未還家。」次年三月，與韓琦並爲樞密副使。七月，出爲陝西宣撫使。八月，除參知政事，推行政治革新。慶曆四年，宋與西夏議和。五年正月，以資政殿學士知邠州，爲陝西四路沿邊安撫使。皇祐元年（一〇四九年）七月，除禮部侍郎，十月，創置義莊於蘇州，次年春，轉戶部侍郎。二年後卒。追贈兵部尚書，謚文正。

文正才高志遠，慨然以天下爲己任。爲官則興學行善，薦賢報國，爲將則號令明白，愛撫士卒；兼具立德、立功、立言之美，實爲士大夫的典範。今有《范文正公集》行世。朱孝臧（一一五七～一九三一年）校刻《彊村叢書》輯有〈范文正公詩餘〉一卷，僅得六首詞，然皆雅正入妙。

【注釋】

①塞下：邊關，指西北邊地。

②衡陽：湖南省市名，宋屬衡州治所。此地衡山有回雁峯，傳說雁飛到此地不再南飛。北宋．陸佃《埤雅》：「鴻雁南翔不過衡山。」南宋．王象之《輿地紀勝》卷五十五：「荊湖南路．衡州．景物下：回雁峯在州城南。或曰雁不過衡陽，或曰峯勢如雁之回。」這兒借用，意謂塞下荒寒，連雁也不願停留。

③邊聲：李陵〈答蘇武書〉：「邊聲四起，晨坐聽之，不覺淚下。」邊聲指邊塞上風沙走石滾動聲，或

蕭蕭斑斑鳴聲。連角起：和號角聲一起響起。角，號角，發聲嗚嗚然，哀厲高亢。

④嶂：山峯。千嶂裏有孤城，正與唐人王之渙〈涼州詞〉「一片孤城萬仞山」詩意相同。

⑤燕然：山名，在今外蒙古。《後漢書・竇憲傳》載竇憲大破匈奴，追北單于，登燕然山（今外蒙古杭愛山），刻石勒功，紀漢威德，班固作〈封燕然山銘〉，見錄於《文選》。勒，勒馬，煞住馬，比喻停駕而刻石記功。

⑥羌管：羌笛，出自羌地。羌是民族名，居所不定，大約在今四川省西部至甘肅省南部，臨近青康藏高原一帶。悠悠，憂思的樣子。《詩經・鄭風・子衿》：「青青子衿，悠悠我心。」一說渺遠無盡的樣子。唐・陳子昂〈登幽州臺歌〉：「念天地之悠悠，獨愴然而涕下。」

【語譯】

西北邊疆秋天的風景和故鄉大不相同，飛向衡陽過冬的雁兒毫無停留的意思。四面邊地悲涼的聲音，隨著軍中號角聲響起。層層山峯的懷抱裏，一縷長煙升起，落日餘暉中，一座孤單的城堡緊緊閉守著。

想藉酒澆愁，手拿起一杯濁酒，心中立即想起萬里外的家鄉，然而尚未擊退西夏兵，還沒有勒馬立下軍功，不能有返鄉的計畫。夜晚傳來悠揚的羌笛聲，滿地的霜寒襲人。人兒睡不著，將軍已白髮蒼蒼，而士兵們也淚水盈眶。

【賞析】

這是一首感人肺腑的邊塞詞。宋仁宗康定元年（一〇四〇年）七月，仲淹五十二歲，任陝西經略安撫副使，此後數年，都是在甘肅、寧夏、陝西擔任軍職，戍守邊疆，抗禦西夏，這闋詞約在五十三、四歲時所作。

整闋詞分上、下二片，上片寫邊塞的秋景，景觀特殊而壯闊荒涼；下片寫邊帥思家的情懷，也感人至深。主題是「秋思」，上片切題旨的「秋」字，下片切題旨的「思」字。

首句「塞下秋來風景異」是濡染大筆，以泛寫的方式，點明時節是「秋」，地域是邊塞，此時此地，風光景物，與江南大不相同。作者故鄉在蘇州，用一個「異」字顯示與西北邊地特殊不同的景象。第二句以下，一一具體寫出有哪些風景是殊異的？

先寫北雁南飛的天空景象，由視覺所引起。季節一入秋天，塞外天氣便逐漸寒冷，鴻雁南飛避寒，據說最南飛到湖南衡陽的回雁峯，在那裏等候大地春回，以便春暖時飛回北方。作者描寫雁羣毫不留戀，一股勁兒的往南飛去，可見西北何等荒寒！雁去，人呢？人也想離去酷寒的西北。這是烘托的寫法，用雁烘托人的心理狀態。

第三句改從聽覺寫耳聞邊地各種特異的聲音：軍營傳來蕭蕭馬鳴聲，遠方傳來風吹砂石滾動聲，這些聲音從四面八方傳來，與營地號角聲接續響起，倍感蒼涼而悲壯。繼而，又回到視覺意象的描摹：只見層巒疊嶂、險峻高聳，一輪落日西垂，山中孤城城門緊閉，更顯渺小孤單，好像世界遺忘了他們。此處讓人聯想到王維〈使至塞上〉「大漠孤煙直，長河落日圓」的句子，那首詩像一幅圖畫，在一望無際的大漠中有直上雲霄的長煙，平地上橫臥著一條長河，長河是線形的，而河上有落日，則是大大的圓形。想見那大漠的黃、孤煙的灰、河水的藍、落日的橘紅，色澤架構在有寬廣平面又有立體感的幾何圖形上，何其美麗！高適〈燕歌行〉「大漠窮秋塞草衰，孤城落日鬥兵稀」的句子，也用了相似的意象。而這裏仲淹沒有多作描摹，重複寫出「長煙」、「落日」的意象，爲的是表達「孤城閉」的寂寞淒涼。雖然畫面不如王維詩美麗，然而很寫實。

下片從雁去不留、邊聲四起、孤城日落的大場面荒寒景象，轉而抒寫個人真率且低落的心情。首句寫一杯濁酒，想藉酒澆愁，這與曹操〈短歌行〉「慨當以慷，憂思難忘。何以解憂？唯有杜康」的情緒相似。唐朝詩人岑參〈臨洮泛舟趙仙舟自北庭罷使還京〉也說過：「醉眠鄉夢罷，東望羨歸程。」士兵都希望能早日回鄉。酒杯不大，家鄉卻何其遙遠！飲一杯酒不過瞬間，這瞬間卻可以猛然想起萬里遠的故鄉。這裏有小、大的對比，用極短的時間和極遼闊的空間作對比。雖然酒杯可以斟滿，想回家的念頭卻落空了。身爲統帥，責任未了，不能作歸家之計，這正是《漢書．霍去病傳》「匈奴未滅，何以家爲？」的心聲。作者想起東漢大將軍竇憲打敗匈奴之後，在燕然山立下石碑，記下戰功。這等雄心壯志，范仲淹不遑多讓於古人。

勝利尚未到來，那麼就只有如李白〈宣州謝朓樓餞別校書叔雲〉所說「舉杯銷愁愁更愁」的份了。耳目所接，是聽到「羌管悠悠」，看見「霜滿地」。「霜滿地」不僅是視覺意象，也帶出身體觸覺感受到的冷冽。羌管悠悠，聲韻悠長，悲涼感由此而出；滿地霜跡更提示著戍邊環境的艱苦，內心的煎熬也苦。羌管聲與上片的「邊聲」呼應，滿地寒霜，也與上片雁去不留的寒意相應。

末二句出現一幅感人的畫面：在悠悠羌管聲中，秋夜霜寒襲人下，籠罩著一股思家懷鄉的濃濃情緒，夾雜著戰功未立、誓不歸家的豪氣，心中充滿無奈，所有邊關將士都不能入眠。「人不寐」不是不想寐，而是不得寐、不能寐，胸中意緒紛雜，又如何能得好眠？「將軍白髮征夫淚」這句是修辭格中的互文，即「將軍、征夫白髮，將軍、征夫淚」，將軍和士兵一樣都會年華老去；士兵思鄉而掉淚，將軍也會掉淚；范仲淹〈蘇幕遮〉不就說過了嗎：「酒入愁腸，化作相思淚。」所有人都持著這般無可奈何的心情在塞外作戰。

唐人王之渙〈涼州詞〉寫道：「黃河遠上白雲間，一片孤城萬仞山。羌笛何須怨楊柳，春風不度玉門關。」這闋詞同樣寫出千嶂裏有孤城的感受；仲淹「羌管悠悠霜滿地」也寫出近似「羌笛何須怨楊柳」的感受；范仲淹〈蘇幕遮〉：「芳草無情，更在斜陽外」更寫出「春風不度玉門關」的感受。原來塞外孤寂哀怨的心情，唐、宋詩人的體會是一樣的。

范仲淹以一介文人來守邊疆，每天過著生死未卜的日子。他平日寫軍情奏章，也曾經對西夏派來的使者不假辭色，卻也能提起筆來想念家鄉。一個人的心思究竟要縝密細緻到什麼地步，才能將邊防部署之事安排的井井有條，還能義正辭嚴之外，在空閒的暇隙寫出眞實的落寞心情？外患未除、功業未建，何以家爲？思鄉情懷只能偶而於筆端流洩出來了。

【評箋】

宋・魏泰《東軒筆錄》：范希文守邊日，作〈漁家傲〉樂歌數闋，皆以「塞下秋來」爲首句，頗述邊鎮之勞苦。歐陽公嘗呼爲窮塞主之詞。

明・沈際飛《古香岑草堂詩餘・正集》：「燕然未勒」句，悲憤鬱勃。

清・賀裳《皺水軒詞筌》：此深得〈采薇〉「出車」、「楊柳」、「雨雪」之意，若歐詞止於腴耳。

清・譚獻《譚評詞辨》：沈雄似張巡五言。[7]

民國・劉永濟《唐五代兩宋詞簡析》：此詞寫邊塞征人思歸之情與邊地蒼涼之景。仲淹久任邊帥，防禦西夏元昊。羌人至呼爲「龍圖老子」而不名，范時官龍圖閣學士也。此詞雖有思歸之情而無怨尤之意。蓋抵禦侵略，義不容辭，然征夫久戍，亦非所宜，故詞旨雖雄壯而取境卻蒼涼也。相傳歐陽脩見范此詞，戲呼爲「窮塞主」。及王素出守平涼，歐亦作〈漁家傲〉送之。其末句曰：「戰勝歸來飛捷奏，傾賀酒，玉堦遙獻南山壽。」顧謂王曰：「此眞元帥之事也。」後人有謂范詞可使人主知邊庭之苦，歐詞止於阿諛人主耳。此論甚正，然范詞乃自抒己情，歐詞乃送人出征，用意自然不同也。

（三）歐陽脩〈踏莎行〉

候館①梅殘，溪橋柳細。草薰風暖②搖征轡③。離愁漸遠漸無窮，迢迢不斷④如春水。

寸寸柔腸⑤，盈盈粉淚⑥。樓高莫近危闌⑦倚！平蕪⑧盡處是春山，行人更在春山外。

【題解】

〈踏莎（ㄙㄨㄛ）行〉，詞牌名。相傳爲北宋眞宗朝宰相寇準自度曲，得名於唐朝韓翃「踏莎行草過春溪」詩句。今《全唐詩》卷二四八收錄陳羽〈過櫟陽山谿〉有詩句云：「眾草穿沙芳色齊，踏莎行草過春谿。」而韓翃詩無此句，不知何故。此調以晏殊詞五十八字爲正體，前後段各五句，首二句四言，宜對偶；第二、三、五句皆用仄聲韻。又名〈芳心苦〉、〈踏雪行〉、〈柳長春〉、〈惜餘春〉、〈喜朝天〉等。

---

7 唐・張巡〈聞笛〉：「岧嶢試一臨，虜騎俯城陰。不辨風塵色，安知天地心。門開邊月近，戰苦陣雲深。旦夕更樓上，遙聞橫笛吟。」

【作者】

歐陽脩，字永叔，號醉翁，晚號六一居士，吉州廬陵（今江西吉安）人。生於宋眞宗景德四年，卒於神宗熙寧五年（一〇〇七～一〇七二年），年六十六。

脩四歲而孤，母鄭氏教養成人。初擅詞賦及駢偶，後得韓愈遺稿，心甚慕之，苦心探研。仁宗天聖年間，舉進士甲科；慶曆間，知諫院，論事切直，累官翰林院侍讀學士、樞密副使、參知政事。曾遭罷黜，貶至夷陵、滁州、潁州等地，然皆志氣自若，剛正不衰。嘉祐二年（一〇五七年）知禮部貢舉，拔擢王安石、三蘇父子、曾鞏、曾布、程顥、張載等人，爲宋代文壇領袖。

脩博通羣書，古文、詩、詞能兼眾長。蘇軾〈六一居士集敘〉述其文曰：「論大道似韓愈，論事似陸贄，記事似司馬遷，詩賦似李白。」識者以爲知言。詞風承襲《花間集》而來，尤近於馮延巳的深摯。著有《五代史記》，又與宋祁等人合纂《新唐書》，有《歐陽文忠公文集》傳世。

【注釋】

①候館：可供旅客臨時停留的旅舍驛館。《周禮．地官．遺人》：「五十里有市，市有候館。」杜牧〈代人寄遠六言〉：「候館梅花雪嬌。」

②草薰風暖：江淹〈別賦〉：「閨中風暖，陌上草薰。」前句指留在家中的人，後句指遠行在外的人，暗含有離別意。草薰，花草散發的香氣。

③搖征轡：搖動韁繩，催促馬匹前進。征，行進，遠行。轡，控制馬匹的轡繩。

④迢迢不斷：水流綿長不斷的樣子。

⑤寸寸柔腸：肝腸寸斷，形容傷心之極。《世說新語．黜免》：「桓公入蜀，至三峽中，部伍中有得猨子者，其母緣岸哀號，行百餘里不去，遂跳上船，至，便即絕。破視其腹中，腸皆寸寸斷。」韋莊〈上行杯〉：「一曲離聲腸寸斷。」柔腸，這裏形容委曲的心腸，喻男女間纏綿悱惻的情意。柳永〈清平樂〉：「翠減紅稀鶯似懶，特地柔腸欲斷。」

⑥盈盈粉淚：女子的淚水撲簌簌地流下。盈盈，指美女。〈古詩十九首〉：「盈盈樓上女，皎皎當窗牖。」粉淚，暈染了妝面脂粉的淚水。

⑦危闌：高樓的欄干。許慎《說文解字》：「危，在高而懼也。」

⑧平蕪：綠草繁茂的原野。蕪，草。

【語譯】

旅舍前的梅花已經凋零，溪橋邊的柳樹抽出了嫩芽。正是草香春暖的日子，遊子卻要揮動馬鞭，踏上征途。人越行越遠，離別的愁思越來越多，有如春水般綿長不斷。

那美麗的女子，極度感傷，柔腸寸斷，滿溢的淚水濕了妝容。還是不要登上高樓倚著欄干遠望吧！草原的盡頭是春山，遠行的人更遠在春山之外。

【賞析】

這闋詞《花庵詞選》有副題作「相別」，《花草粹編》有副題作「離別」，《唱經堂批歐陽永叔詞十二首》有副題作「寄內」，然皆未見載於《六一詞》，有可能是後來讀者望文生義而添加。上片在寫遊子的離愁，借助春景而思念遠方；下片由離愁而引出思婦，寫思婦的離愁更深，帶出感慨。兩相參照，用不同角度深化了離別的主題。

上片從春的景象寫起。起首二句，對偶工巧，表明離別的地點在候館前、溪橋邊，時間是梅花凋殘、柳枝新長，也就是冬去春來的時候。這離別的時空交代得很清楚，其中「殘」、「細」二字，金聖歎《唱經堂批歐陽永叔詞十二首》說：「寫早春如畫。」其實這裏景中有幽微之情。

接著，承續離別的時刻寫到「草薰風暖搖征轡」的景象。「草薰」是嗅覺，「風暖」是觸覺，「搖征轡」是視覺加上聽覺，感官頗多，將早春時節的美好寫出來了。而這麼好的春色，行人卻要踏上征途。「搖征轡」實爲「搖馬」，搖動起馬轡頭的鈴鐺，行色匆匆，時間也在流動。《詩．王風．黍離》說：「行邁靡靡，中心搖搖。」「搖」字多多少少帶有不安的心情，因爲有離愁在心。

接著從留在家中的人著筆。她送你越來越遠，離愁也越來越深，這是心思遞增的現象。離愁隨著遠行人越走越遠而無窮，如春水迢迢無盡。將抽象的情感，以遠去的路程寫出，彷彿每走一步，離愁就更長一分，而終至無窮無盡。「迢迢不斷如春水」這個明喻，呼應了前文出現的「溪橋」，也與李後主〈虞美人〉「問君能有幾多愁，恰似一江春水向東流」同義，藉由春水的盛大不休不止，來比擬愁情之多。路途遙遠，愁苦日增。

下片起頭二句，也出之以對偶工巧。「寸寸柔腸」是看不見的，較虛；「盈盈粉淚」是看得見的，較實；兩句寫出動人的形象，這才知道上片末尾送別遊子的人原來是位閨中的女子。這是對面著筆的寫法，設想女子對遊子的思念，纏綿深切。

「樓高莫近危闌倚」，金聖歎《唱經堂批歐陽永叔詞十二首》說：「此七字，從客中忽然說到家裏。」確實如此。這句話可以是遊子臨行前的體貼囑咐，也可以是閨中人自言自語，不論出於何人之口，都在暗指登高遠眺，將是一切徒然，只會更添離愁。[8]多數人登高遠眺，最後都帶著落寞的心情離去。李後主〈相見歡〉寫道：「無言獨上西樓，月如鉤。寂寞梧桐深院鎖清秋」。這是一個人夜晚獨自登樓思鄉的結果。李後主〈浪淘沙〉也寫道：「獨自莫凭闌。無限江山，別時容易見時難。」范仲淹〈蘇幕遮〉也說：「明月樓高休獨倚。酒入愁腸，化作相思淚。」他們都是獨自一個人，常常在夜晚孤寂的時分，登上高樓思念遠方。不登高，情緒難以排遣，而登高又望不見所思念的地方或人物對象，那心情的苦悶可想而知。

結尾「平蕪盡處是春山，行人更在春山外」二句，字面上寫登樓望遠，已經看不見遠行者

8 這句話也可以當作反語，加強情感表達力度的解釋：想倚欄干又怕勾起相思愁緒。參見曹豔春：《詞體審美特徵論》，頁一八四。

的事實，卻也寫出了閨中人的一往情深。春山已是眼界的盡處，而春山之外卻是不得知也，所以登樓眺望反而使思婦更愁，因爲行人在春山之外，渺遠不可追尋，那是情思連綿不盡的地方。這兩句話連用兩次「春山」，代表閨中人與行人相隔千山萬水，的確是雙重的空間，前人多有此寫法，譬如賈島〈渡桑乾〉：

客舍并州已十霜，歸心日夜憶咸陽。無端更渡桑乾水，卻望并州是故鄉。

又如李商隱〈無題〉四首之一：

劉郎已恨蓬山遠，更隔蓬山一萬重。

又如李煜〈清平樂〉：

離恨恰如春草，更行更遠還生。

又如范仲淹〈蘇幕遮〉：

山映斜陽天接水。芳草無情，更在斜陽外。

又如賀鑄〈搗練子・砧面瑩〉：

搗就征衣淚墨題。寄到玉關應萬里，戍人猶在玉關西。

這些都是將實景與想像串連，先寫眼前的實景位置，再用這個實景位置聯想到想像出來的二度空間，表達思念的無窮無盡，極盡委婉之意。

這闋詞既寫出外遊子，又寫樓頭思婦，彼此間的情思相連。藉由景色將抽象情感具體化，甚至層層遞進，以使情感在經過醞釀後更有餘韻。結尾二句的景色與情思綿延無絕，頗受矚目。然而，作者雖然將遊子與思婦兩人不同的角度一一呈現，深化了離別的主體，但也暴露了這闋詞缺少主體的存在，即是「沒有主角」。是故在閱讀之際，好像感覺不到主角是作者呢？還是說作者是位旁觀者？我們雖然能感覺到其中有離愁，但始終有一層隔閡。

更進一步說，這闋詞也可以不將上片與下片當成兩個主角，而是把整闋詞都當做單方面一個人的敘述，那麼情況又會如何呢？

我們先從遊子的角度進行詮釋：

旅店的梅花殘落，溪橋邊的柳條纖細。暖風帶著草的芳香，搖動著我的馬的轡頭。我離你越遠，我對你的思念就越加無窮，迢迢不斷，如同春水一般。遙想你在閨中思念我，已然柔腸寸斷，粉淚盈盈。你不要靠著高樓的欄干眺望我的蹤跡！要知道，你只能看見，草原的盡頭是春山，而我則在春山之外。

從思婦的角度看，則可以是這樣：

旅店的梅花殘落，溪橋邊的柳條纖細。暖風帶著草的芳香，搖動著你的馬的轡頭。你離我越遠，我對你的思念就越加無窮，迢迢不斷，如同春水一般。我在閨中思念你，已然柔腸寸斷，粉淚盈盈。算了吧，不要再靠著高樓的欄干眺望你了！我只能看見，草原的盡頭是春山，而你則在春山之外。

以上兩種解釋都言之成理，這可以視為詮釋的多義性吧？[9]

我們該如何解釋歐陽脩《六一詞》的這種現象呢？我的看法是：唐末五代到柳永之前的詞作，當涉及到愛情時，自我和戀人的形象絕大多數都是符號化的，大家基本上都沿襲花間派「想像閨閣」的老路。即使稍微牽涉到個人的情緒，也一般不會點明詞中人就是作者自己，作者往往為代言而作，代為描摹女子心情，寫詞送給歌妓傳唱，因而詞中主角往往不是作者本人。這與詞體地位的卑微是分不開的。因此，從溫庭筠到柳永的詞，讀起來都撲朔迷離，看不出詞的內容是否寫作者自己。歐陽脩的詞風也屬於這種類型。譬如歐陽脩〈生查子〉一闋，我們也看不出主角是否爲作者本人。不管是遊子還是閨人，他們都只是歐陽公設下的牽絲木偶，共同來演繹這段或許與歐陽公本人經歷無關的感情戲。說穿了，在《六一詞》的早期作品，我們沒有把握看得見歐陽脩的生命經驗，也就是說，有可能我們看見的不是歐陽脩本人。一般說來，歐陽脩自己的生活感受，基本上都在詩文中表達，藉由詞來表達的，都是一些茶餘飯後的東西。無怪乎歐陽公的詞常常與馮延巳的詞分不清，畢竟他們常常在代言，單憑語言風格，實在難以辨別。歐陽脩心底認爲詞是小技小藝的作品，沒有投注太多心力於此，詞風的改革、融入個人生命體悟的精神，不得不有待於後來的蘇軾。

【評箋】

宋・黃昇《花庵詞選》：語意最工。

9 以上這兩段話，關於從遊子的角度進行詮釋、或從思婦的角度進行詮釋，來自國立臺灣師範大學一〇六（二〇一七年）學年度上學期國文學系交換生李佳傑同學的期末報告：〈從歐陽脩〈踏莎行〉得到的學詞啓示〉。

明・李攀龍《草堂詩餘雋》：春水寫愁，春山騁望，極切極婉。

明・王世貞《藝苑卮言・詞評》：「平蕪盡處是春山，行人更在春山外」、「郴江幸自繞郴山，爲誰流下瀟湘去」，[10]此淡語之有情者也。

明・沈際飛《古香岑草堂詩餘・正集》：「芳草更在斜陽外」、「行人更在春山外」兩句，不厭百回讀。

明・茅映《詞的》：結語韻致更遠。

民國・俞陛雲《唐五代兩宋詞選釋》：唐宋人詩詞中，送別懷人者，或從居者著想，或從行者著想，能言情婉摯，便稱佳構。此詞則兩面兼寫。前半首言征人駐馬回頭，愈行愈遠，如春水迢迢，卻望長亭，已隔萬重雲樹。後半首爲送行者設想，倚闌凝睇，心倒腸回，望青山無際、遙想斜日鞭絲，當已出青山之外，如鴛鴦之煙島分飛，互相回首也。以章法論，「候館」、「溪橋」言行人所經歷；「柔腸」、「粉淚」言思婦之傷懷，情同而境判，前後闋之章法井然。

民國・吳梅《詞學通論》：余按公詞以此爲最婉轉。

民國・劉永濟《唐五代兩宋詞簡析》：此亦託爲閨人別情，實乃自抒己情也，與晏殊〈踏莎行〉二詞同。[11]上半闋行者自道離情；下半闋則居者懷念行者。此詞之行者，當即作者本人。歐陽脩因作書責高若訥不諫呂夷簡排斥孔道輔、范仲淹諸人，被高將其書呈之政府，因而被貶爲夷陵令。

民國·俞平伯《唐宋詞選釋》：上片征人，下片思婦。結尾兩句又從居者心眼中說到行人。似乎可畫，卻又畫不到。王士禛《花草蒙拾》以爲比石曼卿「水盡天不盡，人在天盡頭」爲工；又說「此等入詞爲本色，入詩即失古雅。」說可參考。

民國·唐圭璋《唐宋詞簡釋》：此首上片寫行人憶家，下片寫閨人憶外。起三句，寫郊景如畫，於梅殘柳細、草薰風暖之時，信馬徐行，一何自在。「離愁」兩句，因見春水之不斷，遂憶及離愁之無窮。下片言閨人之悵望。「樓高」一句喚起，「平蕪」兩句拍合。平蕪已遠，春山則更遠矣，而行人又在春山之外，則人去之遠，不能目覩，惟存想像而已。寫來極柔極厚。

10 宋·秦觀〈踏莎行〉：「霧失樓臺，月迷津渡。桃源望斷無尋處。可堪孤館閉春寒，杜鵑聲裏斜陽暮。　驛寄梅花，魚傳尺素。砌成此恨無重數。郴江幸自繞郴山，爲誰流下瀟湘去。」

11 晏殊〈踏莎行〉二詞爲：「細草愁煙，幽花怯露，憑闌總是銷魂處。日高深院靜無人，時時海燕雙飛去。　帶緩羅衣，香殘蕙炷。天長不禁迢迢路。垂楊只解惹春風，何曾繫得行人住。」另一闋〈踏莎行〉參見本書第七十四頁。

（四）李清照〈添字采桑子〉

窗前誰種芭蕉樹①，陰（ㄧㄣˋ）②滿中庭。陰滿中庭，葉葉心心，舒卷有餘情。　傷心枕上三更雨，點滴淒清。點滴淒清，愁損離人③，不慣起來聽。

【題解】

〈添字采桑子〉，詞牌名，係由〈采桑子〉添字而來。〈采桑子〉原調前三句不變，而上片、下片末尾七言句，各添入二字後，改組成四言、五言兩句，即構成添字的新詞牌。此一詞牌，雙調，四十八字，十句，四平聲韻；第二、三、五句叶韻，第三句與第二句疊句疊韻。〈添字采桑子〉又有五十四字體。另有〈促拍采桑子〉，五十字；〈攤破采桑子〉，六十字，皆雙調，平韻。〈采桑子慢〉，雙調九十字，有平韻、仄韻二體。

〈采桑子〉與〈醜奴兒〉同調而異名，《詞譜》收入〈采桑子〉條，《詞律》收入〈醜奴兒〉條，故〈添字采桑子〉一作〈添字醜奴兒〉，〈采桑子慢〉一名〈醜奴兒慢〉等。這闋詞有不少異體字，此處以《欽定詞譜》、《白香詞譜》、《歷代詩餘》、龍沐勛《唐宋詞格律》等書的版本為準。

【注釋】

①芭蕉樹：多年生草本植物，葉大，長橢圓形，開白花，果實似香蕉而短。前蜀顧夐〈楊柳枝〉：「更聞簾外雨瀟瀟，滴芭蕉。」南唐李煜〈長相思〉：「秋風多，雨相和（ㄏㄜˋ），簾外芭蕉三兩窠，夜長人奈何！」

②陰：覆蔭、遮蔽。通蔭，當動詞用。

③離人：離開故鄉的人。作者自稱而凸顯流連他鄉的愁苦。

【語譯】

不知道誰在窗前種下了芭蕉樹，一片濃陰，遮蓋了整個院落。一片濃陰，遮蓋了整個院落，葉片各自伸展開來，葉心卷起在中間，芭蕉葉帶來舒適清涼的感覺。

滿懷愁緒，無法入睡，偏偏夜半時分又下起雨來，雨滴作響，帶來悲傷淒楚的感覺。雨滴作響，帶來悲傷淒楚的感覺，愁壞了我這個離鄉背井的北方人，被迫披衣起牀，實在聽不慣南方夜晚淅淅瀝瀝的雨聲。

【賞析】

這闋詞是李清照避亂於江南的作品，寫得輕靈俊秀，卻流露出淪落異鄉的傷痛。整闋詞以「芭蕉」爲意象，上片、下片分寫白天、夜晚兩個面向，結構清楚。

白天在窗前見到芭蕉樹，綠蔭覆滿了庭院，庭院因而清涼舒適。那芭蕉葉橢長而寬闊，成熟的葉片舒放伸展著，正好遮住了陽光，而葉片中心還有新抽芽的嫩葉，等待長成而卷曲（ㄑㄩ）未開。「葉葉」寫葉片的舒展，「心心」寫葉心的卷束，「葉葉」、「心心」，分別和下句的「舒」、「卷」對應，有「舒」有「卷」，好似表達了情意又含蘊著還來不及訴說的情思。這兩句寫活芭蕉的生長姿態可人，芭蕉好比有心人，有著令人依戀的情懷；同時運用視覺意象的角度，從遠觀聚焦到細節，畫面生動，逐步寫到末句「有餘情」的話來。

到了夜晚，風景都變了。時空轉到夜間的臥室，已是夜半三更，易安仍在牀上難以入眠。寂寞孤獨的夜晚，外面下起雨來。雨打芭蕉的聲響，引起悲苦的愁緒。是雨打芭蕉的聲音使易安輾轉難眠？還是易安內心的憂愁使然？「傷心枕上三更雨」這句話提供瞭解答。「枕」是客觀的物品，原本並不「傷心」。易安日日過著傷心的日子，那夜闌人靜時，正是常常憶起往事而感受到傷心的時刻。漫漫長夜，不大容易熟睡，心頭不安穩，現在加上窗外久久不停的雨聲，淅淅瀝瀝，可眞愁煞了她，實在不忍再聽下去！這裏變換了寫作角度，採用聽覺意象，而且不像上片是寫眾人的共通感受，轉而描述個人的內心獨語。可以補充說明的是，上片「陰滿中庭」和下片「點滴淒清」這兩句，再疊一句，符合詞牌疊句疊韻的規律，讀來有覆蓋連綿不斷的感覺，產生了重疊覆沓的節奏韻味。到了「愁損離人」二句，也很醒目，點明了易安的身世，正因北方淪落異族之手，她才逃難渡江，成爲離開故土之人。「不慣起來聽」直率地說出生活上的不適應，那是顛沛流離之苦，以及心頭上對故鄉永恆的思念。

唐朝杜牧有一首〈芭蕉〉詩：「芭蕉爲雨移，故向窗前種。憐渠點滴聲，留得（ㄉㄜˊ）歸鄉夢。夢遠莫歸鄉，覺來一翻動。」杜牧另有一首〈八六子・洞房深〉：「聽夜雨，冷滴芭蕉，驚斷紅窗好夢。」夜雨向來是寂寥蕭瑟的物象，從芭蕉葉上的點滴雨聲，引起夜晚的思鄉情懷，杜牧與李清照有相同的情感連線。「芭蕉」爲南方物種，容易引發北人離鄉背井的感觸，綿長的「夜雨聲」更易勾動易安內心的愁苦。這闋詞淺白而情深，直截了當說出內心的感受，非常白話而眞實。詞中既能以尋常平淡語入詞，又能修飾辭藻，寫得十分有特色。結尾收束在深長的感喟之中，標點符號如果改用驚歎號作收，也可以是另一種體會。

五、空間

空間有兩層意義，一是人所處的位置或地位，另一個是人由這個位置或地位所想像延伸出來的空間。從物質層面說，位置通常是實際存在的，在長、寬、高的三面關係之內，三個界限互有距離時，便有空間。蘇軾〈赤壁賦〉說：「惟江上之清風，與山間之明月，耳得之而爲聲，目遇之而成色，取之無禁，用之不竭，是造物者之無盡藏也，而吾與子之所共適。」這是人的耳目所及的一度空間。但是如果從精神層面說，空間變成一種想像出來的界限，可以是身分地位的象徵。而人的想像延伸無遠弗屆，譬如儒家孟子以正氣充塞天地之間，道家莊子以大氣迴遊天地，而佛家講宇宙。這些無窮盡廣漠的空間，作家可以經由思慮而信手寫出。南朝劉勰《文心雕龍．神思》說：「故寂然凝慮，思接千載；悄焉動容，視通萬里。吟詠之間，吐納珠玉之聲；眉睫之前，卷舒風雲之色；其思理之致乎！」

空間，可以先從所謂的「二度空間」著眼。二度空間，只存在長與寬而沒有高度與深度的平面，透過展延的方式，可以想像出三維立體的畫面。我們如果用鏡頭語言來看，二度空間是近景，可以透視到遠方是遠景，再拉遠到空拍鏡頭為立體式的全景。有時鏡頭可以拉近作細節特寫；有時直接轉換到另一個場景，亦即眼前所見不到的三度空間。譬如南宋葉夢得〈賀新郎〉的下片：

江南夢斷橫江渚。浪黏天，葡萄漲綠，半空煙雨。無限樓前滄波意，誰採蘋花寄取？但悵望，蘭舟容與。萬里雲帆何時到？送孤鴻、目斷千山阻。誰為我，唱金縷？

大意是：「昔日江南美好的夢已結束。浪潮高漲，顏色如剛釀好而仍未過濾的的葡萄酒，空中瀰漫煙霧且落下了雨。思念的人樓前面臨滄水，他會不會採蘋花贈送給我呢？我悵然地對望，船隻絲毫沒有動靜。在萬里之外的船何時才會到呢？我目送眼前的孤鴻到天邊，視線隨即被高山擋住。究竟誰能為我唱一首〈金縷曲〉呢？」此詞寄託懷念之情，幾乎全是作者想像與情人遙望之景。寫到「送孤鴻」的地方，視線跟隨孤鴻飛翔的軌跡而移動，但視線的盡頭卻是眾多交錯的山峯。作者所懷念的美好時光已然逝去，在相隔的千山之外看不見的地方。由此可見，這裏有二度空間的描繪，將感情擴展、延伸到看不見的地方，也能藉由看不見的空間感受到作者更深刻的情意。作家透過空間的遞進、延展，替代了平面近景無法呈現的畫面，加強了作品的高度與深度，使人有身歷其境之感。

空間的描繪運用，還可以有由大而小的設計，譬如柳宗元〈江雪〉：

千山鳥飛絕，萬徑人蹤滅。孤舟蓑笠翁，獨釣寒江雪。

黃永武《中國詩學——鑑賞篇》寫道：「這詩的境界，是由空廓的千山，而轉入地面的萬徑；由縱橫的萬徑，而轉入一葉孤舟；由孤舟又縮小到蓑笠翁的身上，由蓑笠翁而縮小到一根釣竿上，空間不斷地縮小，事物不斷地放大，鏡頭不斷地拉近來，把整個冰天雪地裏的意趣，濃縮至一根釣竿的尖端，特寫這一根釣綸垂在江雪中，而詩意也集中到結尾的『江雪』二字來，緊切著題目，如何不教人喝采！」[1]類似的空間由大而小的寫法也出現於歐陽脩〈醉翁亭記〉、陳之藩〈寂寞的畫廊〉等作品中。從另一方面來說，也有空間由小而大的寫法，如李白〈靜夜思〉：

牀前明月光，疑是地上霜。舉頭望明月，低頭思故鄉。

這首詩開頭寫的「牀前」就在自己身旁，起身觀察，「低頭」把目光移注到地面，這是平面的移轉。從「低頭」到「抬頭」，目光轉移到天上，這是由平面到立體的移轉。舉頭所見的「明月」，尚屬有形體之物，望得見明月，詩人心中仍然有歸屬感，而低頭所思念的「故鄉」，則是

1 黃永武：《中國詩學——鑑賞篇》（臺北：巨流圖書公司，一九七六年十月），〈作品的詩境〉，頁六七。

遠在天邊，望不見的無形之物了。對詩人來說，想見而見不到，想歸鄉而歸不得，心中悵然若失的感受，恐怕是處境相同的人才能深刻體會的了。這首詩的空間感知完全是由視覺而來，詩人的目光由近而遠，由小而大，由有形而無形，終至無遠弗屆，其書寫方式別具一格。2

空間想像是人類特有的本能之一。人依據自己的感知而著眼的那些地方就是他的空間，他位於一個空間中，觀察周遭的世界，對它作出反應。在空間這一感知點中，我們不能因此而忘記它仍然是帶有時間性的。這時，我們可以說產生了一種時空集（Chronotop），這個字是借用希臘文Chronos（時間）與topos（空間）的拼合，是時空的聚合點，是時空不可分割的意象。從這個觀點來說，詩人是在那麼短的瞬間感受到無窮遠的空間，所代表出來的意義就是對故鄉的思念其實是無時不存在的，因此能在那麼偶然的情況下，瞬間想念到看不見的遠方。空間往往能結合時間而一起延伸，爲詞作增加立體感，拓寬詞所描繪的畫面感。靜態的畫面感包括了景物、人物的外型、表情等，可以從形狀、顏色、明暗等要素構築；而動態的畫面感則有直接的動作，動作可以不斷連續，製造出連貫的動畫。

本書分析李白〈菩薩蠻〉、溫庭筠〈更漏子〉、李煜〈破陣子〉、〈清平樂〉、范仲淹〈漁家傲〉、〈蘇幕遮〉、歐陽脩〈踏莎行〉、秦觀〈滿庭芳〉、辛棄疾〈水龍吟〉、〈南鄉子〉等作品，都有空間的運用，譬如溫庭筠〈更漏子〉上片寫室內，用視覺寫；下片寫室外，用聽覺寫，很有技巧；而歐陽脩〈臨江仙〉寫道：

柳外輕雷池上雨，雨聲滴碎荷聲。小樓西角斷虹明。闌干倚處，待得月華生。　燕子飛來窺畫棟，玉鉤垂下簾旌。涼波不動簟紋平。水精雙枕，傍有墮釵橫。

這裏很明顯是上片寫室外，從聽覺寫起；下片寫室內，用視覺寫入，很像空間加上感官摹寫技巧的實驗場。讀者能注意及此，就能體會詞人的用心，也能知道如何模擬詞的寫作方式了。以下我們說明空間的呈現，再選七首詞爲例。

（一）韋應物〈調笑令〉

胡馬①，胡馬，遠放燕支山②下。跑沙跑雪獨嘶③，東望西望路迷。迷路，迷路，邊草無窮日暮④。

2 王基倫：《國語文教學現場的省思》（臺北：萬卷樓圖書公司，二〇一五年七月），〈李白〈靜夜思〉的解讀〉，頁三五—四三。

【題解】

〈調（ㄊㄧㄠˊ）笑令〉，詞牌名，創於唐玄宗天寶年間（七四二～七五五年），一名〈宮中調笑〉、〈古調笑〉、〈調嘯詞〉，乃當時宮中或宴會之際，作拋打遊戲時演唱的曲子，內容與宮廷玩樂諧趣有關。唐人作此調者頗多，戴叔倫（七三二～七八九年）作此詞，稱爲〈轉應曲〉；白居易（七七二～八四六年）〈代書詩一百韻寄微之〉：「打嫌〈調笑〉易，飲訝〈卷波〉遲。」自注：「拋打曲有〈調笑令〉，飲酒曲有〈卷白波〉。」（《全唐詩》卷四三六）五代時，馮延巳（九〇三～九六〇年）作此詞，稱爲〈三臺令〉。

整闋詞三十二個字。起句兩個字，須爲疊句；後有「迷路」兩字，即用上一句的句尾兩字顛倒而成，也必須爲疊句。全詞句句叶韻，前三句爲仄聲韻，中兩句轉爲平聲韻，末三句再換回仄聲韻，共計三次用韻。凡是稱爲「古調笑」者，皆用此體；北宋以後的「調笑令」，全詞三十八個字，略有差異。

【作者】

韋應物，京兆長安（今西安市）人。約生於唐玄宗開元二十五年，卒於德宗貞元八年（約七三七～七九二年）。少遊太學。天寶年間，宿衛內，頗任俠負氣。安、史亂後，乃折節讀書，應舉登第。代宗永泰年間（七六五年），遷洛陽（今河南洛陽市）丞。大曆十四年（七七九年），除櫟（ㄩㄝˋ）陽（今陝西臨潼縣）令。德宗建中三年（七八二年），出爲滁州（今安徽滁縣）刺史，其後歷任江州（今江西九江）刺史、蘇州（今江蘇蘇州市）刺史。所至多惠政，世稱韋蘇州。

應物心性高潔，寡欲少食，每日焚香掃地而坐。與顧況、劉長卿、丘丹、皎然交友唱酬。善寫山水田園詩，閒澹簡遠，風韻天成。今傳《韋蘇州集》十卷。其詞見於《全唐詩》者四首、《尊前集》者四首，全同。

【注釋】

①胡馬：邊塞地區靠近胡地的馬，爲漢人所放牧者。此王昌齡〈出塞〉詩「但使龍城飛將在，不教胡馬度陰山」的「胡馬」不同。

②燕支山：本名焉支山，又名胭脂山，在甘肅山丹縣東。參見李煜〈相見歡〉【注釋】②。

③嘶：動物的鳴叫聲。這種叫聲聲音沙啞，帶有淒楚、困竭的無力感。

④日暮：夕陽西下，傍晚時分。

【語譯】

胡地的馬呀，胡地的馬呀，遠遠地放牧在燕支山下。看見牠在沙地中奔跑，在雪地裏奔跑，獨自嘶鳴著，吼叫著。東望望，西望望，牠已經迷路了呀！迷路了呀，迷路了呀，邊境的野草綿延不斷，看不到盡頭，而現在又來到傍晚時分了。

【賞析】

韋應物曾經寫下不少田園詩，如〈秋夜寄丘二十二員外〉、〈滁州西澗〉等，然而這闋詞，卻以邊塞爲題材，描寫軍中征戍的生活。

一開始出場的「胡馬」，就是整闋詞的主角。作者抓住邊塞前線最常出現的戰馬，作爲焦點。「胡馬遠放燕支山下」，一個「遠」字，就帶出空曠悲涼的意味，也暗示了作詞的地點可能不在邊塞，而是在京城長安，或是其他地方。韋應物一生並沒有從軍塞外的經歷，這闋詞應該出自作者的想像。

作者想像胡馬在大漠沙地中奔跑，在遼闊無垠的雪地中奔跑，氣喘吁吁的用力奔馳。兩個「跑」字，很形象化的顯示出胡馬的努力。然而牠在跑什麼呢？跑沙？跑雪？原來，牠迷路了。迷路之後，胡馬只能盡力尋找回家的路。但是，「迷路」了，「迷路」了，這裏的疊句，再次形容胡馬內心的掙扎。邊塞人跡罕至，只有綿延無盡的荒草，有家也歸不得。更何況，到了傍晚時分還是尋不得歸路，更增添心理的恐慌，這時又能怎麼辦呢？作者以「邊草無窮」的地景，加上「黃昏日暮」的時間，指出胡馬的徬徨無主、陡然升高的心理壓力。

詞中沒有征夫遠戍邊疆的悲涼，也沒有將軍誓死征戰的豪邁，只是借由「沙」、「雪」、「邊草」、「日暮」，襯托出一匹胡馬陷入迷路情境的掙扎與恐慌。這應該是有所寓意的。清朝曹錫彤《唐詩析類集訓》卷十說：「燕支山在匈奴界。跑，足跑地也。此笑北胡難滅之詞。」[3]我們知道，唐朝全盛時期，曾經經營西域（今新疆至中亞、伊朗北部一帶）多年，分別設立安西都護府、北庭都護府，屯田駐兵，分治天山南北。[4]天寶十四年（七五五年）發生安、史之亂以後，元氣大傷，國力遽衰。唐王朝無力西顧，遂將大批兵力調回內地，吐蕃乘機陸續占領隴右、河西（今甘肅至新疆東部一帶），此後安西、北庭兩個都護府與唐朝廷的交通中斷，孤懸塞外，堅持了三十五年。德宗貞元七年（七九一年），北庭都護府被吐蕃人攻陷；大約在憲宗元和三年（八〇八年），安西都護府也失守。八十餘年後，西域轉而被回鶻人占領。推測起來，韋應物

3 轉引自閔宗述等：《歷代詞選注》（臺北：里仁書局，一九九三年九月），〈調笑令．評箋〉，頁十三。

4 唐太宗李世民（五九八～六四九年）多次討伐北方異族，於貞觀四年（六四〇年）底定西突厥，建立庭州，以安置其部眾，當時隸屬於安西都護府。到了周武后長安二年（七〇二年）十二月，即在庭州成立北庭都護府，管轄天山北麓兵事。北庭都護府的外城建於貞觀年間，今仍保存遺跡。城牆周長四五九六公尺，四角有角樓和瞭望臺。內城應是後來回鶻人所建，周長約三千公尺，城內有街區、官署。今日所見的北庭故城，全由土石夯築而成，僅剩斷垣殘壁，然而依稀可見內、外二城的護城河道，部分城門、城牆和密集的馬面。殘存的城牆高達兩三公尺，雄偉壯闊；還有些基址高達五公尺，可能是佛塔遺跡。城內道路和院落輪廓依稀可辨。想當年，唐朝詩人岑參滿懷雄心壯志，兩度出塞，曾經擔任安西副都護封常清（？～七五六年）的判官，有可能走訪過北庭。而前往天竺取經的僧侶、經商西域的過客、征戰中亞的將士，更絡繹於途。

寫這闋詞的時間，正是邊塞軍情緊急，吐蕃騷擾頻繁，而朝廷卻苦於無力支援邊疆軍隊，一籌莫展，放任其自生自滅，陷入毫無戰略作爲的困境。這闋詞以胡馬爲主角，極有可能是藉著胡馬的迷路，影射當時邊塞守軍進退維谷的危急情形，一切歸咎於當政者毫無作爲所造成。

俞陛雲《唐五代兩宋詞選釋》提出另一種說法，他認爲「言胡馬東西馳突，終至邊草路迷，猶世人營擾一生，其歸宿究在何處？」這個解釋也說得通，但是只從詞中胡馬的形象來談，脫離了韋應物的時代背景，反而有點侷限。所謂「詩無達詁」，[5]聊備一說，亦可當參考。

（二）李煜〈清平樂〉

別來春半，觸目愁腸斷①。砌下②落梅如雪亂，拂③了一身還滿。　雁來音信無憑④，路遙歸夢難成。離恨恰如春草，更行更遠還生。

【題解】

〈清平樂〉，原唐教坊曲名，取用漢樂府「清樂」、「平樂」兩個樂調而命名，後用作詞牌。此詞牌以李煜詞爲準，雙調，八句，四十六字。前片押四仄韻，後片押三平韻，亦有全押仄韻者。又名〈清平樂令〉、〈憶蘿月〉、〈醉東風〉等。

李煜此詞，開寶九年（九七六年）初春作，距辭別金陵，已滿月餘。

【注釋】

①愁腸斷：言憂愁之甚，有如肝腸寸斷。參見歐陽脩〈踏莎行〉【注釋】⑤。

②砌下：臺階之下。砌，石頭做的階梯。

③拂：振動衣服貌。

④雁來音信無憑：言音信斷絕。雁是一種候鳥，秋季南飛，春季北來。古人有雁足繫書，可以傳送信息的說法。無憑，是說仍遙遙無期，沒有希望。

【語譯】

離別故國至今，正是春光最盛的時節，放眼望去，一片良辰美景，卻使我肝腸寸斷。庭院臺階下散落的梅花，有如紛亂的雪花，剛剛振動身上衣服拂去，現在又堆滿了全身。

雁兒飛來北方，沒有帶來任何音訊，想到路途那麼遙遠，要回到故國的夢想，是再也不可能實現了。離別的仇恨，就像那春草一般：我一走到那裏，它就生長到那裏；我走得越遠，它就生長得更遠；我

---

5 漢．董仲舒：《春秋繁露》，卷三，〈精華〉。

的愁恨越來越多，而它也長得越來越多。

【賞析】

李後主詞，王國維《人間詞話》評說：「眞所謂以血書者也」。因爲他將親身經歷的亡國情懷，用最眞實白描的手法表現出來，口語親切自然，彷彿在對你細訴些什麼。

例如這闋詞上片的後兩句：「砌下落梅如雪亂，拂了一身還滿。」就將他在花前癡立，冥想天涯的情景，一筆勾勒出來。當他被羈押在北方後，幽囚獨居，終日無所事事，只能來到庭院的臺階看著梅花，看著看著，梅花片已經覆滿身上，讓他拂去後又再覆滿身上。依常理想，一片花瓣掉落，再到另一片花瓣也掉落，需要一些時間吧？更何況梅花落到後主身上滿到可以拂去的時候？當時後主應該是沒有移動過身影的。或許此時風強雨勁，梅花飛落得甚快，那麼誰會在風強雨大的時刻去賞花？誰會在刮風下雨的情境下，癡立專注，直到第二次拂去梅花的時機來臨？後主此時的心情怎麼了？這麼長的看花時間，襯托出低徊良久的景致，恐怕是畫家筆下也無法表達的心情吧！

這闋詞下片的前兩句，俞平伯《讀詞偶得》評曰：「『雁來』句輕輕地說，『路遙』句虛虛地說，似夢之不成，乃路遠爲之，何其微婉歟？」後主當然知道不能重返故國的原因，在此用簡單的理由掠過。後兩句：「離恨恰如春草，更行更遠還生。」在沒有雕琢斧鑿的痕跡下，將離恨比成春草，十分貼切自然。寸寸芳草遠接天涯，有生長不完、纏綿悠長、連接天涯無盡頭的意味；而更行、更遠、還生，又在短語內一波三折，象徵春草一重一重，離恨也一重一重，體會得出離恨的委婉與無奈。一個「更」字、一個「還」字，那離恨的無窮無盡，直接表述出來。眼前的春草還是可見之物，而「更行更遠還生」的春草可以從北方生長到南方，生長到看不見的江南，那是後主魂牽夢縈的故鄉。清．譚獻《譚評詞辨》說：「『淚眼問花花不語，亂紅飛過秋千去』6，與此同妙。」妙在哪裏呢？當我們分別看清楚「春草」、「花」是位置的所在，而它們又從這個位置想像延伸到另一個空間，就能明瞭爲什麼這兩句文字相關度甚高了。前面「拂了一身還滿」是一句二折，此處「更行更遠還生」是一句三折，後主這種聲情頓挫的表意方式，空間隨之延伸轉化，眞是維妙維肖，達到化境了。

後主詞以情眞爲主，一切出乎自然，他的遺詞用字很傳神。我們可以想一想，爲什麼要用「雁」襯出沒有音訊？爲什麼用「草」比擬愁恨呢？優秀的作家，語言文字的感受力非常強，練字能達到體物入情的效果，正是寫作詩詞的不二法門。

---

6 宋．歐陽脩〈蝶戀花〉：「庭院深深深幾許，楊柳堆煙，簾幕無重數。玉勒雕鞍遊冶處，樓高不見章臺路。　雨橫風狂三月暮，門掩黃昏，無計留春住。淚眼問花花不語，亂紅飛過鞦韆去。」

【評箋】

民國・唐圭璋《唐宋詞簡釋》：此首即景生情，妙在無一字一句之雕琢，純是自然流露，丰神秀絕。

（三）范仲淹〈蘇幕遮〉

碧雲天，黃葉地，秋色連波，波上寒煙①翠。山映斜陽天接水。芳草無情，更在斜陽外。　黯②鄉魂，追旅思③，夜夜除非，好夢留人睡。明月樓高休獨倚。酒入愁腸，化作相思淚。

【題解】

〈蘇幕遮〉，詞牌名，源自唐代教坊曲名。按《唐書・宋務光傳》：「比見都邑坊市，相率為渾脫隊，駿馬戎服，名〈蘇幕遮〉。」可見原為西域少數民族樂曲，因樂舞者服飾須以絲布遮面而得名。又按張說《張燕公集》有〈蘇摩遮〉七言絕句，宋代沿襲舊詞而另度新聲。宋代王明清《揮塵錄》亦云：「婦人戴油帽，謂之蘇莫（幕）遮。」周邦彥詞有「鬢雲鬆」句，遂更名為〈鬢雲鬆令〉。全首雙調六十二字，仄韻。起首三字對句，平仄互異。仲淹此詞題作「懷舊」，一作「別恨」，欲傳達思鄉離別的情懷。

【注釋】

①寒煙：水氣。

②黯鄉魂：言家鄉印象漸漸模糊。黯，黯然失意，褪色貌。

③旅思：旅意，逆旅中的情懷，指當初從中原到邊疆一路走來所見的景況及其感懷。思字讀去聲。

【語譯】

碧藍的天空，秋高氣爽，葉子逐漸轉黃，然後飄落，鋪滿了大地；水波也盪漾在秋色裏，波上浮漫著迷濛濛的煙霧。夕陽斜照在山頭上，暮靄蒼茫，水面低接著天。芳草對這個地方沒有感情，只生長在斜陽照得到的山頭之外。

故鄉的印象日漸模糊了，而我常常追想當初從中原來到此地沿途的景況，輾轉反側，難以成眠，除非那一夜有個好夢，伴我入睡，才可以暫時忘卻這種煎熬。明月映照高樓，不要再獨自倚靠欄干了，否則驀然想起明月也照著我日夜思念的家園和故人，更覺得滿目淒涼。想來想去只有藉酒來化解愁緒，沒想到，愁懷醉飲，酒入愁腸化成流不盡的思鄉淚水。

【賞析】

這闋詞是范仲淹在深秋時戍守邊疆，思鄉情緒湧現，因而訴說在異鄉的悲苦情懷。

上片寫景，由近而遠，句句連鎖，用層遞法。首二句對偶，「碧雲天，黃葉地」，仰望天空一片澄碧，俯視大地遍地黃葉，寫來看似無風。秋日的景色連到水波，波面又是一大片嵐翠氤氳。正是初唐王勃〈秋日登洪府滕王閣餞別序〉說過的：「秋水共長天一色。」天、地、水波、波上寒煙，全染上秋色，寫得壯麗。風景一大塊一大塊的，景色鮮明，乃邊疆特色。這裏作者運用了向上、向下的不同視野，也搭配不同的顏色字，又用了「連波、波上」的頂針手法，全屬視覺意象。接著換個方向，看見遠方的山頭上，餘暉照映，山下有水光。這句話的「天接水」承上而來，「山映斜陽」又啓出下文。芳草不曾眷戀塞外，它們對塞外無情，只願生長在斜陽照射到的山頭之外！看不見芳草，因此說芳草無情，點出感情，十分自然。這裏的遠景其實是二度空間，除了作者所處的位置之外，還有看不見的「斜陽外」的空間。

下片寫情，寫因果關係。先用兩個對仗短句「黯鄉魂，追旅思」，這兩句是互文，同時也是「黯旅思，追鄉魂」的意思，說明深刻的鄉愁是「因」，帶出夜夜難以成眠的「果」。每天晚上，除非有好夢，是難以入睡的。話只說一半，是未了語，沒有說完。眞正完整的意思是每夜都不能成眠，成眠的夜晚太少。范仲淹另一闋詞〈御街行〉也說過：「殘鐙明滅枕頭欹，諳盡孤眠滋味。」[7]正因爲失眠，才會在明月高掛的夜晚上高樓，那或許是巡營，或許是打發時間，更或許是望鄉。夜晚望鄉怎麼可能看得清回鄉之路呢？只好作罷，別再倚欄干了。後來歐陽脩〈踏莎行〉說：「樓高莫近危闌倚」，是直接學寫這句話而來。仲淹說完失眠後的舉措，再回述爲何不能入睡、不能上高樓的原因，因爲思鄉情緒過於濃烈：「酒入愁腸，化作相思淚。」這才說出心緒的牽動來自思鄉思家的悲淒，喝酒也不能暫時忘懷；末尾點明此種思念最爲深切。曹操

〈短歌行〉說：「何以解憂？惟有杜康。」李白〈宣州謝朓樓餞別校書叔雲〉說：「舉杯銷愁愁更愁。」對許多人來說，酒是化解憂愁的方法之一。而此詞明言酒「化作相思淚」，這和范仲淹〈漁家傲〉「濁酒一杯家萬里」、〈御街行〉「愁腸已斷無由醉，酒未到，先成淚」，幾乎是同樣的意思，毫不掩飾思鄉到落淚的程度，令人悲歎其中。

此篇觸景生情，先景後情。前半闋寫景，寫得壯麗，歷歷如在眼前；後半闋情感眞切，抒發無遺。異鄉客的心情是複雜的、易受影響的。思鄉的愁悶，思家的悲淒，也只有發生類似情況的人，才能感受那分濃得化不開的鄉愁。仲淹有深厚的感情，有強烈的家國抱負，心情沈重，所以有許多悲歎。經驗愈深的人，感受也愈深。

【評箋】

明・沈際飛《古香岑草堂詩餘・正集》：「芳草更在斜陽外」、「行人更在春山外」兩句，不厭百回讀。◯人但言睡不得爾，「除非好夢留人」，反言愈切。

---

7 宋・范仲淹〈御街行〉：「紛紛墜葉飄香砌。夜寂靜，寒聲碎。眞珠簾卷玉樓空，天淡銀河垂地。年年今夜，月華如練，長是人千里。　愁腸已斷無由醉，酒未到，先成淚。殘鐙明滅枕頭欹（ㄑㄧ），諳盡孤眠滋味。都來此事，眉間心上，無計相迴避。」。

清．鄒祗謨《遠志齋詞衷》：范希文〈蘇幕遮〉一調，前段多入麗語，後段純寫柔情，遂成絕唱。「將軍白髮征夫淚」，亦復蒼涼悲壯，慷慨生哀。

清．許昂霄《詞綜偶評》：「酒入愁腸」二句，鐵石心腸人，亦作此消魂語。

清．譚獻《譚評詞辨》：大筆振迅。

（四）秦觀〈阮郎歸〉 其四

湘天風雨破寒初，深沈庭院虛。麗譙①吹罷小單于②，迢迢清夜徂③。

鄉夢斷，旅魂孤，崢嶸歲又除。衡陽④猶有雁傳書⑤，郴陽⑥和雁無⑦。

【題解】

〈阮郎歸〉，詞牌名。毛先舒《塡詞名解》：「〈阮郎歸〉用《續齊諧記》阮肇事。」南朝劉義慶《幽明錄》記載漢明帝永平五年，劉晨、阮肇入天臺山採藥，見二女，顏容絕妙，使喚劉、阮姓名，因邀至家，設胡麻飯使食之。留半年返家，親舊零落，子孫已七世。關於劉、阮入天臺山遇仙事，唐人所豔稱，時見於詩歌，可知本調創於隋唐間也。雙調，四十七字，前段四句四平韻，後段五句四平韻。一名〈碧桃春〉、〈醉桃源〉、〈濯纓曲〉、〈宴桃源〉、〈碧雲春〉、〈鶴沖天〉。

秦瀛《淮海先生年譜》載：「紹聖四年，四十九歲，先生在郴州。作〈法帖通解〉、〈阮郎歸〉。」龍榆生《淮海先生年譜簡編》謂〈阮郎歸〉詞作於紹聖三年丙子（一〇九六年），曰：「揆諸詞意，似係歲暮初至郴州之作。」二說皆有可能。按〈阮郎歸〉爲組詞，窺其詞意，雖同年而不同時、地。其四詞中「衡陽猶有雁傳書，郴陽和雁無」，乃親友音信久疏之歎，「崢嶸歲又除」，時近歲暮也。

【注釋】

①麗譙：華麗的高樓。《莊子・徐无鬼》：「君亦必無盛鶴列於麗譙之間。」郭象注：「麗譙，高樓也。」徐度《卻掃編》：「顏師古曰：『譙門謂門上爲高樓以望耳。樓一名譙，故謂美麗之樓爲譙樓。』」後指城門上之更鼓樓。沈佺期〈登瀛州南城樓寄遠〉：「層城起麗譙，憑覽出重霄。」

②小單于：樂曲名。郭茂倩《樂府詩集》：「唐大角曲亦有〈大單于〉、〈小單于〉、〈大梅花〉、〈小梅花〉等曲。」李益〈聽曉角〉：「邊霜昨夜墮關榆，吹角當城漢月孤。無限塞鴻飛不度，秋風卷入小單于。」

③清夜徂：漫長的靜夜又將逝去了。杜甫〈倦夜〉：「萬事干戈裏，空悲清夜徂。」徂，逝也。

④衡陽：湖南省市名，宋屬衡州治所。參見范仲淹〈漁家傲〉【注釋】②。

⑤雁傳書：《漢書・李廣蘇建傳》：「漢求武等，匈奴詭言武死。後漢使復至匈奴，常惠請其守者與俱，得夜見漢使，具自陳道。教使者謂單于，言天子射上林中，得雁，足有係帛書，言武等在某澤中。」

⑥郴陽：郴州。《元豐九域志》：「荊湖路南路，上衡州衡陽郡軍事：自（衡州）界首至郴州二百二十里。」隋置縣於郴州。

⑦和雁無：張相《詩詞曲語辭匯釋》：「和，猶連也。……言連傳書之雁亦無有也。晏幾道〈阮郎歸〉詞：『夢魂縱有也成虛，那堪和夢無。』」

【語譯】

湖南的天氣風雨交加，寒冬已然逼近，陰深的庭院一片寂靜。美麗的城樓上剛吹奏完〈小單于〉樂曲，美好的夜晚時光漸漸流逝。

回鄉的希望已成泡影，羈旅的心情極感孤苦，寒風凜冽，又是一年將盡。在衡陽這個地方時，偶爾還有雁兒傳遞音信，可是來到郴州後，連雁兒的影蹤也都沒有了。

【賞析】

這闋詞寫於秦觀坐黨籍削秩，貶官徙至郴州時，因天寒地凍，歲暮年終，而生懷鄉之情。

上片「寒」、「深沈」、「虛」、「清夜」數字，刻畫寂靜景象，僅有一聲聲〈小單于〉樂曲傳來，反而頻添幾分孤寂。作客他鄉，譙樓美景當前，即使伴有悅耳的音樂，也不可能在此地流連，更何況〈小單于〉樂曲帶有邊塞士兵離鄉背井的感傷情懷。

下片遂寫明離愁。歲暮除夜即將來到，越來越確定得不到音信，心中委屈可知。衡陽在湖南省南境，仍然位居交通要衝；而郴州更偏僻，是少數民族居住的地方，該地缺乏與中原的音訊往來，秦觀的落寞失望可知。末兩句作者意在和婉，出之以含蓄的筆觸，然而倍受冷落的孤苦心聲，在字裏行間清晰可見。

整闋詞有視覺加上聽覺的感官摹寫，也有歲末年終的時間感受，最後再以空間的阻絕，說明自身的心情。詞的多種技巧都能融合運用，而以空間的表達技巧最有特色。

【評箋】

明．沈際飛《古香岑草堂詩餘．正集》：衡、郴皆楚湘地，故曰湘。傷心。

民國．唐圭璋《唐宋詞簡釋》：此首述旅況，亦極淒婉。上片，起言風雨生愁，次言孤館空虛。「麗譙」兩句，言角聲吹徹，人亦不能寐。下片，「鄉夢」三句，抒懷鄉、懷人之情。「歲又除」，歎旅外之久，不得便歸也。「衡陽」兩句，更傷無雁傳書，愁愈難釋。小山云：「夢魂縱有也成虛，那堪和夢無」，與此各極其妙。

（五）辛棄疾〈清平樂〉 獨宿博山王氏庵

遶[①]牀飢鼠，蝙蝠翻燈舞。屋上松風吹急雨，破紙窗間自語。　平生塞北江南[②]，歸來華髮蒼顏。布被[③]秋宵夢覺，眼前萬里江山。

【題解】

這闋詞是辛棄疾閑居信州（今江西上饒）帶湖時，經常往來博山道中，這一夜，獨宿山中小草屋，風雨凄凄，詩人追憶平生，想得很多、很遠，遂有此作。鄧廣銘《稼軒詞編年箋注》列入南宋孝宗淳熙九年至光宗紹熙三年（一一八二～一一九二年），辛棄疾隱居帶湖時期的作品，時年四十三到五十三之間。

【作者】

辛棄疾，字幼安，歷城（今山東濟南）人。宋高宗紹興十年生，寧宗開禧三年卒（一一四〇～一二〇七年），年六十八。

稼軒出生時，山東已沒於金十五年。出生後二年，岳飛去世，中原日漸失勢。紹興三十一年（一一六一年），金主完顏亮大舉南侵，棄疾亦率眾二千餘人，加入於山東起義的耿京隊伍，且爲之掌書記，力勸決策南向，共圖恢復。次年，耿京奉表歸宋，派遣棄疾爲特使，高宗召見，封棄疾爲承務郎。不料北返之後，耿京已被張安國等人所殺，於是棄疾闖入金營，捉縛張氏，率抗金義軍七、八千人，自山東渡江歸宋，獻於行在。高宗仍授前官，時年二十三。

孝宗乾道元年（一一六五年），辛棄疾作〈美芹十論〉，提出抗金策略，但是未獲回應。乾道四年，主戰派虞允文當宰相，辛棄疾又作〈九議〉獻於朝廷，仍不受重視。後遷司農寺主簿，出知滁州。再遷提點江西刑獄，因討平盜賊有功，差知江陵府兼湖北安撫使。當時湖湘一帶盜匪猖獗，稼軒上疏：

> 田野之民，郡以聚斂害之，縣以科率害之，吏以乞取害之，豪民大姓以兼并害之，而盜賊又以剽殺攘奪害之，臣以謂不去爲盜，將安之乎？……欲望陛下深思致盜之由，講求弭盜之術，無恃其有平盜之兵也。……伏望朝廷先以臣今所奏，申敕本路州縣：「自今以始，洗心革面，皆以惠養元元爲意，有違棄法度、貪冒亡厭者，使諸司各揚其職，無徒取小吏按舉以應故事，且自爲文過之地而已也。」[8]

孝宗稱獎。於是，棄疾所到之處，整肅貪官污吏，打擊奸商豪強，振興經濟；其次則積極組訓軍隊，在湖南創立「飛虎軍」，治軍嚴明。不久，知隆興府兼江西安撫使，後遭御史彈劾而革職，遂隱居於江西上

8 引自明．楊士奇等撰：《歷代名臣奏議》，卷三一九，〈弭盜〉。

饒，取意「人生在勤，當以力田爲先」之義，自號稼軒。

光宗紹熙三年至五年（一一九二～一一九四）間，稼軒曾任福建提點刑獄、知福州兼福建安撫使。寧宗即位後，受命知紹興府和浙東安撫使，後轉知鎮江府。因不斷的檢討北伐大計，而皆未見採用，加以身具北方雄壯悲歌風骨，與當時江南風氣不合，頗爲當權者所忌。因此數遭落職，未能盡展長才。晚年，以龍圖閣待制致仕。

棄疾兼資文武，慷慨有大略。少時與党懷英同學，並有文才，號曰「辛党」。所交多海內知名之士，素與朱熹友善。朱熹去世時，黨禁方嚴，棄疾獨自前往祭弔說：「所不朽著，垂萬世名。孰謂公死？凛凛猶生！」二人情義之深重可知。平生以功業自許，隱然負天下重望。忠憤鬱勃之氣，皆發之於詞，語多激烈悲壯，「能於翦紅刻翠之外，屹然別立一宗」，[9]與蘇軾並稱「蘇辛」。今有《稼軒長短句》、《南渡錄》二卷、《竊憤錄》一卷、《美芹十論》一卷等傳世。鄧廣銘《稼軒詞編年箋注》、鄭騫《稼軒詞校注：附詩文年譜》可參考。

【注釋】

①遶：通繞，圍繞。

②平生塞北江南：作者生長北方，於南歸前曾兩度隨計吏北抵燕山（今河北省北部延伸至內蒙古一帶），見〈進美芹十論劄子〉，此當爲足跡所至最北之地。二十三歲南渡後，在江南一帶做官，以至終老。

③布被：以布爲被，表示生活儉樸。

【語譯】

饑餓的老鼠，在牀前牀後奔跑出沒，蝙蝠圍繞著燈火翻飛翔舞。屋外，怒吼的松風吹送著急奏的秋雨，破爛不堪的糊窗紙被風雨吹打𩘀𩘀地響著，彷彿自言自語地在訴說著什麼。

一生走遍塞北江南，奔走國事，如今棄官歸來，已經頭髮花白，容顏蒼老了。我以布爲被，過著平民老百姓的儉樸生活。可是，每當秋夜夢醒的時候，眼前浮現的全是萬里美好江山。

【賞析】

這闋詞上片描述草屋的環境，那裏是飢鼠、蝙蝠的活動場所，充分顯示草屋的寂寞荒涼，這是作者臨時居住的一個地方。下片想起從前爲了捍衛國家而南北奔馳，而今失意歸來，已是白髮蒼顏，這時懷才不遇的無奈心情、時光易逝的無限感慨，都湧上心頭。可是，於秋意甚涼的深夜，作者一覺醒來，眼前所浮現的景象，竟是豁然開朗的氣勢，一掃心中陰霾。最後一句綰合了

9 清．永瑢、清．紀昀等撰：《四庫全書總目提要》（臺北：臺灣商務印書館，一九八三年十月），第四冊，集部（二），卷一九八，詞曲類一，《稼軒詞》評語，頁三〇二。

整闋詞，原來住在破屋無所謂，年華老去也無關緊要，己身的愛國情操始終未曾稍減，這才是眞正的自己。讀到這裏，才明白作者的意念及志向，也爲南宋朝廷埋沒人才而感到歎惋。

（六）辛棄疾〈鷓鴣天〉 代人賦

陌上柔桑破嫩芽，東鄰蠶種已生些。平岡①細草鳴黃犢②，斜日寒林點暮鴉③。

山遠近，路橫斜，青旗沽酒④有人家。城中桃李愁風雨，春在溪頭薺菜花⑤。

【題解】

〈鷓鴣天〉，詞牌名。毛先舒《塡詞名解》指出：《鷓鴣天》名稱來自唐末鄭嵎的詩句：「春遊雞鹿塞，家在鷓鴣天」。然而，鄭嵎詩原作已失傳，不知其義。《白香詞譜》云：

案鷓鴣爲樂調名，許渾〈聽鷓鴣詩〉：「南國多情多豔詞，鷓鴣清怨繞梁飛。」鄭谷〈遷客〉詩：「舞夜聞橫笛，可堪吹鷓鴣？」又《宋史・樂志》引姜夔言：「今大樂外，有日夏笛鷓鴣，沈滯鬱抑，失之太濁。」故鷓鴣似為一種笙笛類之樂調，詞名或與〈瑞鷓鴣〉同取義於此。

據此，「鷓鴣」是一種哀怨沈鬱的曲調。相傳鷓鴣鳥的叫聲音近「行不得也哥哥」，古人常借來抒寫逐客流人的情感，有可能樂曲的調子即來源自鳥叫聲。雙調，五十五字，前後片各三平韻。前片第三句與第四句對偶，後片前二句三言也多作對偶。宋人塡此調者，字句韻全同。又名〈思越人〉、〈思佳客〉、〈翦朝露〉、〈驪歌一疊〉、〈醉梅花〉等。

【注釋】

①平岡：平坦的小山坡。

②黃犢：小黃牛。

③點暮鴉：傍晚時分，烏鴉像黑點般停留在樹梢的樣子。

④青旗：酒店的布招牌多用青色，故稱青旗。沽酒：賣酒。

⑤薺菜花：一、二年生草本植物，主根瘦長。主莖直立，分出細莖。葉輻射狀，似羽毛長形，有深裂鋸齒邊緣。春季開白色細長小花。

【語譯】

田間小路上的桑樹已經長出了新芽，東鄰的蠶卵也開始孵化了些。在平坦的小山坡上，乍見吃春草的小黃牛高興的鳴叫，斜陽照著帶幾分春寒的樹林，林上幾隻尋巢的烏鴉佇立著。

遠遠近近的山巒，橫橫斜斜的山路，還有打著酒旗賣酒的人家。那城中的桃李正憂愁風雨，而白色的薺菜花開滿了溪頭，顯得一片春光耀眼的樣子。

【賞析】

這闋詞的寫作背景不詳，鄧廣銘《稼軒詞編年箋注》列入南宋孝宗淳熙九年至光宗紹熙三年，辛棄疾隱居帶湖時期的作品。

詞作有如小品文，純粹描寫空間所見的視覺意象。上片前二句寫桑葉新生，蠶卵開始孵化，交代了時序是春天。接下兩句寫細草、黃犢、夕陽、寒林、暮鴉，又交代了一日從早到晚的景象，寫出來的生物繁多，柔和中帶有生氣。

上片寫景意味濃厚，有局部特寫的細微觀察，桑樹的嫩芽、寒林上的數點暮鴉，都仔細觀察得來。下片的筆觸宕開，遠山近山、橫路斜路統統一起寫入，有擴大視野的宏觀構圖。這幅畫中再加入青旗、桃、李、薺菜花，與上片黃犢結合起來，色彩繽紛美麗。末尾二句忽然想起「城中桃李愁風雨」，而前文從未曾出現過風雨，可知是預想之辭。風雨會摧折花朵，春天即將溜走，詞人卻轉念想起溪頭還有薺菜花，又拉回到春天明亮的氣息。由此可見，整闋詞敘說鄉村農家的美好春天，詞人的心情是明朗且平和的，有此心境，才有此美文，正是李白〈春夜宴從弟桃花園序〉所說的：「陽春召我以煙景，大塊假我以文章。」

【評箋】

民國．劉永濟《唐五代兩宋詞簡析》：此詞乃作者退居時所作。詞中鮮明畫出一幅農村生活圖象，而末尾二句，可見作者之人生觀。蓋以「城中桃李」與「溪頭薺菜」對比，覺「桃李」方「愁風雨」摧殘之時，而「薺菜」則得春而榮茂，是桃李不如薺菜，亦即城市生活不如田野生活也。此詞與東坡〈望江南〉後半闋「微雨過，何處不催耕？百舌無言桃李盡，柘林深處鵓鴣鳴，春色屬蕪菁」，用意相同，皆以城市繁華難久，不如田野之常得安適。再推言之，則熱心功利之輩，常因失意而愁苦，不如無營、無欲者之常樂。此種思想與道家樂恬退、安淡泊之理相合。蓋稼軒出仕之時，歷盡塵世憂患，退居以來，始知田野之可樂，故見溪頭薺菜而悟及此理也。

（七）陸游〈夜遊宮〉 記夢，寄師伯渾

雪曉清笳亂起①，夢遊處不知何地？鐵騎無聲望似水②。想關河③，雁門④西，青海際⑤。

睡覺⑥寒燈裏，漏聲斷⑦、月斜窗紙。自許封侯在萬里⑧。有誰知？鬢雖殘，心未死。

【題解】

〈夜遊宮〉，詞牌名。《拾遺記》：「漢成帝於太液池旁起霄遊宮。」調名蓋導源於此。北宋周邦彥創作此調，雙疊，五十七個字，上下片各六句，四仄韻。《詞譜》：「賀鑄詞有『江北江南新念別』句，更名〈新念別〉。」

副題標示記下夢境，寄給朋友，以抒所懷。師渾甫，字伯渾，四川眉山人。陸游到蜀，與他常有詩文往來，四川宣撫使王炎想引薦他做官，因忌者排斥而作罷，後隱居終老。陸游有〈師伯渾文集序〉。

【作者】

陸游，字務觀，越州山陰（今浙江紹興）人。生於宋徽宗宣和七年，卒於寧宗嘉定三年（一一二五～一二一〇年），年八十六。

游三歲時，發生靖康之變；五歲時，金兵南侵，自幼即在戰火中成長。能詩文，高宗紹興年間，試禮部，主試者置之前列，秦檜孫塤適居其次，遂爲秦檜所黜。孝宗即位，始以學行言論俱佳，任樞密院編修，賜進士出身。外放鎮江、夔州通判。張浚爲右丞相兼樞密使，王炎宣撫川、陝，辟爲幹辦公事。游任職八個月期間，陳進取之策，以爲經略中原，必自長安始，取長安必自隴右始。此期間寫出許多奔放熱情的愛國詩篇，然因朝廷腐敗，壯志始終未酬。淳熙二年（一一七五年），范成大帥蜀，任參議官。兩人以文字交，不拘禮法，人譏其頹放，因自號放翁。東歸後知嚴州。嘉泰二年（一二〇二年），權同修國史，三年，孝宗、光宗兩朝實錄完稿，升寶章閣待制，旋以太中大夫、寶謨閣待制致仕。開禧三年，封渭南縣開國伯。

游忠愛出於天性，魂夢不忘從軍復國，畢生以中原未復爲念。詩、文、詞俱工，尤長於詩，清新綿麗，兼有豪邁沈著之風，爲南渡後大家，與尤袤、楊萬里、范成大並稱於世。以愛蜀中風土，題其詩集曰《劍南詩稿》，另有《渭南文集》、《南唐書》行世。詞集名《放翁詞》，又稱《渭南詞》。詞風導源於蘇軾者頗多，與辛棄疾相近，以豪放愛國爲主。

【注釋】

①雪曉清笳亂起：下雪的早晨，清亮的胡笳聲四處響起。曉，天剛亮的時候。笳，胡笳，軍中樂器，傳自胡地，捲蘆葉而吹之，聲音淒涼。

②鐵騎無聲望似水：一望無際的軍隊，遙望無聲，好像一條靜靜的河流。鐵騎，形容強悍的軍隊士兵。

③關河：關隘和河流，泛指軍事要地。《史記．蘇秦傳》：「秦四塞之國，被山帶渭，東有關河，西有漢中，南有巴、蜀，北有代、馬，此天府也。」謝朓〈出藩曲〉：「飛艎遡極浦，旌節去關河。」

④雁門：關名，在今山西省代縣西北。自古爲邊防備胡重地。

⑤青海：湖名，在今青海省東北境。自古爲邊防戍守重地。際，邊際。

⑥睡覺：睡醒。

⑦漏聲斷：指計時漏壺中的水已漏完，謂天將亮的時候。漏聲，古代用漏刻計時，漏水低下的聲音就叫做漏聲。參見溫庭筠〈更漏子〉【題解】。

⑧自許封侯在萬里：自我期許能在萬里外建功立業，欲往前線抗敵之意。《後漢書．班超傳》載班超有大志，嘗投筆歎曰：「大丈夫無他志略，尤當效傅介子、張騫立功異域，以取封侯，安能久事筆硯間乎？」後來出使西域，居三十一年，平五十餘國，封西域都護，定遠侯。

【語譯】

一個下雪的早晨，清亮的笳聲此起彼落。夢裏我不知來到哪裏？竟然見到精壯嚴整的士兵，銜枚無聲向前行進，好像一條長河。我想起那些關山大河，邊防重地，尤其是雁門關以西，還有青海湖的邊境。

一覺醒來，卻只有孤寒的燈火陪伴著，已經聽不到漏聲了，天色微明，月光斜斜的投射在窗紙上。多麼希望我能在萬里外建功封侯，立功西域。又有誰能理解我的雄心大志呢！鬢髮雖然稀疏，年華老去了，雄心壯志並未泯滅。

【賞析】

陸游有一首詩，題爲〈九月十六日，夜夢駐軍河外，遣使招降諸城，覺而有作〉，可見他曾做過收復西北失地的美夢。記夢托志的作品，於陸游來說不算少數。這或許是因爲他來到了四川、陝南漢中一帶，接近長安，他一心希望由西北方恢復中原吧！

詞的上片記夢，下片寫醒的現實世界。夢中他來到前線，清笳四起，一陣響亮的軍號聲。「雪」、「笳」帶出邊塞荒涼獨特的風光，「亂起」有一種軍號聲突如其來的感覺，各營此起彼應，軍隊開始移動。緊接著「夢遊處，不知何地」二句，點出這是夢境，也說明一切都是在迷離恍惚的夢境中發生。

「鐵騎無聲望似水」，周圍頓時安靜下來。這句話承上而來，是定一定神後，才看清楚的戰地景象。「鐵騎」形容軍容壯盛，「無聲」描繪出戰場上的清寒肅穆，人馬都悄然無聲，軍律嚴謹，也使人感覺到緊張的氣氛。「望似水」三字，再形容軍隊的氣勢：它看上去就像一片沈著而又洶湧的潮水，藉此來比擬軍隊的綿延整齊，沈靜中有動勢，潛藏著一股力量。於是作者再說這隻部隊，想必走遍了關山湖泊，來到了西北塞外。雁門關以西、青海周圍，泛指宋代的西北邊境，當時南宋統轄勢力不及於此，這是作者心中的故土，設想宋軍正在進行收復失土的工作。

下闋，從夢幻中清醒過來。對孤苦寒燈，聽靜止漏聲，看斜月映掛在窗紙上，又將是一天的開始。「寒燈」、「更漏」、「月斜」寫出外在環境，也烘托出內心的淒涼，夢境和現實的差距也被描繪出來。作者不禁感慨功名未就，已經來到前線，想要盡自己一點微薄的力量，誰知道時機不遇，終究沒有「封侯萬里」的機會。「有誰知」三句：年華逐漸老去，卻依然執著自信，壯心不死。這像是陸游對朝廷的質問，也像是在自嘲，沒有人能理解陸游的忠膽赤忱。這闋詞夢境與現實交織對比，抒寫詞人至老不衰的殺敵雄心，頗具沈雄悲壯之美。作者心情有多麼沈重，從最後的幾句話可以體會出來。陸游另一首詞作〈訴衷情〉也這麼說過：「當年萬里覓封侯，匹馬戍梁州。關河夢斷何處？塵暗舊貂裘。　胡未滅，鬢先秋，淚空流。此生誰料，心在天山，身老滄洲。」即使他到晚年，仍然念念不忘復國之志。馮煦《蒿菴論詞》：「劍南屏除纖豔，獨往獨來，其逋峭沈鬱之概，求之有宋諸家，無可方比。」梁啓超〈讀陸放翁集〉更讚美道：「集中什九從軍樂，亙古男兒一放翁。」

唐朝岑參、高適的邊塞詩，寫的是西域，今天的新疆。北宋范仲淹的邊塞詞，寫的是西夏邊境，今天的陝北、甘肅一帶。到了南宋陸游的邊塞詞，面對的是金兵壓境，今天的陝南漢中一帶。這裏面有空間逐步窄化且進逼中原、南方的現象。韋應物詞是虛寫，但幅員廣闊。范仲淹詞是實寫，景物何其雄麗！而陸游詞就多了些平淡，少了些壯闊；寫景物是虛，夢中所見；寫心情是實，夢醒所知。因而那遼闊的空間「想關河，雁門西，青海際」，只能由想像得來，而現實的世界是「睡覺寒燈裏，漏聲斷月斜窗紙」，這空間只留在一間屋內，顯然就小得多。空間格局如此，與南宋衰颯的國勢、政局、軍力有關，實不得不然。不過，在這麼窘迫的情況下，放翁詞仍然有他個人的特色，就是那熾熱的愛國心，執著之深，至死不歇。邊塞詞能寫到如此堅定的力量，大概也只有范仲淹與陸游二人了。

六、時間

時間是虛構的存在，然而從一天的清晨到夜晚，一年的春、夏、秋、冬，一生的少年、中年到老年，直到死亡，乃至於那亙古洪荒可以被我們倏然想起，而面對不可知的渺茫未來，也可以讓我們潸然淚下。拉長整個歷史時空，我們可以發覺人類何其渺小而孤獨，如陳子昂〈登幽州臺歌〉所說：「前不見古人，後不見來者，念天地之悠悠，獨愴然而涕下。」但也可以如豁達的蘇軾〈赤壁賦〉所體悟的：「蓋將自其變者而觀之，則天地曾不能以一瞬；自其不變者而觀之，則物與我皆無盡也，而又何羨乎？」這裏面取決於作家的生命型態，而有不同的思考智慧。

一般來說，有客觀的物理時間，也有主觀感受的心理時間。人看見外在景物因時序而變遷，或榮枯，或盛衰，這些物理現象影響到人心的某些觸動，自然而然。歐陽脩〈豐樂亭記〉寫琅邪山：「掇幽芳而蔭喬木，風霜冰雪，刻露清秀，四時之景，無不可愛。」稍後不久，他在〈醉翁亭記〉擴充上面的文句寫道：

若夫日出而林霏開，雲歸而巖穴暝，晦明變化者，山間之朝暮也。野芳發而幽香，佳木秀而繁陰，風霜高潔，水落而石出者，山間之四時也。朝而往，暮而歸，四時之景不同，而樂亦無窮也。

這裏歐陽脩以平和的心境，寫出一天朝暮與四時之景的可愛，遊山玩水，其樂無窮。對作家來說，如東晉陶淵明〈移居〉二首其二所說的「春秋多佳日」是一景，而感傷春秋佳日即將離去，尤其是北方萬物肅殺凋零的景象即將來臨，傷春、悲秋又是一景，於是感慨時序而傷老的作品特別多。小至去年所見的人面桃花，今年已不復見，如孟棨《本事詩》所述（參見本書第一五八頁）；大至國勢的興盛衰敗，已經在短短數年間起了變化，如杜甫〈春望〉所述：「國破山河在，城春草木深。感時花濺淚，恨別鳥驚心。」這些時間帶來的感受，往往與空間一起合併描寫。

本書討論空間時，李煜〈虞美人〉的「雕欄玉砌應猶在，只是朱顏改」、〈清平樂〉的「砌下落梅如雪亂，拂了一身還滿」、辛棄疾〈水龍吟〉的「可惜流年，憂愁風雨，樹猶如此」、陸游〈夜遊宮〉的「有誰知？鬢雖殘，心未死」，都有時空交錯輝映，時間的流動在其間。其他如溫庭筠〈更漏子〉藉更漏夜景詠婦女離情相思，從夜晚寫到天明，時間的推移十分明顯。韋莊〈女冠子〉二首、李煜〈子夜歌〉、〈相見歡〉、范仲淹〈漁家傲〉、柳永〈八聲甘州〉、歐陽脩〈踏莎行〉、秦觀〈滿庭芳〉、〈望海潮〉、〈鵲橋仙〉、李清照〈如夢令〉，這些詞作都有時間流動推移的因素在其中，多半自個體化的時間敘事出發，有的來自女子形態的揣摩，有的來自歷史興亡的感受，有的來自故鄉的追憶，有的來自死亡的憂懼，也有的來自永恆的追尋。要之，人都活在一定的時間、空間裏，詞人內心活動藉由時間空間來表達，於文學表現手法中常常得見。

時間一開始都是個體性的，在個人的封閉空間內表達出來，如溫庭筠〈更漏子〉寫一室之內、一整個晚上的生活感受。李煜〈相見歡〉寫被幽禁於一庭院之內，夜晚獨上高樓，也是封閉空間的心靈活動。李煜之後，許多人能跳脫幽閉的空間，如柳永〈八聲甘州〉、范仲淹〈漁家傲〉、歐陽脩〈踏莎行〉，都從眼前現時性延伸到想像的世界，這時表面上空間無遠弗屆了，其實內部還是詞人心靈時間的流動。

人都活在一個時間軸上認識和理解事物，時間有它的「現時性」，因此我們可以從朝暮、四季、少年到老年、過去到未來，看清楚時間的表達方式。李清照〈添字采桑子〉就從一天晝夜的變化建構一闋詞，而她的〈南歌子〉又能從季節的變化想起多年前的往事。然而，這些還是有步驟的作法。另有些詞人想像力的添入，尤其是夢境成分來到詞的世界，可以造成時序的改變，時間先後不再必然決定因果關係，這種情況下，時序調整變化也帶來了意義上的重組。換個角度說，這也是將虛幻寫入現實世界，以虛寫實的手法於焉產生，時間在此出現了它的「包容性」。這情形在蘇軾〈江城子〉（十年生死兩茫茫）中表露無遺。傳統文學作品大多站在時間軸上寫作，偶而有添入夢境的寫法，於是有虛有實，構成高超的文學技巧。

被描寫的對象本身原先具有的時間，以及詞中人物所體驗的時間，有可能被詞人的內心活動給包容在一起，這時候詞中人物的物理時間，有可能與詞人的文學時間合在一起，但是並不一致，甚至有可能矛盾而不協調。原來時間推移變化的寫法可以這麼多元，而且高難度。以下我們再選九首作品說明之。

（一）馮延巳〈鵲踏枝〉

誰道閒情①拋棄久？每到春來，惆悵還依舊。日日花前常病酒②，不辭鏡裏朱顏③瘦。

河畔青蕪④堤上柳。爲問新愁，何事年年有？獨立小橋風滿袖，平林新月人歸後。

【題解】

〈鵲踏枝〉，原唐教坊曲名，後用作詞牌。雙調六十字，上下片各五句四仄韻，一韻到底。又名〈蝶戀花〉，采梁簡文帝蕭綱樂府〈東飛伯勞歌〉「翻堦蛺蝶戀花情」爲名，又名〈鳳棲梧〉、〈黃金縷〉、〈卷簾珠〉、〈一籮金〉等。

【作者】

馮延巳，一名延嗣，字正中，廣陵（今江蘇揚州）人，生於唐昭宗天復三年，卒於南唐元宗交泰三年

（九〇三～九六〇年），年五十八。

延巳爲兩朝元老，深得元宗李璟寵信。生活於國勢飄搖的南唐，面對後周軍隊大舉入侵，手足無措。馬令《南唐書》記載：「延巳無才而好大言」，「爲相之後，動多徇私，而故人親戚，殆於謝絕」，[1]陸游《南唐書》亦稱「延巳負其才藝，狎侮朝士」，[2]可見延巳在朝中權勢金錢在握，結黨營私，樹敵頗多，被時人視爲「五鬼」[3]之首，仕途時起時落。晚以太子太傅卒。

延巳以文雅稱，有《陽春集》傳世。史書多貶其人品而推其詞采，[4]如《釣磯立談》云：「馮延巳之

---

1 宋．馬令：《南唐書》，中國哲學書電子化計畫，浙江大學圖書館，《欽定四庫全書》，史部，載記類，卷二十一，〈黨與傳下第十七〉，頁四－五。

2 宋．陸游：《南唐書》，中國哲學書電子化計畫，哈佛大學燕京圖書館，卷十一，〈馮孫廖彭列傳第八〉，頁一。

3 「五鬼」指馮延巳、其弟馮延魯以及宋齊丘黨的魏岑、陳覺、查文徽等人。

4 林文寶據夏承燾所撰《馮正中年譜》的基礎，考察《釣磯立談》有關馮延巳的記載，發現歐陽脩《新五代史》、司馬光《資治通鑑》、馬令《南唐書》、陸游《南唐書》都接受了《釣磯立談》的說法，此四部史書又影響陳霆《唐餘紀傳》、吳任臣《十國春秋》的觀點，史筆一致地勾勒馮延巳的印象是專事辯說、熱中功名的小人。因史虛白曾遭宋齊丘黨人所排斥，史虛白次子撰寫《釣磯立談》自然對宋齊丘多有詆毀，馮延巳又依附宋黨，遂對延巳詆毀至深，難稱公允。參見林文寶：《馮延巳研究》（臺北：輔仁大學中文系碩士論文，一九七四年十月）。

爲人，亦有可喜處，其學問淵博，文章穎發，辨說縱橫，如傾懸河。」[5]《南唐書》又謂：「延巳工詩，雖貴且老不廢。」[6]其詞作多閨情離思，但與《花間》詞人不同，王國維《人間詞話》云：「溫、韋之精豔，所以不如正中者，意境有深淺也。」葉嘉瑩也認爲溫庭筠詞擅長以精美物象引起人的聯想，然而缺乏主觀之感情；韋莊詞清簡勁直，有直接感動的能力，卻束縛於一己之經驗；至於馮延巳詞，少有浮豔輕薄的描寫，富於主觀直接感發的力量，又不爲外表事件所侷限，這是馮詞不同花間溫、韋之處。[7]王國維《人間詞話》曾評溫庭筠「精豔絕人」，馮延巳則是「深美閎約」，說明了《花間》鼻祖溫庭筠詞雖藻飾華美，但不如馮延巳詞深厚含蘊。又云：「馮正中詞雖不失五代風格而堂廡特大，開北宋一代風氣。與中、後二主詞皆在《花間》範圍之外，宜《花間集》中不登其隻字也。」然而，延巳詞終究多囿於閨閣園亭之景、相思怨別之情，難以和之後的南唐後主李煜故國哀感之情匹敵。延巳善於道出感性幽微的一面，引發讀者無窮的聯想，這種風格也開啓了北宋晏殊、歐陽脩等人的詞風。

【注釋】

①閒情：葉嘉瑩解釋爲「閒暇的時候，無端湧上心頭的一種情緒」，[8]猶言閑愁。

②病酒：爲酒所困，爲酒所病，因飲酒過量而身體不適。病，困也。

③不辭鏡裏朱顏瘦：謂即使攬鏡自照，發現紅潤的臉龐逐漸消瘦了，也在所不惜，甘心領受。不辭，不推辭，此就上句病酒一事言。朱顏，喻青春。參見李煜〈虞美人〉【注釋】③。

④青蕪：青草。

【語譯】

誰說我早已拋開了那些無聊情緒不被干擾呢？每逢春天來到，我依然滿懷惆悵一如從前。爲了消除這種閑愁，我天天在花前痛飲，放任自己大醉，不惜身體消瘦，鏡子裏青春紅潤的容顏已經改變。

河邊芳草萋萋，岸堤上柳葉新生。見此美景，我問了自己：爲何年年都有憂愁？獨自站立在小橋上，勁風吹滿衣袖。人回去後，月初的彎形月亮在遠處的樹林中升起。

【賞析】

這是一闋描寫傷春怨別的詞。不同於韋莊習慣在詞的開頭拈出人物、時間以及感情的具體事件，馮延巳開頭用問句寫出：「誰道閒情拋棄久？」原以爲可以拋棄閑愁，不料未能做到。這裏的「閒情」是一種不可確指的情思，是一種揮之不去、拋之不得，不斷盤旋在心頭的惆悵感受。

---

5 《釣磯立談》撰作年代不詳，或說南唐、或說宋代作，作者或題爲史溫、史虛白、釣磯閒客所撰，中國哲學書電子化計畫，《榕園叢書守約篇》本，卷一，頁十八。

6 宋・陸游：《南唐書》，卷十一，〈馮孫廖彭列傳第八〉，頁三。

7 葉嘉瑩：《唐宋名家論集》（臺北：桂冠圖書公司，二〇〇〇年二月），頁四五。

8 葉嘉瑩：《唐宋詞十七講》（臺北：桂冠圖書公司，二〇〇二年二月），下冊，頁一三六。

如同馮延巳〈采桑子〉所說的：「昔年無限傷心事，依舊東風，獨倚梧桐，閒想閒思到曉鐘。」正因拋棄不了，因此春天來到時，內心依然惆悵。「拋棄」有試圖將其忘掉、擺脫之意。葉嘉瑩〈說馮延巳詞四首〉之二云：「『拋棄』正是對『閒情』有意尋求擺脫所做的掙扎，而且馮氏還在後面用了一個『久』字，更加強了這種掙扎努力的感覺。可是馮氏卻在一句詞的開端先用了『誰道』兩個字，『誰道』者，原以爲可以做到，而誰知竟未能做到，故以反問之語氣出之，有此二字，於是下面『閒情拋棄久』五字所表現的掙扎努力就全屬於徒然落空了。」

值得注意的是，抽象的「閒情」如何被馮延巳渲染而出？從「日日花前常病酒，不辭鏡裏朱顏瘦」以下，直流而下，因思念過甚，每天都以酒澆愁。詞中以「日日」、「病酒」、「不辭」，表明一種執著的心願，一種殉身不悔的精神。那鏡中憔悴消瘦的臉龐，藉酒澆愁、無心賞花的姿態，小橋上形單影隻的人影，主人公固執的情感，凝聚成一股鋪天蓋地的「新愁」。葉嘉瑩評論此詞有兩大特點：一是要奮鬥掙扎的努力，一是知其不可爲而爲之的精神。[9]在清冷月光的籠罩之下，主人公常頂著颯颯淒風，觸目而及的盡是青翠的柳岸、廣大的平林，終究找不到情緒的出口，思念依舊困在原地。「獨立小橋」的主角是人，在孤寂的夜晚，萬籟俱寂時，仍然獨立小橋。「風滿袖，平林新月人歸後」則是人獨立小橋時的萬物狀態，活生生的狀態。年復一年，秋去春來，主人公佇立花前卻不看花、攬鏡卻無意梳妝、行人盡歸也不肯自小橋上離去，一心一意、執迷不悔的使自我主體受困在一個封閉的世界裏。「平林新月人歸後」一句三景，「平林」是一景、「新月」是一景，「人歸後」看似無景，其實是「人歸後」依然會想起「平林中有新月」的景致。這裏寫出這位主人公癡於情，忠於情，一種與世隔離的心靈，一種自我隔離而惆悵的感受，寫得極好，也幽微地反映出馮延巳的創作心境。

從另一層面看，這闋詞有可能是馮延巳假女子身分以訴衷情——體現了「男子而作閨音」的現象，此現象在詞作中不勝枚舉。不論是代言、應歌或寄託，都是藉此託喻自己的政治情懷。[10]《陽春集》充滿相思離別之詞，某種程度上也注入了己身在政壇孑然獨立的悵惘。

【評箋】

清・譚獻《譚評詞辨》：此闋敘事。

清・陳廷焯《白雨齋詞話》：馮正中〈蝶戀花〉云云，可謂沈著痛快之極，然卻是從沈鬱頓挫來，淺人何足知之？「誰道」五句，始終不逾其志，亦可謂自信而不疑，果毅而有守矣。

9 葉嘉瑩：《溫庭筠・韋莊・馮延巳・李煜》（臺北：大安出版社，一九八八年十二月），頁一〇〇—一〇一。

10 此觀點參見楊海明：〈「男子而作閨音」——唐宋詞中一個奇特的現象〉，《唐宋詞主題探索》（高雄：麗文文化事業公司，一九九五年十月），頁一—十三。

（二）李煜〈破陣子〉

四十年來家國①，三千里地山河②。鳳閣龍樓連霄漢③，玉樹瓊枝作煙蘿④，幾曾識干戈！　一旦歸爲臣虜，沈腰潘鬢⑤銷磨。最是倉惶辭廟日⑥，教坊⑦猶奏別離歌，揮淚對宮娥⑧。

【題解】

〈破陣子〉，唐教坊曲名，後用作詞牌。《詞律》、《詞譜》均未收。唐有〈破陣樂〉，本秦王李世民所製舞曲，舞用二千人，兼用馬軍入場，場面壯觀。李煜取其名，另度新聲，雙調，六十二字，上下片各五句，三平聲韻。由於此調一唱十拍，故又名〈十拍子〉。

【注釋】

①四十年來家國：南唐自烈祖李昪昪元元年（九三七年）開國，迄宋太祖趙匡胤開寶八年（九七五年）後主出降，計三十九年。此云四十年，舉其成數。

②三千里地山河：南唐爲五代十國之一，據有今江蘇、安徽、福建、江西等地。馬令《南唐書．建國譜第二十七》：「共三十五州之地，號爲大國。」

③鳳閣龍樓：國君居住的宮殿，雕飾龍鳳以表華麗。連霄漢，形容其高。霄，雲霄；漢，天河。

④玉樹瓊枝：言珍貴的花草樹木。瓊，美玉。作煙蘿，謂草木茂密繁盛，煙聚蘿纏的樣子。

⑤沈腰潘鬢：形容腰瘦且鬢髮斑白。《南史．沈約傳》：「（約）與徐勉素善，遂以書陳情於勉，言已老病，『百日數旬，革帶常應移孔；以手握臂，率計月小半分。』欲謝事，求歸老之秩。」西晉潘岳〈秋興賦〉：「斑鬢髟（ㄅㄧㄠ）以承弁兮，素髮颯以垂領。」李善注：「《說文》曰：『白黑髮雜而髟。』」

⑥辭廟日：言離開故國，辭別祖先宗廟之日。廟，宗廟，君主供奉祖先的廟。

⑦教坊：唐代開始設置，太常掌雅樂，教坊掌雅樂以外的俗樂、舞蹈與百戲等的教習排練及演出等事務，亦稱「伎坊」。由於宮中宴會，都用女樂歌舞表演，故參與演出的官妓也稱爲教坊。唐白居易〈琵琶行〉：「十三學得琵琶成，名屬教坊第一部。」宋、元、明皆沿設，至清雍正年間始廢。

⑧宮娥：宮女。

【語譯】

建立了四十年的國家，領有三千里地的山河。龍鳳雕飾的宮殿樓閣摩到天際，珍貴的草木就像煙霧聚集、女蘿繚繞般的茂密繁盛，這奢華富麗的生活環境，哪裏見過戰爭呢！

自從身爲臣下俘虜，我的身形漸瘦、鬢髮也斑白了。最使我記得的是慌張地辭別宗廟的那一天，宮廷教坊的樂隊還吹奏著別離的歌曲，在這種生離死別的場合，我只能面對宮女們垂淚。

【賞析】

這闋詞爲李煜降宋後的作品。上片寫昔日的舊宮繁華，下片寫今日的國破家亡，時間因素貫串其間，爲今非昔比的生活作出明白的詮釋。

起筆「四十年來」帶出時間，「三千里地」帶出空間，那富麗堂皇的宮殿，安逸快樂的生活，自是難以忘懷。「鳳閣龍樓」、「玉樹瓊枝」都是極力描寫美好的生活環境，採用互文的寫法，「鳳閣龍樓」也是「龍閣鳳樓」，「玉樹瓊枝」也是「瓊樹玉枝」，「鳳」、「龍」、「玉」、「瓊」這些美麗辭彙的穿插使用，正是過去生活的註腳。當初後主爲了苟安於一時，年年上表稱臣，何嘗見過兵燹災禍？

下片用「一旦」開頭，說明事起倉猝，猝不及防。語境轉換甚快，氛圍迅速改變。降宋作爲上下片的分界線，詞人由享受宮廷奢華歡愉、萬人之上的國君，瞬間淪爲亡國臣虜，所有哀婉淒絕的感受都在下闋詞中呈現。首先是身形的改變，「沈腰潘鬢銷磨」，可見後主階下囚的生活定不好受。後主被執，時年三十九，腰瘦髮白似乎來得早些？「最是倉惶辭廟日」則是精神上的回憶，倉惶離開故國，能見到多少臣民？有機會一一話別嗎？此時平日喜愛的教坊樂舞，爲他吹奏起離別歌，出於善意的歡送，卻也成爲心中最大最久的隱痛。強烈對比，更是加強了後主自我悔恨、由盛轉衰、極喜轉極悲的沈痛慘淡之情。

【評箋】

宋・蘇軾《東坡志林・書李主詞》：後主既爲樊若水所賣，舉國與人，故當慟哭於九廟之外，謝其民而後行，顧乃揮淚宮娥，聽教坊離曲哉！

民國・唐圭璋《唐宋詞簡釋》：此首後主北上後追賦之詞。上片，極寫當年江南之豪華，氣魄沈雄，實開宋人豪放一派。換頭，驟轉被虜後之淒涼，與被虜後之憔悴。今昔對照，警動異常。「最是」三句，忽憶當年臨別時最慘痛之事。當年江南陷落之際，後主哭廟，宮娥哭主，哀樂聲、悲歌聲、哭聲合成一片，直干雲霄，寧復知人間何世耶！後主於此事，印象最深，故歸汴以後，一念及之，輒爲腸斷。論者謂此詞悽愴，與項羽「拔山」之歌同出一揆。後主聰明仁恕，不獨篤於父子、昆弟、夫婦之情，即臣民宮娥，亦無不一體愛護。故江南人聞後主死，皆巷哭失聲，設齋祭奠。而宮娥之入掖庭者，又手寫佛經，爲後主資冥福。亦可見後主感人之深矣。

（三）晏殊〈浣溪沙〉

一向年光有限身[1]，等閒[2]離別易銷魂。酒筵歌席莫辭頻[3]。　滿目河山空念遠[4]，落花風雨更傷春。不如憐取眼前人。

【題解】

〈浣溪沙〉，唐教坊曲名，後用作詞牌。雙調，四十二字，上下片各三句，皆押平聲韻。又作〈浣溪紗〉、〈浣紗溪〉，別名有〈小庭花〉、〈滿院春〉、〈東風寒〉、〈醉木犀〉、〈霜菊黃〉、〈廣寒枝〉、〈試香羅〉、〈清和風〉、〈怨啼鵑〉等。其餘可參見李璟〈攤破浣溪沙〉【題解】。

【作者】

晏殊，字同叔，撫州臨川（今江西臨川）人，生於宋太宗淳化二年，卒於仁宗至和二年（九九一～一〇五五年），年六十五。

殊自幼聰慧，十四歲以神童入試，賜同進士出身。仁宗慶曆年間，拜集賢殿大學士，同平章事、兼樞密使。晚年出知陳州、許州、永興軍等地，獲封臨淄公。於開封病逝，諡號元獻。

殊性格剛峻，爲人持重，學問淵雅，自奉若寒士，而豪爽好賓客，一時名士多出其門，如范仲淹、富弼、歐陽脩等皆是。詩文贍麗，間作小詞，詞多詠宴游歌舞、離愁別恨，未脫前代藩籬，但清雅婉麗，有富貴氣，閑雅有情思。其子晏幾道云：「先公爲詞，未嘗作婦人語也。」蓋有自身的理性思考，不妄作代言體。詞風與歐陽脩近，並稱「晏歐」，又與其子晏幾道合稱「大晏」和「小晏」。詞集名《珠玉詞》。

【注釋】

①一向年光有限身：謂春光短暫，生命也是有限的。一向，同一晌、一餉，猶言片刻、片時。年光，即

年華，一年中的芳華，指一年中最美好的春光。

②等閒：謂輕易，隨意，很平常，不留意、不經意的樣子。唐朝張謂〈湖上對酒行〉：「眼前一尊又長滿，心中萬事如等閒。」

③莫辭頻：勿因宴會次數太多而加以推辭。頻，多。或解爲「莫頻辭」的倒裝。

④空念遠：徒然惦記遠方的友人。作者的用意是勸人與其別後念遠，徒然傷感，倒不如珍惜眼前盛筵的美意與溫情。

【語譯】

時光短暫，匆匆而逝，人生也是相當有限，卻又常有不經意的離別，讓人遭受離別之苦，眞教人黯然神傷。因此，就不必一再推辭酒筵歌席，盡情歡飲吧！

舉目望去，對著遼闊的山河，憶起遠方友人，在此風雨淒迷，落花紛飛的時節，更令人感傷春光易逝，美好的過去不可挽回。與其別後相思，不如珍惜現在，憐取眼前人吧！

【賞析】

這闋詞感歎人生短暫，因此勸人珍惜眼前彼此相聚的時光。詞的篇幅雖短，但筆意委婉曲折，情理俱足。

上片先以「人生短暫」引發感喟。人生歷程中，青春活力有限，但又要常常忍受離別的悲傷，無數的悲歡離合，令多情而敏感的心靈難以承擔。晏殊看出有時不經意、輕易、隨意的離別，但從此好朋友再也不相見了，短暫的行爲，往往就是人生的全部。因此主張再多的酒宴歡會都不應嫌多，反而應該每一次都盡情歡飲，以抵抗這種黯然銷魂的折磨。「酒筵歌席莫辭頻」一句，有從容不迫，及時行樂的生活態度。由此不難理解，晏殊並不諱言人生苦短，但更應該把握彼此相聚的時光。

下片承上片而來，本欲寄情大自然，然而又想起遠方的友人。第一句「念遠」扣上片第二句的「離別」，第二句「傷春」扣上片首句的「年光」，從空間、時間入手，揣想離別念遠，時光消逝的傷感。葉嘉瑩《唐宋名家詞賞析》說：「大晏詞之妙處則在對『空』字和『更』字的應用，引起了雙層加深的作用：『更』字是加倍的意思，是說我已經有了念遠的悲哀再加上傷春的悲哀，而一個『空』字也貫穿了兩句的情意，念遠是空的，傷春也是空的，『念遠』不一定就能相逢，『傷春』也不一定能將春光留住，不可得的仍然是不可得的，無法挽回的仍然無法挽回，……二句有詩人的感受，更有理性的認知。」末句則由此轉出理性的抉擇，轉而寫出面對現實人生的方式，與其墜入別後相思之苦，不如珍惜眼前的佳人良友，這才是順應人生變化、面對現實人生的自然之道。

晏殊的作品，經常表現「情中有思」的意境，代表他對人生圓融的關照與理性的操持。一般人多欣賞其「無可奈何花落去，似曾相似燕歸來」二句，但吳梅《詞學通論》云：「『滿目河山空念遠，落花風雨更傷春』二語，較『無可奈何』勝過十倍，而人未之知，可云陋矣。」俞陛雲

《唐五代兩宋詞選釋》也讚美這闋詞：「如石梁瀑布，作三折而下。」葉嘉瑩《迦陵談詞・大晏詞的欣賞》更說：「即以這三句詞而言，如『滿目』一句，除『念遠』之情外，它更使讀者想到人生對一切不可獲得的事物的嚮往之無益；『落花』一句，除『傷春』之情外，則更使人想到人生對一切不可挽回的事物的傷感之徒勞。至於『不如憐取眼前人』一句，它所使人想到的，也不僅是『眼前』的一個『人』而已，而是所該珍惜把握的『現在的一切』。」

晏殊一生可謂富貴顯達，而其詞集名爲「珠玉詞」，取珠玉有光澤之意，也與其個性爲人相得益彰，表現了理性溫和、純淨晶瑩的寫作風格。王灼《碧雞漫志》稱讚他和歐陽脩是「風流蘊藉，一時莫及，而溫潤秀潔亦無其比。」馮煦《蒿菴論詞》更說：「晏同叔去五代未遠，馨烈所扇，得之最先，故左宮右徵，和婉而明麗，爲北宋倚聲家初祖。」可見其在詞學史上的成就與地位。葉嘉瑩《迦陵談詞・大晏詞的欣賞》言其特色如下：（一）情中有思之意境；（二）閒雅之情調；（三）傷感中的曠達之懷抱；（四）寫富貴而不鄙俗，寫豔情而不纖佻。又說：「晏殊的詞是理性的，閒雅的，情中有思，從容不迫，讀他的詩情感上不會震撼，但思路上會被引導。」這說明了晏殊理性而積極的人生態度，不僅有閒雅、曠達、高貴的特色，而且富有感染力。

（四）歐陽脩〈生查子〉　元夕

去年元夜時，花市燈如晝；月上柳梢頭，人約黃昏後。　今年元夜時，月與燈依舊；不見去年人，淚滿春衫袖。

【題解】

生查子，唐代教坊曲名，後用作詞牌。雙調四十字，上下片各五言四句、二、四句押仄韻，上去通押。

《詞律》卷三：「生查子，本樝梨之樝，省筆作查。今有讀作『查考』之『查』，且取『浮查（槎）』事以爲解者。若是所乘之查，如何加一『生』字耶？」此說甚是。查，音渣。樝子，果名，甚酸，一名木桃。李時珍《本草綱目》：「樝子乃木瓜之澀者，小於木瓜，色微黃，蒂核皆粗，核中之子小圓也。」調名取此。《詞譜》引《尊前集》入雙調，四十字者爲正體，上、下片各五言四句，二、四句押仄韻。又名〈楚雲深〉、〈梅和柳〉、〈晴色入青山〉等。

這闋詞副題：「元夕」。「元夕」又稱「元夜」，即農曆正月十五元宵節。自宋朝以後，非常重視元宵節，《大宋宣和遺事》、《武林舊事》、《東京夢華錄》等書都記錄了元宵節盛況。

【作者】

這闋詞最早出現於《歐陽文忠公文集》卷一百三十一，另有一說朱淑眞（一一三五～一一八〇年）作。南宋初年曾慥（？～一一五五年）《樂府雅詞》收錄這闋詞，事先作刪汰剔除工作，而後將此詞歸入歐陽永叔作。曾慥是用心謹愼的人，他的作法當屬可信。

【語譯】

去年元宵節的夜晚，街上的花燈明亮光耀如同白晝。當月亮自柳樹梢升起時，那人與我約會在黃昏後見面。

今年元宵節的夜晚，月亮和花燈依舊和去年一樣光采奪目。卻看不見去年與我約會的人，想起從前，我的淚水沾滿了春衫的衣袖。

【賞析】

這闋詞藉元宵節寫男女之情，同時也寫出了沒見到朋友的惆悵失落之情。

上片寫去年，寫去年的熱鬧，下片寫今年，寫今年的物是人非，這是對比的寫法。整闋詞用字頗有重複，「去年」與「今年」只更換了一個字，上、下片的開頭就寫出來了。「去年元夜時，花市燈如晝」，元宵節有燈，燈光照亮得像白晝一樣，可見燈火非常的多，非常的美麗。而接著月亮出來了，「月」就在柳梢頭之上，人們也在此時約會，寫出了「人」。上片四句回憶去年的景象——花市有燈，柳梢頭上有月，而人相約在黃昏後。花市、月、柳梢頭、黃昏都是很美的詞語。在這樣的背景下，帶出了男女的感情，寫出一種心神蕩漾，很適合約會的心情。

下片寫今年的現象，先回憶起過去，然後描寫現在。今年的元宵夜晚，「月與燈依舊」，這句話就把上片的第二句跟第三句「花市燈如晝」、「月上柳梢頭」綰合起來了。「月與燈依舊」把這些景象重新地描摹一遍，說明今年也有花市燈海，也有「月上柳梢頭」，但是下面說道：「不見去年人」，產生了新的意思。人不在了，這跟去年的場景不同，仍然用了「去年」那兩個字，就表示去年的印象到今還很深刻。「不見去年人，淚滿春衫袖。」景物還是去年有過的，而不見去年人，心境遂有些落差。物是人非，因此傷感落淚。

這闋詞很容易讓我們想起另一個場景，就是唐朝孟棨《本事詩》記載的〈人面桃花〉故事。當時崔護走到一座桃花園，想起去年的那位女子，而今見不到她，於是他說：「去年今日此門中，人面桃花相映紅。人面不知何處在，桃花依舊笑春風。」很多時候我們因爲去年的情景，而今年不在了，會懷念起去年，這種感受是相似的。崔護和歐陽脩二人所寫的心境很類似。

清朝金聖歎《唱經堂批歐陽永叔詞十二首》曾經評論了歐陽脩這闋詞說道：

> 看他又說去年，又說今年，又追敘舊歡，又告訴新怨。中間凡敘兩番「元夜」、兩番「燈」、兩番「月」，又襯許多「花市」字、「如晝」字、「柳梢」字、「黃昏」字、

> 「淚」字、「衫袖」字。而讀之者，只謂其清空一氣如活，蓋其筆法高妙，非人之所及也。

他指出這闋詞當中說了「去年」，又說了「今年」，「去年」說了兩次，然後將去年的舊歡和今年的新怨做了一個對比。中間寫「元夜」和「燈」和「月」，各出現兩次，襯托出「花市燈如晝」，還有「月上柳梢頭，人約黃昏後」的美麗景象。也就是說，上片處處寫美好風景情懷，下片就因爲失落感而轉出了淚水。「淚滿春衫袖」是一種感傷，這闋詞到最後帶出這份感情。

（五）蘇軾〈遊沙湖〉——附〈浣溪沙〉（山下蘭芽短浸溪）

黃州東南三十里爲沙湖，亦曰螺師店，予買田其間，因往相田①。得疾，聞麻橋人龐安常②善醫而聾，遂往求療。安常雖聾，而穎悟絕人，以紙畫字③，書不數字，輒深了人意。余戲之曰：「余以手爲口，君以眼爲耳，皆一時異人也。」疾愈，與之同遊清泉寺。寺在蘄水郭門外④二里許，有王逸少洗筆泉⑤，水極甘，下臨蘭溪，溪水西流。余作歌云：

「山下蘭芽短浸溪⑥，松閒沙路淨無泥，蕭蕭暮雨子規啼⑦。　誰道人生無再少？君看流水尚能西！休將白髮唱黃雞⑧。」

是日劇飲⑨而歸。

【題解】

本文選自《東坡志林》卷一，篇題或作〈遊蘭溪〉；《蘇軾文集》題作〈書清泉寺詞〉。《詩話總龜》、《苕溪漁隱叢話》亦收入此文，而文字小異。

北宋神宗元豐三年（一〇八〇）二月，蘇軾因「烏臺詩案」被貶任黃州（今湖北黃岡）團練副使。抵達黃州貶所後不久，即買地開荒，掘井築室，親身從事農耕。他「幅巾芒屩，與田父野老，相從溪谷之間，築室於東坡，自號東坡居士。」[11]自然是結交不少民間好友，尋訪農家田園之樂。本文作於元豐五年三月，蘇軾時年四十六，敘述此時期的生活片斷。

沙湖，地名，在今湖北省浠水縣清泉鎮內。蘇軾當時來到蘄水的清泉寺，曾作一闋〈浣溪沙〉詞，收入《東坡樂府箋》，詞牌副題云：「遊蘄水清泉寺，寺臨蘭溪，溪水西流。」蘄水，今湖北浠水，在黃州東，西南向流入長江。蘄水也是舊地名，宋代屬黃州，明代設縣；民國二十二年，爲避免與蘄春縣縣名混淆，改稱浠水縣，縣下轄有清泉鎮、蘭溪鎮等。清泉鎮內有清泉寺，寺居高臨下，其下有蘭溪，以蘭花遍生於河岸得名。這篇文章所述的內容，正是這闋〈浣溪沙〉詞的寫作背景。

【作者】

蘇軾，字子瞻，號東坡，眉山（今四川眉山）人。生於宋仁宗景祐四年，卒於徽宗建中靖國元年（一〇三七～一一〇一年），年六十六。

軾稟性聰慧，嘗讀《漢書‧范滂傳》，請於母曰：「軾若爲滂，母許之邪？」母深許其言。嘉祐二年（一〇五七年）試禮部，主考歐陽脩擢至第二，後以《春秋》對策列第一，曰：「吾當避此人出一頭地。」神宗熙寧初，王安石倡行新法，軾痛陳不便，忤於安石，乃自請外放，出爲杭州通判，不久，轉知密州、徐州、湖州。元豐二年（一〇七九年），被彈劾以詩訕謗朝廷，下獄，史稱「烏臺詩案」。出獄後，責授黃州團練副使安置。於此地，築室於東坡，自號東坡居士。哲宗幼年嗣位（一〇八六年），舊黨秉政，還朝任翰林學士。時執政者盡廢新法，蘇軾則主張保留新法中的免役法和裁抑貴族特權、增強國防力量等措施，因此遭致舊黨不滿，再度出知杭州，築南北徑三十里長堤，世稱蘇堤；後轉知潁州、揚州、定州等地。哲宗親政，新黨勢力再起，紹聖元年（一〇九四年）被列爲元祐黨人，以起草制誥「譏刺先朝」罪貶英州、惠州，最後遠放儋州（今海南島儋縣）。元符三年（一一〇〇年），徽宗繼位，遇赦北還，次年病卒於常州，追謚文忠。

軾爲人灑落出塵，思想恢宏，才氣縱橫，詩文書畫皆冠絕一時。其文汪洋恣肆，明白暢達，與歐陽脩

11 語出宋‧蘇轍〈東坡先生墓誌銘〉。

並稱「歐蘇」，又與父蘇洵、弟蘇轍，合稱「三蘇」，爲唐宋八大家之一；其詩清新豪健，與黃庭堅並稱「蘇黃」；詞開豪放一派，與辛棄疾並稱「蘇辛」；又工書畫，與黃庭堅、米芾、蔡襄並稱宋四家。著有《易書傳》、《論語說》、《仇池筆記》、《東坡志林》、《蘇東坡全集》、《東坡樂府》等。東坡詞，昔人稱爲「一洗綺羅香澤之態」，而且「無意不可入，無事不可言」。詞至東坡，有重大的轉變。一是詞與音樂的分離；二是可以詩的語氣和句法作詞；三是詞境擴大，內容題材大爲增加；四是個性建立在詞風中，開豪放派之先聲。此後，詞的地位與詩同等，後人多推崇東坡詞的貢獻。

【注釋】

①相田：察看田地。相，觀測，勘察。

②麻橋：蘄水一村莊名，今湖北省浠水縣清泉鎮麻橋村。龐安常：名安時，字安常，北宋著名醫家。蘄水人。兒時讀書過目不忘，博物通古今。耳聾，自學研習中醫，精傷寒、脈學，尤善針灸，救人無數。據《仇池筆記》載：有民間孕婦臨產，胎兒七日未下，安時針之，遂順利生產。著有《傷寒論》，黃庭堅、張耒爲此書寫過跋語。《宋史．方技傳》有傳。

③以紙畫字：《蘇軾文集》作「以指畫字」。

④郭門：外城門。古代的城分內城、外城。《孟子．公孫丑下》有「三里之城，七里之郭」的說法。

⑤王逸少：東晉著名書法家王羲之（三〇三～三六一年），字逸少，東晉會稽（今浙江紹興）人。官至會稽內史、右軍將軍，世稱「王右軍」。傳說他曾經「臨池學書，池水盡黑」，長江中下游各地常見

他的「洗筆泉」遺跡。今有《王右軍集》行世。

⑥蘭芽：剛長出的蘭花幼芽。浸，泡在水中。「浸」字與《楚辭．招魂》「皋蘭被徑兮斯路漸」中的「漸」字相近，都有蔓延的意思。

⑦蕭蕭：同瀟瀟，風雨急驟貌。子規，又名杜鵑、布穀、杜宇、鶗鴂（啼鴂、鷤鴂），口大，尾羽長，嘴黑色，上嘴末端稍曲，身體灰褐色，常分布於溫帶和熱帶地區植被稠密的地方。晚春到初夏間夜啼達旦，鳴聲清脆、短促且拔高，以其性情膽怯，常聞其聲而不見其形，能動旅客歸思。秦觀〈踏莎行〉：「可堪孤館閉春寒，杜鵑聲裏斜陽暮。」

⑧休將白髮唱黃雞：不要因爲自己滿頭白髮而慨歎光陰流逝。白髮，年老。唱黃雞，感慨時光的流逝。因黃雞可以報曉，表示時光的流逝。黃雞，報曉雞。白居易〈醉歌：示妓人商玲瓏〉曰：「誰道使君不解歌，聽唱黃雞與白日。黃雞催曉丑時鳴，白日催年酉時沒。腰間紅綬繫未穩，鏡裏朱顏看已失。」詩中「黃雞催曉」、「白日催年」，都是慨歎人生在黃雞的叫聲、白日的流動中，一天天老去。這裏蘇軾反其意而用之。

⑨劇飲：大飲，開懷暢飲。

【語譯】

黃州東南方三十里有個地方名叫沙湖，又叫螺師店，我在那裏買了幾畝田，因此前去勘察田地。途中生病了，聽說麻橋人龐安常耳朵聾但醫術高明，就前往那裏請他醫治。安常雖然耳聾，可是聰明穎悟超過一般人，在紙上寫字，沒寫幾個字，他就能明白人家的意思。我和他開玩笑說：「我用手當嘴巴，你用眼睛當耳朵，我們都是當代的怪人啊！」病好後，和他一同遊覽清泉寺。寺在蘄水城門外兩里多路，那裏有個王羲之的洗筆池，水很甘美，下方臨近蘭溪，溪水向西流。我因此作了一首歌：

「山腳下剛長出來的蘭芽兒，短短的，浸泡在溪水中；松林間的沙土路，乾乾淨淨，沒有污泥。傍晚，瀟瀟細雨下著，子規鳥傳來鳴叫聲。

誰說人生不能再年輕一次？您且看看那蘭溪水還能向西流！不要在老年感歎時光的流逝。」

這一天，我們開懷暢飲才回去。

【賞析】

這篇文章落筆很平實。起筆交代了沙湖的地理位置和別名後，隨即說明自己前往沙湖的初衷，本不在於「遊」，而是爲了前往「相田」。不湊巧途中生病了，因疾病而尋醫，結識了名醫龐安常，接著描寫這位名醫。作者只抓取「善醫而聾」的特徵，沒寫他望、聞、問、切的過程。專程去看田，卻不寫田；特地尋訪名醫，卻不寫醫療，而是在寫到名醫時，徑直把他「以眼爲耳」、「輒深了人意」的特點寫出來。緊接著，作者對這位有生理缺陷的名醫戲言說笑，「余戲之曰」這三句話，看似作者興會所至，寫出詼諧語，然而仔細想想，兩人一見如故，相處短短幾天即熟稔起來，不怕冒犯忌諱，再加上作者富幽默感的個性，有疾在身依然開朗幽默，才說得出「皆一時異人也」的話來。黃州時期的蘇東坡，因詩文而遭禍，貶居僻遠。對於剛經歷過九死一生的人來說，心中已然自我放逐。此時遇到一位「形殘」之人，相應於自己是位「神殘」之人，很能用同理心去理解對方，可見東坡很會交朋友，友人也很喜歡與他相處。這樣，也為下文作者病癒後，二人結伴同遊清泉寺作了鋪墊。

文章前半勾勒村野生活一景，敘事簡潔生動，人情濃厚；後半從「疾愈」開始，才眞正寫入主題，其中還加入了一闋〈浣溪沙〉小詞。先是郊遊的友人、地點，還有沙湖途中見聞之美一一呈現。美在有古寺、有甘泉、有清溪，以及溪畔生機勃勃的蘭芽、松樹林內潔淨無泥的沙土路、還有瀟瀟暮雨中的子規啼叫聲。作者詩興大發，運用了視覺和聽覺的摹寫，文字清麗而不施濃彩，有如一幅澄淨明媚的水墨畫。値得注意的是：景物的取材，如「沙路淨無泥」之屬，反映了作者開朗的心境。

詞的上片寫景，盡是優美的山林景致，生機盎然的圖畫，下片寫心情，也是年輕的心靈了。自古以來，文人感受到中原大地的江水東流，正如人的青春年華一去不復返；豈只年華歲月，人生愁恨亦復如此，此乃不可抗拒的自然規律。李後主〈虞美人〉詞：「問君能有幾多愁？恰似一江春水向東流。」〈相見歡〉詞：「自是人生長恨水長東。」皆為明證。然而，寫這闋詞的當下，東坡居士正是從幾天前病懨懨的狀態，來到病體初癒、精神轉好之際，這好似一個新生命的開始。故而作者說道：「誰道人生無再少，君看流水尚能西！休將白髮唱黃雞。」大自然的流水尚能向西逆流，人生當然也能重拾青春歲月！這麼豪邁的語氣，體現了作者從容自信、熱愛生活、樂觀曠達的性格，也使本文具有了一種超然灑脫的韻致。末了不依循前人「黃雞催曉」感歎時光易逝、年華老去的說法，一反前人舊說，唱出積極迎向人生的道路。

此文從平實的造語，先敘事，再寫景，而後即景抒情，寫詞抒懷，僅用寥寥數筆，其用語形象，往往能引人遐思。插敘一闋詞在文章之內，最後竟然能在短詞小令中，抒發議論，提出人不必徒然感傷時光流逝的悲哀。蘇軾有許多作品都寫於逆境中，卻能愈寫愈樂觀，愈來愈看得開。突破既定觀念和限度，不會僵化，才能擁有瀟灑和通脫。他是文人中最不夫子的一位了。這種勇往直前的人生情懷，從容自適的生活態度，正是典型的東坡精神。

【評箋】

宋．胡仔《苕溪漁隱叢話》：東坡云：「黃州東南三十里爲沙湖，余將置田其間，因往相田。得疾，聞麻橋龐安常善醫而聾，遂往求療。安常雖聾，而穎悟絕人，以指畫字，不盡數字，輒深了人意。余戲之曰：『余以手爲口，君以眼爲耳，皆一時異人也。』疾愈，與之同游清泉寺，寺蘄水郭門外二里許，有王逸少洗筆泉，水極甘，下臨蘭溪，溪水西流，余作歌云：『山下蘭芽短浸溪，松間沙路淨無泥，蕭蕭暮雨子規啼。誰道人無再少時？君看流水尚能西！休將白髮唱黃雞。』是日極飮而歸。」

（六）秦觀〈望海潮〉

梅英疏淡，冰澌溶洩①，東風②暗換年華。金谷③俊遊，銅駝④巷陌，新晴細履平沙⑤。長記誤隨車⑥。正絮翻蝶舞，芳思交加。柳下桃蹊⑦，亂分春色到人家。

西園⑧夜飲鳴笳。有華燈礙月，飛蓋⑨妨花。蘭苑未空，行人漸老，重來是事堪嗟⑩。煙暝⑪酒旗斜。但倚樓極目，時見棲鴉。無奈歸心，暗隨流水到天涯。

【題解】

〈望海潮〉，詞牌名。詞調始見於柳永《樂章集》，《宋史．孫何傳》謂孫何在眞宗咸平初中至景德初（約一〇〇〇～一〇〇四年）任兩浙轉運使，駐節杭州。羅大經《鶴林玉露》載：「孫何帥錢塘，柳耆卿作〈望海潮〉詞贈之。」以此知此調爲柳永所創，調名取自錢塘望海觀潮之意。雙調，一百零七字，分二疊，上片五平韻、下片六平韻，一韻到底。《詞譜》收三體，以柳永詞爲正體，秦觀詞之句讀小異，以及過片二字增一短韻者，皆爲變體。

此篇舊題「洛陽懷舊」或「春感」，然詞中寫汴京今昔之感，與古人古事並不相涉，「洛陽懷舊」顯爲後人妄加，汴京抒懷較爲切意。

【注釋】

①冰澌溶洩：冰塊融化流動。澌，應劭《風俗通》：「冰流曰澌，冰解約泮。」《楚辭・九歌・河伯》：「與女游兮河之渚，流澌紛兮將來下。」

②東風：《禮記・月令》：「東風解凍。」

③金谷：金谷園，洛陽園名。西晉石崇構園於此，《晉書・石崇傳》：「崇有別館，在河陽之金谷，一名梓澤。」《水經注》：「金谷水出河南太白原，東南流歷金谷，謂之金谷水，東南流經石崇故居。」

④銅駝：洛陽街名。《太平御覽》引陸機《洛陽記》：「洛陽有銅駝街。漢鑄銅駝二枚，在宮南四會道相對。」又引華氏〈洛陽記〉：「兩銅駝在宮之南街，東西相對，高九尺。漢時所謂銅駝街。」駱賓王〈豔情代郭氏答盧照鄰〉：「銅駝路上柳千條，金谷園中花幾色。」劉禹錫〈楊柳枝詞〉九首之四：「金谷園中鶯亂飛，銅駝陌上好風吹。」金谷、銅駝皆洛陽勝景，古人詩詞，多以對文。

⑤平沙：尚未長草的路。溫庭筠〈醫棄歌〉：「門外平沙草芽短。」

⑥誤隨車：韓愈〈遊城南十六首・嘲少年〉：「只知閒信馬，不覺誤隨車。」

⑦桃蹊：蹊，小徑。《史記・李廣列傳》：「諺曰：桃李不言，下自成蹊。」王涯〈遊春詞〉二首之二：「經過柳陌與桃蹊，尋逐春光著處迷。」

⑧西園：洛陽、開封街有西園。洛陽西園，張衡〈東京賦〉：「歲惟仲冬，大閱西園。」李善注：「西園，上林苑也。」李廌〈洛陽名園記〉亦有董氏西園之述，謂「元祐中，有留守喜宴集於此。」開封

西園，米芾〈西園雅集圖記〉敘西園雅集者有蘇東坡、王晉卿、蔡天啓、李端淑、蘇子由、黃魯直、李伯時、晁无咎、張文潛、鄭靖老、秦少游、陳碧虛、米元章、王仲至、圓通大師、劉巨濟。據秦觀事跡，乃元祐三年（一〇八八）自汝南被召入京後事。故明指洛陽西園，實開封西園事也。

⑨飛蓋：指車蓋形狀如傘，用以遮日防雨，車行甚速時，其蓋飛飛然。曹植〈公讌〉：「清夜遊西園，飛蓋相追隨。」

⑩「蘭苑」三句：蘭苑，字面承指「金谷」、「西園」，實借喻蘭臺之謂。蘭臺，唐高宗龍朔二年改祕書省爲蘭臺。元祐三年，秦觀自汝南被召至京師，爲忌者所中，復引疾而歸。元祐五年七月，任秘書省正字，八月被劾。紹聖元年（一〇九四），坐黨籍，改館閣校勘，出爲杭州通判，途經洛陽，故云。行人，作者自指。秦觀被謫南行杭州時，年四十六。是事，張相《詩詞曲語辭匯釋》：「猶云事事或凡事也。」

⑪煙暝：夜霧迷茫。孟浩然〈宴包二融宅〉：「煙暝棲鳥迷，余將歸白社。」

【語譯】

梅花疏疏落落地開著，花色淡雅，河面的冰塊也已溶解而隨處漂流，東風吹過，芳華歲月在不知不覺中悄悄溜走。去金谷園遊玩，到銅駝街尋訪，此刻天氣剛晴，小心地踩在草芽初生的沙土上。難以忘懷的是，過去常常上別人的車子，隨處遊玩。當時花飛蝶舞，春意正濃，我也春心蕩漾。就在那柳蔭下、桃樹邊，我們被紛亂的春景迷住，來到了別人的住家。

參加西園的晚宴，吹弄笳聲。有些華麗燈光妨礙了月色，飛馳的車子也阻隔了芬芳。如今祕書省官署尚未空廢，但羈旅的我年歲漸長，重溫舊地時，想起每一件往事都有感傷。夜霧迷茫，酒店旗幟斜斜掛著。自己也有一片無可奈何的歸心，只能倚靠樓頭遠望，不時見到樹上棲息的烏鴉。迫於無奈，那歸鄉的心只能暗自隨著流水，流到遙遠天際的家鄉。

【賞析】

北宋哲宗紹聖元年，秦觀坐黨籍，外放杭州。貶謫南方途中，春日途經洛陽，渡伊水，遊龍門。《淮海集．和王忠玉提刑》：「曛黑渡伊水，渺然古今情。黎明出龍門，山川莽難名。信美非吾土，顧瞻懷楚萍。」又云：「美人天一方，傷哉誰目成」，與「重來是事堪嗟」，同有感歎之情。詞當作於此時，追懷過去遊冶享樂的生活，並織進了個人在政治上失意的無限落寞。

起首三句，描寫春回大地的景象。梅花的疏落，形容它的意態；淺淡，形容它的顏色。「梅英疏淡」、「冰澌溶洩」，都是早春的樣貌；接著由景入情，說明旅人對年華流逝的敏感。新晴天氣，最是遊覽的好時光，故「金谷俊遊，銅駝巷陌，新晴細履平沙」三句，寫其春遊洛陽的名勝古蹟。俊遊何其美盛，而細心地踩踏，既是顧及綠芽的初生長，也是小心翼翼尋訪往日遊蹤的心情。舊地重遊，覩物興感，最易觸發遐思，聯想到從前的種種，故下文以「長記誤隨車」一句來抒寫追憶的往事，以「正絮翻蝶舞，芳思交加；柳下桃蹊，亂分春色到人家」四句來追懷過去遊冶的生活；「柳下桃蹊」到處都有，說明徜徉之處很多；「春色到人家」，申述芳思交加的深意；「亂分」字、「到」字，思路絕妙，蓋由上文「誤」字聯想而來。

換頭「西園夜飲鳴笳。有華燈礙月，飛蓋妨花」三句，緊承前意，轉寫夜間的玩興，深入一層具體地寫出「隨車」之「誤」。「西園」二字，指出遊冶地點；「夜飲鳴笳」，寫宴樂的盛況；「華燈礙月，飛蓋妨花」，描繪出一片富麗奢華的場面。其中「礙」、「妨」下字精審，對偶工豔，意境輕美。此處愈說得熱鬧，下文三句的轉筆愈覺得有力。故「蘭苑未空，行人漸老，重來是事堪嗟」一轉，寫景物依舊，而人事已非，不勝今昔之感。「重來」二字，與上闋「東風暗換年華」遙相呼應，「是事」說出懊悔的事不止一件。少游追憶京師往事，頗多感慨。下接「煙暝酒旗斜」，轉而寫景，搭配下兩句：「但倚樓極目，時見棲鴉」，寫出一片冷落荒涼的景象，與上文所寫的繁華場面成鮮明的對比，這讓人想起曹操〈短歌行〉：「繞樹三匝，無枝可依」的況味，有人生遲暮之感。在此百無聊賴的情況下，自然想到家庭的溫暖，又轉而寫悵然思歸之情，「歸心」油然而生，「暗隨流水到天涯」有極目天涯、寄情流水的意思。

整闋詞從初春寫到暮春，時空交移，驚換年華一逝不返。上片結束在「春色到人家」，下片結束於「暗隨流水到天涯」，用兩個「到」字，一寫過去，一寫現在，心境有別，點出開頭「東風暗換年華」的「換」字，精神俱出。這是「點」的技巧。上片由現在寫到過去，下片由過去寫回來現在，而且下片寫景、寫情、再寫景、再寫情，不斷變換視角，這又接近「染」的技巧。全詞手法細膩，最後以思鄉情懷作結，首尾圓合。

【評箋】

清・周濟《宋四家詞選》：兩兩相形，以整見勁，以兩「到」作眼，點出「換」字精神。

清・譚獻《譚評詞辨》：「長記誤隨車」句，頓宕。「柳下桃蹊」二句，旋斷仍連。後半闋若陳、隋小賦縮本，塡詞家不以唐人爲止境也。

清・陳廷焯《白雨齋詞話》：少游詞最深厚、最沈著。如「柳下桃蹊，亂分春色到人家」，思路幽絕，其妙令人不能思議。

民國・胡雲翼《宋名家詞選》：前段著重寫景，從當前的「東風暗換年華」，追念過去值得留戀的春景。後段著重寫情，借過去豪華的生活，反襯現在羈旅的窮愁。這樣曲折表達，主人公寂寞的心情，便顯得更爲突出。

（七）李清照〈南歌子〉

天上星河轉（ㄓㄨㄢˇ）①，人間簾幕垂。涼生枕簟淚痕滋②，起解羅衣聊問夜何其（ㄐㄧ）③？

翠貼蓮蓬小，金銷藕葉稀④。舊時天氣舊時衣，只有情懷不似舊家時⑤。

【題解】

〈南歌子〉，唐教坊曲名，後用作詞牌。張衡〈南都賦〉：「齊僮唱兮列趙女，坐南歌兮起鄭儛（ㄨˇ）。」高誘曰：「取南音以爲樂歌也。」隋唐以來，曲名多稱「子」。

本調五十二字，雙疊。此詞又有單調、雙調之分，單調者始自溫庭筠，因有「恨春宵」句，一名〈春宵曲〉。張泌詞本此添字，因有「高捲水晶簾額」句，一名〈水晶簾〉，又有「驚破碧窗殘夢」句，一名〈碧窗夢〉。鄭子聃有「我愛沂陽好詞」十首，一名〈十愛詞〉。雙調者有平韻、仄韻兩體，平韻者始自毛熙震詞，周邦彥有五十四字體，無名氏有五十三字體，俱本此添字。仄韻始見於《樂府雅詞》。

今所選此詞原載《樂府雅詞》卷下，署名李易安作。

【注釋】

①星河：即銀河、天河，夏季爲南北向，到秋天轉爲東西向。杜甫〈閣夜〉：「五更鼓角聲悲壯，三峽星河影動搖。」韓愈〈岳陽樓別竇司直〉：「星河盡涵泳，俯仰迷下上。」

②枕簟：枕上鋪的竹席。淚痕滋：淚水多，痕跡越來越擴大。滋，多。

③夜何其：夜深到什麼時候了？《詩・小雅・庭燎》：「夜如何其？夜未央。」周邦彥〈夜飛鵲・別情〉：「河橋送人處，良夜何其？」其，句尾語助詞。

④「翠貼蓮蓬小」二句：描繪衣服上的繡花圖形：以翠羽貼成蓮蓬貌，以金線嵌鑲成蓮葉紋。「翠貼」、「金銷」皆倒裝。貼翠和銷金爲古代兩種工藝，貼，用細線縫上而不見針腳；銷，加熱使金屬

變成液態。

⑤舊家時：宋時慣用語，意指從前。

【語譯】

天上星河轉移，人間煙幕籠罩。秋涼從枕蓆間透出來，枕上竹席，滿是我的淚水，既然睡不著，就起身更換輕便的衣服，姑且問問：夜深到什麼時候了？

看見衣服上有翠綠色羽毛貼成小小蓮蓬、有金色線嵌鑲成蓮葉花紋。想起從前，有過的同樣的天氣、同樣的衣服，只是歷經滄桑，不再有和從前同樣的心情了。

【賞析】

這闋詞寫作時地不詳。一說作於北宋徽宗大觀元年（一一〇七年）退居青州後，當時趙明誠的父親趙挺之罷右僕射（ㄧㄝˋ），卒於京師；隨即追奪所贈司徒，落觀文殿大學士。於是趙明誠夫婦徙居青州，回鄉守喪，心情悲苦。另一說作於李清照南渡，甚至趙明誠去世（一一二九年）後，可能因爲伉儷情深，撫今追昔，感慨萬端。以詞中流露的哀惋情緒來說，後者較爲接近。

上片首二句以對句起筆，天上星河轉動，時光荏苒；人間簾幕低低垂下，長夜漫漫，萬籟俱寂。「轉」之動與「垂」之靜，示現時間流逝，並暗寓人生活於其間的無奈。這兩句「天上」、「人間」並列出現，構成闊大的空間世界，有夫妻死別的悲愴感。星辰移動的時序緩慢，看見星河由春季轉爲秋季，一則說明了時間長，二則易安能觀察至此，可知其夜半失眠。「簾幕垂」寫易安幽居在閨房裏，有簾幕遮蔽，心事如何尚未可知。此時既寫秋初天氣，又描寫易安孤獨落寞的處境。

時空距離拉大之下，人顯得渺小，傷心愁緒竟然一波波湧來，在這夜闌人靜時分，無法遏止。枕簟生涼，不單是說秋夜寒涼，身體觸覺的感受，更是哀痛喪夫之情移於物象。孤居嫠（ㄌㄧˊ）婦，悲從中來，如此度日殆非一夕，淚落牀席，淚痕滋多，輾轉難眠。原本和（ㄏㄨㄛˋ）衣而臥，卻無法入眠；隨後起身解開羅衣，爲的還是嘗試能否入睡。「聊問夜何其」一語，是半夜起身的自然反應，也是自己心底估量夜爲何如此漫長？寫出寂寞的處境，用筆墨染出淒苦之意。〈古詩十九首〉云：「出戶獨彷（ㄆㄤˊ）徨，愁思當告誰？引領還入房，淚下霑裳衣。」詞境與此相似。上片總寫夜晚景象，在淒清冷寂氣氛中，心事逐步透顯出來。

上片、下片之間，視角由遠及近，由大而小，由室外寫到室內，再由主角人物寫到人物身上的衣物妝飾。「翠貼」與溫庭筠〈菩薩蠻〉「新貼繡羅襦，雙雙金鷓鴣」相似，此處也看得出來因家境貧窘而穿著舊時衣裳。按〈金石錄後序〉記載李清照夫婦二人屏（ㄅㄧㄥˇ）居青州鄉里時，「謀食去重（ㄔㄨㄥˊ）肉，衣去重（ㄔㄨㄥˊ）采，首無明珠翡翠之飾，室無塗金刺繡之具」，蓋其翁一死，家產抄沒，生活愈加節儉。「翠貼」二句承前「起解羅衣」而來，因解衣欲睡，看到衣上花繡，又生出一番思緒。細看羅衣上縫貼的蓮蓬、蓮葉，脈絡何其分明，還保存一些美麗的痕跡，很容易想起從前生活寬裕的日子，反倒襯托出而今物是人非的感懷。這兩句兼指季節與衣飾，「小」、「稀」二字形容秋風吹起，帶來蓮葉零落稀疏的蕭瑟感，也暗喻衣服已舊，衣上妝飾物的殘褪消損。睹物而思情，更加傷感。

當年的舊衣、舊人，雖然依舊，看來有些事物不變，然而歷盡滄桑，心境已然不同。連用三個「舊時」，同字不斷跳躍出現，舊時與今日相比，突出思想感情的巨變。然而易安沒有直說今日情懷之惡，只輕描淡寫說出「不似舊家時」，感慨反而更深，令人不勝悲惘、歎惋。

綜觀整闋詞，先寫環境，再寫人、寫物，都為結句作鋪墊；或者說，所有的景物描寫都匯流到情感的表達。從來沒有一位詞家易安一樣，對於天氣與外在景物的變化感受如此強烈，幾乎每一闋詞都提到氣候與心情，而且寫得很到位，她展現了女性特有的視角。王國維《人間詞話》說：「昔人論詩詞有景語、情語之別，不知一切景語皆情語也。」可以想見易安具有豐富的感情、靈敏的感覺，駕馭她所遇到的觸媒素材，處處眞情流露，噴薄而出。依詞牌規律，這闋詞上下片必須用兩組對偶句開筆，這闋詞符合要求，字句鍛鍊精巧。末尾寫來似平常生活語言，諧美而自然。

（八）辛棄疾〈醜奴兒〉　書博山道中壁

少年不識愁滋味，愛上層樓①。愛上層樓，爲賦新詞強說愁②。而今識盡愁滋味，欲說還休。欲說還休③，卻道「天涼好箇秋」！

【題解】

〈醜奴兒〉，詞牌名。唐教坊曲有「楊下采桑」，故詞牌原名〈采桑子〉，後又名爲〈醜奴兒令〉、〈羅敷媚歌〉、〈醜奴兒〉、〈羅敷媚〉。雙調，四十四字，前後段各四句，三平韻爲正體，另有四十八字、五十四字者皆變體。又有〈添字采桑子〉，參見李清照〈添字采桑子〉【題解】。

這闋詞是辛棄疾被劾去職，閒居帶湖時所作。他常閒游於博山道中，風景如畫，卻無心賞玩。眼看國事日非，自己無能爲力，一腔愁緒無法排遣，遂在博山道中一壁上題了這闋詞。

【注釋】

①層樓：高樓。王融〈三月三日曲水詩序〉：「層樓間起。」

②強說愁：沒有愁而說愁，即無病呻吟。

③欲說還休：李清照〈鳳凰臺上憶吹簫〉：「生怕閑愁暗恨，多少事、欲說還休。」

【語譯】

少年時期我是多麼無憂無慮，有事沒事總愛上高樓。總愛上高樓，是爲了學習騷人墨客，寫一首悲秋新詞，即使沒什麼愁，也一股勁兒編派出愁得不得了的樣子。

如今半生憂患，已識盡愁苦滋味，那些不順心的事情想要說卻沒有說出來。想要說卻沒有說出來，最後勉強說出來的，卻是：「天起涼風，好一個清爽的秋天哪！」

【賞析】

這闋詞上片寫「少年」，下片寫「而今」，兩段時間的對比，吐露出年紀增長的苦澀滋味。原來人們常在「不識愁滋味」的時候，老氣橫秋，自以爲也有很多很多的煩惱。然而等到步入中年以後，才發覺世事不盡如人意，自身常受他人擺布，能夠自主的事情太少。要嘛是「三十功名塵與土」[12]，要嘛是「人生不如意事十之八九」，朝氣蓬勃的日子逐漸離我遠去，束手無策、坐困愁城的日子幾乎占滿了生活。透過少年單純，強言愁語只爲了塡詞增添美感，對比現今嚐遍人生各種滋味的時候，想向人傾訴，卻不知從何說起，說什麼也沒人理會，說出來了也不起作用，頂多發發牢騷而已。這時稼軒只能故作安好貌、就說天氣還好吧！稼軒信筆揮灑，通過時間差的對比，道破了人生百態，那少年時期的無憂無慮，與中年以後歷盡滄桑的強烈對比，說中了多少人的心事。這闋詞寫來頗具有普遍性。

整闋詞用白描的手法寫出，淺顯易懂，然而在淺白中卻能寫出身不由己、愁苦自來的悲痛。

詞中上下片各用了一處疊句，文意的重複，唸起來語氣更加連貫，增加了節奏感，讀來朗朗上口。人生這麼沈重的感慨，卻在有點輕快的節奏中瞬間滑過，不讓讀者停留在悲憤哀傷的情緒中，甚至於稼軒嘗試用玩笑的口吻，輕鬆地看淡一切，擱置眼前的愁苦不提，轉而用豁達平淡的心態面對將來。這樣的稼軒眞不容易做到，也是我們可以學習的對象了。

（九）蔣捷〈虞美人〉　聽雨

少年聽雨歌樓上，紅燭昏羅帳①。壯年聽雨客舟中，江闊雲低、斷雁②叫西風。　而今聽雨僧廬③下，鬢已星星④也！悲歡離合總無情，一任階前、點滴到天明。

12 語出岳飛〈滿江紅〉（怒髮衝冠）。

【題解】

詞牌下小注爲副題。雨在不同的時空背景下，往往能激發文人不同的感受。在這闋詞中，「聽」是人主動的作爲，「雨」是被動的接受，蔣捷藉由「聽雨」的不同感受，寫出詞人一生不同階段的心境轉折，將其生命歷程的情感寫得絲絲入扣。

【作者】

蔣捷，字勝欲，號竹山，陽羨（今江蘇宜興）人。約生於宋理宗淳祐五年，卒於元武宗至大三年（約一二四五～一三一〇年），年六十五。

宋恭帝咸淳十年（一二七四年）進士，曾作〈一剪梅〉云：「紅了櫻桃，綠了芭蕉」，蜚聲當時，人稱「櫻桃進士」。宋亡（一二七九年），親身經歷國破家亡之痛，遁世不出，定居於太湖竹山，自號竹山居士，其節氣爲時人所重。有《竹山詞》一卷，《彊村叢書》本。

【注釋】

①昏：昏暗的燭光。羅帳，用絲羅製成的帳子。羅，輕柔的絲織品。

②斷雁：離羣的孤雁。

③僧廬：和尚居住的茅草屋，指佛寺。

④鬢已星星：雙鬢斑白的樣子。鬢，耳朵前邊兩頰上的頭髮。星星，白亮貌。

【語譯】

年輕的時候，坐在歌樓上聽著雨聲，此時紅燭的昏暗燈光照著羅帳。到了壯年，卻是在作客他鄉的船艙內聽著外頭的風雨聲，江面廣闊，風狂雨驟，烏雲低垂，孤雁一聲聲哀鳴，跟著冷風傳來。

而今在僧寺下聽著雨聲，頭髮已斑白發亮邁入老年了！人生有悲傷、有歡喜、有離別、有聚合，這些都會隨著時間過去，好像未曾發生過，不帶有任何情感似的，那就像臺階前的雨滴，任由它一點一滴的滴落，直到天亮的時候。

【賞析】

蔣捷一生歷經亡國之痛，流落天涯，到了晚年，感受一生世事紛擾，回顧人生多苦，遂隱居太湖竹山。如此波折的生命際遇，讓他對人生別有深刻的體悟，因而寫下這闋詞。這闋詞依據時間先後，分別寫出作者面對少年、壯年、老年三個階段所處的生活環境，有不同的人生體悟，有截然不同的心境，可說是自述生平之作。整闋詞以「聽雨」爲線索，藉由片段景物的相同切入點，短短數十字內，就包容了長時間的跨度及人間世事的起伏，寫得很有層次感。

首句寫人生的第一個層次：少年時期。這時聽雨的地點在「歌樓上」，「紅燭」的閃動光影與精美的「羅帳」都是繽紛豔麗的意象，充滿著溫暖慵懶的氛圍，藉由一些零星景物，營造出夜夜笙歌、人世間歡愉的情景，可以想像紅男綠女們在羅帳裏歡快，晃動的燭火搭配輕柔的身影也跳動起來。其中「昏」字帶來一種迷離朦朧的視覺效果，恰好呼應作者此時此刻回憶一生的行爲。少年時期追求的耳目聲色之欲，鮮衣怒馬、意氣風發的輕狂，揮霍青春歲月而不知節制，也顯示此階段生命特有的活力。作者不明言何人何事，彷彿當年曾經恣意放蕩，而今回想起來也僅是零星、朦朧的片段。人生不需要在懊悔中過日子，往事如煙，已經毋須怪罪、悔恨。他是以寬容的目光看待過往的人生。

第二個層次，說到壯年時期：這時聽雨的地點在「客舟中」，四周是「江闊」、「雲低」、「斷雁」、「西風」等蕭索衰頹的意象，昔日旖旎風光不在，取而代之的是山河變色後的顛沛流離。「客」指的是作客他鄉、流離在外地，「舟」則有身不由己、漂泊不平靜、孤單無依的意涵。作者此時奔走四方，生活變得奔波勞碌，是飽經戰亂，遭受到重重打擊。風大才顯見江面遼闊，雨驟之前才見得到雲層壓得很低，「江闊」呈現的是江面浩蕩蒼茫的景色，「雲低」則帶來陰暗鬱卒的壓迫感。壯闊寥落之景恰好與一葉孤舟形成強烈的對比，舟上之人愈發顯得渺小無助，人在舟中怎能昂藏直立？此時烏雲密布低垂，下壓的強力造成大風大雨。水流無定，客舟隨波逐流，人沒有固定的憑依，現實生活壓力讓人喘不過氣來，那是提心吊膽的過日子。壯年正積極地追逐人生的目標，經歷大風大浪而無法逃離，這樣的日子往往是獨自一人面對世事的艱苦滄桑，難免會感到惶惶然不知所措。

「江闊雲低」之下又有「斷雁叫西風」，離羣的孤雁四顧蒼茫，一聲驚叫，更增添蒼涼、蕭瑟、淒慘，與幾分悲苦。行舟江上，已是孤寒難耐，再聽聞斷雁的悲鳴聲，心情的淒冷悲苦可想而知。隋朝薛道衡〈出塞．其二〉有「寒夜哀笛曲，霜天斷雁聲」的句子。這裏的「斷雁」或許就是蔣捷自身的象徵，表明自己蒼茫無依的處身於時代的斷裂中，山河破碎，家國零落，又與何人說？人生計畫的斷裂、美好未來的斷裂，或是作者因爲一切轉變太過劇烈，混雜著離鄉愁緒和自身遭遇而感到傷心斷腸？「叫」字帶出嘶吼、掙扎，然而徒勞的鳴叫更顯出無力感。這是更加一層形容了。蔣捷的另一闋詞〈賀新郎〉說：「影廝伴、東奔西走。望斷鄉關知何處？」可以得知他飽嘗漂泊在外、茫然無依的坎坷際遇，長年沒有安身立命之所，眞正體會到人生的辛苦。

下片寫到第三個層次老年時期，來到整闋詞的重點。不只是因爲筆墨較多，更因爲前兩個層次屬於懷想，而在這一個層次便回到作者身處的當下，描述現實情境。

老年聽雨的地點在「僧廬下」。「僧廬」是寧靜的地方，「下」字則預示了作者有意於遁世，以謙卑的心態反躬自省，呈現的是一種安詳沈思的景象。這裏是誰居住的地方？歸隱遁世的人吧！一位看盡人生百態、飽經憂患的老者幽幽地道出一句：「鬢已星星也！」對於人生一路走來的艱辛與得失，他已經能平靜釋然，知道自己不必再去追求名利，只想保持這種歸隱的生活。斑白的鬢髮是歲月的痕跡，是時間留在人身上的印記。

老年人面對過往種種，僅能看淡自如，概括性地慨歎歲月的流逝，爲生命畫下圓滿的句點。「悲歡離合總無情」，指的是心靈澄明的狀態，對於曾經發生的悲苦、歡愉、離散、相聚無常，完全洗盡鉛華，回首前塵往事，淡然視之了。歲月終究一去而不復返。從下句「一任階前、點滴到天明」來看，滴滴答答的雨聲，喚起了過往的記憶，悲歡離合一起湧上心頭。其中「任」字更特別凸顯出作者那種無可奈何之情，任由它滴落，有著一種「景物依舊、人事已非」的無助感。

然而，這也不是陷入萬分悲苦的深淵中，因爲東坡那般「也無風雨也無晴」的不受外力影響的感受，他也感受到了。滴答的雨聲並沒有攪動心緒，在夜闌人靜時，在青燈古剎中，心如止水，心情歸於淡泊平靜。世事激不起心湖的漣漪，也不會再承受來自外界的任何影響，這與稼軒說的：「欲說還休，卻道『天涼好個秋』」有異曲同工之妙。人到了晚年，看淡生命過往的一切，這是不容易的修養，又有如一種不得不然的結局，無怪乎清代許昂霄《詞綜偶評》評論這闋詞說道：「此種襟懷固不易到，亦不願到。」

這闋詞以「聽雨」貫穿全文，雨聲在詞中貫穿了時空，背後意義卻又大不相同。作者不直接寫雨，又不從人物著筆，而是從背景落墨：先是借歌樓、紅燭羅帳的場所，帶出美豔且溫馨的色彩。此時的雨，還只是一種生命的點綴和襯托，室內紅燭羅帳，室外雨打屋簷，「雨」不過更襯托了室內的歡愉和明媚。後來發生了「壯年聽雨客舟中」的場景，眼下一片淒然。最後，寫出階前雨水滴落到天明的情境，正是這點滴的雨，喚起了過往的記憶，所有的悲歡離合湧上心頭。歎「無情」，正因爲心中還有諸多的情未曾放下；但「一任」二字，又爲他找到另一個出口。雨在這闋詞中已經超越了一時的光影片段，寄寓不同時期的情感，連結了每一個階段不同的人生體悟，卻又不只如此，轉而含納了作者整個人生，從而獲得了普遍的生命共鳴。「一時」的瞬間性，延時至一個人的「一生」，達到人生永恆性的對照，疊加出超乎詞彙本身豐沛的情感，十分具有感染力。這眞符合王國維《人間詞話》所說的：「詞家多以景寓情」。

這闋詞在時間軸上層層遞進，以時間推移爲線索，截取每個階段聽雨的小小片段，雖是跳躍式零碎的畫面，卻能由點帶出線、帶出面，前後對比，展現出宏大而浩瀚的人生觀。從少年寫到壯年和晚年，從輕狂放蕩到經歷徬徨悲苦，曾經縱情放蕩於青春歲月，曾經汲汲營營於功名利祿，如今靜下心來重新審視自省，萬事皆化成空明澄淨。人生有三個不同階段，心境也大不相同。空間方面，由喧鬧的歌樓、臥室，轉爲遼闊江面上、雲層擠壓下的孤絕小舟，再轉爲寂然靜謐的安養住所，空間變換可謂鋪天蓋地，變化多端。詞中「歌樓上、客舟中、僧廬下」帶出「上、中、下」三個有空間層次的字眼，表達出來的正是生命過程的次序，既合乎意境，也合乎平仄的考量，匠心獨具，何其巧妙！生命色彩也由豔麗轉爲蕭瑟，再轉爲平淡。生命力量更是由歡樂勃發轉爲堅忍頓挫，再轉爲平靜自適。

這闋詞可以和辛棄疾〈醜奴兒〉（少年不識愁滋味）合觀。辛詞用「少年、而今」對比，蔣詞又增添壯年一段，從二疊的轉折，來到了三疊的層遞，情感轉折更添層次。在字詞使用上蔣詞也更加典雅，不直言情感，而以雨聲作爲引出情感的媒介。少年時，蔣捷不可能知道雨聲可以產生不同的感受；壯年時，聽見的雨聲是充滿孤獨惆悵之感的；到了詞人寫作當下，鬢髮稀疏，物是人非，直教人感歎悲歡離合之無情。這闋詞也有比溫庭筠〈更漏子〉「梧桐樹，三更雨，不道離情正苦。一葉葉，一聲聲，空階滴到明」，更進一層處。因爲溫詞描寫閨中人等待離人歸來之苦，閨中人看著室內擺設、窗外秋景，聽見雨聲，輾轉難眠，藉由雨聲表達空閨的「離情正苦」。而蔣詞除了也使用雨聲的意象外，更看盡悲歡離合，而他表明「一任階前、點滴到天明」一句，已然放下一切，平淡自適。

整闋詞近乎白描，淺顯易懂，而韻味淳厚。詞讀來雖然惆悵而寒涼，但是沒有怨忿，而是一種近乎平靜的回首和敘述，這是要怎樣的透徹了悟才能覓得的克制和圓融？這種克制又不是壓抑，而是在調和一切苦樂悲歡後所形成的溫柔力量，對自己或對所有人柔軟的悲憫。

七、詠史／詠懷

自太史公撰述《史記》以來，我國就是一個重視歷史的民族。人人自幼讀書開始就讀史，北宋蘇軾讀《漢書．范滂傳》就是有名的故事。也因此，歷史素材也成爲文學寫作的重要主題之一。詠史詞的作品源遠流長，這是因爲詞起源於民間，文人漸漸涉入塡詞領域後，詞就由俗轉雅，走上雅化的路程。最明顯的雅化改變，就是文人會歌詠歷史故事。

歌詠哪一個朝代的歷史呢？其實是不受限制的。作家由於自身的生活經驗，熟讀哪個朝代的歷史，或是生活的地區發生過哪些歷史事件，就成爲他歌詠的對象。於宋詞中，如范仲淹〈剔銀燈．與歐陽公席上分題〉、[1]蘇軾〈念奴嬌〉、辛棄疾〈南鄉子〉、〈永遇樂〉所寫，直接討

---

1 宋．范仲淹〈剔銀燈．與歐陽公席上分題〉：「昨夜因看〈蜀志〉，笑曹操孫權劉備。用盡機關，徒勞心力，只得三分天地。屈指細尋思，爭如共、劉伶一醉？ 人世都無百歲。少痴騃、老成尪悴。只有中間，些子少年，忍把浮名牽繫？一品與千金，問白髮、如何迴避？」

論三國史事的作品最多。至於歌詠的方式，主要有兩種，一是隱括歷史事件，寫出感歎，雖然詞人有些情感的表達，寫法仍然是力求客觀；二是借史抒懷，將史事表述出來時，也將自家的心思於字裏行間流露出來。這種寫法較帶有主觀的情感，也更能讓讀者瞭解作者。由於史事的內容很多，詞人必須用濃縮精練的文字表達出來，因此詞中不常見引用古人的言語，而常見援引史實並出之以評論，換言之，「語典」少而「事典」多。有時不便明說，往往借古諷今；有時是爲了寫得含蓄委婉些，而以古代今。

然而不論採用何種方式，作家的心聲最終都會表露出來，因此詠史最後也等於是詠懷。譬如《文選》收錄西晉左思的〈詠史〉八首，清代何焯《義門讀書記》卷四十六評曰：「題云〈詠史〉，其實乃詠懷也。」又說：「詠史者，不過美其事而詠歎之，概括本傳，不加藻飾，此正體也。太沖多攄胸臆，此又其變。」廣義來說，所有的文學作品都是詠懷，借史抒懷也是其中的一種方式。

作家借用歷史素材，抒發個人情懷的作品，比比皆是。本書選錄蘇軾〈江城子〉（老夫聊發少年狂）、辛棄疾〈水龍吟〉、〈南鄉子〉、〈永遇樂〉、姜夔〈揚州慢〉等篇，都有借史事抒發個人懷抱的軌跡，這些作品有時也涉及點染技巧，或是比興寫法，或是詞人對時間流逝與空間移動的感傷，筆者對於整闋詞解讀的側重點不一，因此沒放在此章內討論。以下我們另舉四首作品爲例，其中李白〈憶秦娥〉、王安石〈桂枝香〉主要是在概括史事，鹿虔扆〈臨江仙〉、蘇軾〈念奴嬌〉則是多攄胸臆爲主；要之，都是盡心力於借史抒懷的佳篇。

（一）李白〈憶秦娥〉

簫聲咽，秦娥夢斷秦樓月①。秦樓月，年年柳色，灞陵傷別②。

樂遊原上清秋節③，咸陽④古道音塵絕。音塵絕，西風殘照，漢家陵闕⑤。

【題解】

〈憶秦娥〉，詞牌名。雙調，四十六字，用仄韻。詞牌名始自李白，或以此詞爲後人依托。因詞中有「秦娥夢斷秦樓月」句，更名〈秦樓月〉，又名〈雙荷葉〉、〈碧雲深〉、〈蓬萊閣〉、〈花深深〉。

【注釋】

①秦娥：秦國的女子，指秦穆公的女兒弄玉。劉向《列仙傳》卷上〈蕭史〉說：「蕭史者，秦穆公時人也。善吹簫，能致孔雀白鶴於庭。穆公有女字弄玉好之，公遂以女妻焉。日教弄玉作鳳鳴，居數年，吹似鳳聲，鳳凰來止其屋，公爲作鳳臺，夫婦止其上，不下數年。一旦，皆隨鳳凰飛去，故秦人爲作鳳女祠於雍宮中，時有簫聲而已。」秦樓，指弄玉、蕭史吹簫引鳳之樓。

②灞陵傷別：《三輔黃圖》卷六：「文帝灞陵，在長安城東七里。……灞橋在長安，跨水作橋。漢人送客至此橋，折柳贈別。」灞陵，亦作霸陵，附近有灞橋。後世在灞橋折柳，以喻送別。

③樂遊原：在長安城東南，地勢較高，可俯視長安城，是遊覽之地。杜牧〈將赴吳興登樂遊原一絕〉：「清時有味是無能，閒愛孤雲靜愛僧。欲把一麾江海去，樂遊原上望昭陵。」清秋，美好的秋天。參見柳永〈八聲甘州〉【注釋】②。

④咸陽：秦國的首都，今西安市附近。

⑤陵闕：古代帝王的墳墓。闕，宮殿陵寢外的城樓。

【語譯】

玉簫的聲音悲涼嗚咽，秦娥從夢中驚醒時，秦家的樓上正掛著一弦明月。秦家樓上的明月，映照著每一年橋邊的青青柳色，見證灞陵橋上折柳送別的悽愴心情。

在樂遊原上遙望美好的秋日佳節，太平盛世的歡樂景象已經不見，通往咸陽的古道無聲無息，冷落淒涼。無聲無息的古道上，只見西風吹拂，淡月斜照，照映在漢朝留下來的皇室陵寢和荒廢的宮城。

【賞析】

這闋詞以〈憶秦娥〉爲名，開頭又提及秦娥在秦樓吹簫的典故，很容易讓人以爲是歌詠秦娥夫婦的愛情故事。其實「秦娥」的典故只是用來作陪襯，重點不在於此，而在於借漢朝喻唐朝，感傷唐朝衰微亂亡，盛世不再來。因此作者雖然不能確知是誰，但應當是唐朝人無疑。

上片先借事起興。月下傳來嗚咽的簫聲，讓人想起當年秦娥吹簫的故事，而今秦娥不在了，但是長安城的秦樓，秦樓上的月亮，依舊萬古常在。月光從城樓上照映到地面，這裏是漢朝的灞陵，有灞橋，自古以來就是折柳送別的地點。作者見到的「秦樓月」，和唐朝王昌齡〈出塞〉所說「秦時明月漢時關」的情景相同，而月光照映的灞陵折柳，也是唐朝「閨中少婦」忽然看見的「陌頭楊柳色」，[2]也是王維〈渭城曲〉所說的送別場景：「渭城朝雨浥輕塵，客舍青青柳色新。勸君更進一杯酒，西出陽關無故人。」寫到這裏，從秦娥淒然的情懷，延伸到離別的地點，並以年年柳色引出離別的愁緒。簫聲嗚咽，秦娥夢醒，「咽」、「斷」兩字襯托別恨，將時間由現在拉回到過去，敘述幾年來面對灞陵柳色的傷感，當年的繁華夢斷，而今不堪回首了。

下片描寫現在的情形。先說過去的日子裏，「樂遊原上清秋節」是何等繁華，那是太平盛世的歡樂景象；而今登高所見：「咸陽古道音塵絕」，路上不見塵土飛揚，往年過節時的車水馬龍，與今日人跡杳然，形成強烈對比。這裏寫出今昔之感，點出登高的時間、地點與所見風景，仍屬於個人的感受，而此時目光從山上直視到地面，西風斜月正映照著漢家天子的宮城，光線色澤黯淡，很自然地帶出家國興亡的感受了。「西風殘照，漢家陵闕」八字，只寫景物，不說心事，然而景物有幾分淒涼，興衰之感都寄寓其中。

整闋詞的基調是悲苦的。上片與下片的視角相同，都是由高處往下看。上片到下片都是懷古

2 唐．王昌齡〈閨怨〉：「閨中少婦不曾愁，春日凝妝上翠樓。忽見陌頭楊柳色，悔教夫婿覓封侯。」

詠史，但是歷史時間愈寫愈近。上片到下片更是從個人傷別離，寫到家國興衰的感慨，哀悼唐朝盛世不再的主旨十分鮮明。

【評箋】

清．黃蘇《蓼園詞選》：按此乃太白於君臣之際，難以顯言，因托興以抒幽思耳。言至今簫聲之咽，無非秦地女郎夢想從前秦樓之月耳。夫秦樓乃簫史與弄玉夫婦和諧，吹簫引鳳，升仙之所。至今誰不慕之？豈知今日秦樓之月，乃是灞陵傷別之月耳。第二闋，漢之樂游原，極爲繁盛。今際清秋，古道之音塵已絕，惟見淡風斜日，映照陵闕而已。歎古道之不復，或亦爲天寶之亂而言乎？然思深而托興遠矣。

民國．王國維《人間詞話》：太白純以氣象勝。「西風殘照，漢家陵闕」，寥寥八字，遂關千古登臨之口。後世唯范文正之〈漁家傲〉，夏英公之〈喜遷鶯〉，[3]差堪繼武，然氣象已不逮矣。

明．顧起綸《花庵詞選跋》：李太白首創〈憶秦娥〉，悽婉清麗，頗臻其妙，爲千古詞家之祖。

*其餘【評箋】可參見李白〈菩薩蠻〉【評箋】。

（二）鹿虔扆〈臨江仙〉

金鎖重門①荒苑靜，綺窗②愁對秋空。翠華③一去寂無蹤。玉樓歌吹（ㄔㄨㄟˋ）④，聲斷已隨風。　煙月不知人事改，夜闌⑤還照深宮。藕花⑥相向野塘中。暗傷亡國，清露泣香紅⑦。

【題解】

〈臨江仙〉，唐教坊曲名，後用作詞牌。黃昇《花庵詞選》卷一云：「唐詞多緣題所賦，〈臨江仙〉則言仙事。」此調有和凝、張泌、馮延巳、賀鑄、晏幾道諸種體式，鹿虔扆此詞句法叶韻與張泌近似，前、後兩起句七字，兩結句四字、五字，皆雙調五十八字，平韻，惟平仄略異。別名有〈謝新恩〉、〈雁後歸〉、〈畫屏春〉、〈庭院深深〉數種。

---

3 宋．夏英公，即夏竦（九八四～一〇五〇年），字子喬，曾爲宰相，封英國公。〈喜遷鶯〉之作：「霞散綺，月垂鉤。簾捲未央樓。夜涼河漢截天流，宮闕鎖清秋。　瑤堦曙，金莖露。鳳髓香和煙霧。三千珠翠擁宸遊，水殿按涼州。」

【作者】

鹿虔扆，生卒年不詳。後蜀時登進士第，累官至學士。後蜀後主廣政年間（約九三八～九五〇年）出任永泰軍節度使，進檢校太尉，加太保，人稱鹿太保。清．吳任臣《十國春秋》卷五十六云：「鹿虔扆，不知何地人。歷官至檢校太尉，與歐陽炯、韓琮、閻選、毛文錫等，俱以工小詞，供奉後主，時人忌之者，號曰『五鬼』。」《詞林紀事》卷二引《樂府紀聞》云：「鹿虔扆初讀書古祠，見畫壁有〈周公輔成王圖〉，期以此見志。國亡不仕，詞多感慨之音。」故知鹿虔扆長於小詞，特爲後主孟昶欣賞，蜀亡不仕。其詞收在《花間集》與《全唐詩》中，僅存六首。

【注釋】

①金鎖重門：重重宮門都上了鎖。金鎖本爲門上鎖頭，此處借指宮門緊閉。重門，多層之門。杜甫〈哀江頭〉也有「江頭宮殿鎖千門」的句子。

②綺窗：有鏤空花紋的窗子。

③翠華：帝王儀仗中，用翠色鳥羽裝飾的旌旗。這裏代指帝王。司馬相如〈上林賦〉：「建翠華之旗。」白居易〈長恨歌〉：「翠華搖搖行復止，西出都門百餘里。」陳鴻〈長恨歌傳〉也有「潼關不守，翠華南幸」的句子。

④玉樓歌吹：華麗的樓閣傳出歌舞管絃聲。

⑤夜闌：夜深的時候。杜甫〈羌邨〉三首之一：「夜闌更秉燭，相對如夢寐。」

⑥藕花：蓮花，或稱荷花。

⑦清露泣香紅：荷花感傷亡國之痛而哭泣，淚水成了露珠。這句話採用擬人又兼倒裝句的寫法。清露指荷葉上的水珠；香紅是主詞，代稱荷花。

【語譯】

宮門層層深鎖，荒涼的皇家林苑異常安靜。我靠著美麗的窗戶，望著秋天的夜空，不禁悲從中來。自從皇帝離去後，這裏便一片寂靜，再也見不到皇帝的蹤影。宮殿裏的歌舞管絃聲，早已隨風而逝。雲霧籠罩著月亮，不知人事的變更，直到夜深人靜時，還照耀著深宮。荒廢的池塘中，荷花面對面地開放，滴滴清露滑落下來，好像感傷亡國的淚珠。

【賞析】

五代詞人多經歷亡國之痛，但是臣子守節的觀念不高，而這闋詞明白寫出亡國後的感傷心情，可說是少數的例外，在當時罕見。

起筆二句就寫出淒涼寂寞的感覺：緊扣的鐵鎖、深閉的重門、蕭瑟的林苑、美麗的戶牖、孤寂的秋空，整個大地都籠罩於「靜態」之中。然而在視覺上，金鎖、重門、綺窗——愈是華美富麗的景象，愈是與荒苑、秋空形成強烈對比，襯托出一片死寂的感受。這種筆法稱爲「當句矛盾」，一句之中的詞語意思互相矛盾，有強烈的反差，加強了文字的強度與張力。而今，天子的車隊已然遠去，皇宮的歌舞也隨風而逝，只留下耿耿孤忠的臣子，在故國舊地獨自憑弔，內心再多的傷痛，一個字也不許對外人傾訴，心中隱忍的悲苦可想而知。這裏寫的心情，正是當年杜甫〈哀江頭〉「少陵野老吞聲哭，春日潛行曲江曲。江頭宮殿鎖千門，細柳新蒲爲誰綠」的心情。

上片寫景寫事，交疊過去的事、現在的景，以寫實手法，暗寓自己的心情。下片就借景興情，景物成爲比興的材料，更爲深刻動人。「煙月不知人事改」句，指出月亮自顧自的展現美好的一面，在這夜晚，還照耀著深宮。月亮豈知深宮已經殘破？又怎知孤臣孽子在此刻望見月光下的宮殿，內心淌下多少淚水？明白指出大自然景物的無知無情，後來李後主〈虞美人〉寫下「春花秋月何時了，往事知多少？小樓昨夜又東風，故國不堪回首月明中……」，也有相同的況味。此時只見廢棄的池塘中，荷花相對地開放，它們卻是有感情也有恨意的，因爲他們生長在宮中，目睹國破家亡，只能偷偷地思念故國，於是流下許多淚珠，滴滴落在荷葉上，流瀉在水池裏。下片前兩句先寫月的無知，月亮是沒有感情的表現，再用後三句荷花的有知、有感情，與之對比，於是化無知爲有情，作者的心情也明白地交代出來了。這種寫法，與杜甫〈春望〉「國破山河在，城春草木深，感時花濺淚，恨別鳥驚心……」如出一轍，都是將作者內心的情感轉移到外在的景物上，典型的移情作用。花並未「濺淚」，荷花也不是「泣香紅」，那是露水；而作者是眞的哭了！「香紅」愈美，哭泣之愈慟，而一切都是暗地裏的表現，這眞是亡國之人的悲慟了。

【評箋】

《古今詞話》引元・倪瓚：鹿公抗志高節，偶爾寄情倚聲，而曲折盡變，有無限感慨淋漓處。

清・許昂霄《詞綜偶評》：虔扆〈臨江仙〉後段曰「不知」、曰「暗傷」，無情、有恨，各極其妙。

民國・李冰若《栩莊漫記》：鹿太保詞不多見，其在《花間集》中者，約有二種風格，一爲沈痛蒼涼之詞，一爲秀美疏朗之詞，不惟人品之高，其詞格亦高。

（三）王安石〈桂枝香〉

登臨送目。正故國①晚秋，天氣初肅②。千里澄江似練③，翠峯如簇④。征帆去棹⑤殘陽裏，背西風、酒旗斜矗。綵舟雲淡，星河鷺起⑥，畫圖難足。　念往昔、繁華競逐。歎門外樓頭，悲恨相續⑦。千古憑高，對此謾嗟⑧榮辱。六朝舊事隨流水，但寒煙衰草凝綠（ㄌㄨˋ）⑨。至今商女，時時猶唱，後庭遺曲⑩。

【題解】

〈桂枝香〉，詞牌名，調見《樂府雅詞》。毛先舒《塡詞名解》卷三：「唐裴思謙狀元及第，作紅箋紙十數，詣平康里宿，詰旦賦詩曰：『銀釭斜背解鳴璫，小語低聲賀玉郎。從此不知蘭麝貴，夜來新惹桂枝香。』又咸通中，元皓登第，悅妓蕊珠，有『桂枝香惹蕊珠香』句，詞名〈桂枝香〉略出於此。」宋張輯（字宗瑞）賦此調，有「疏簾淡月，照人無寐」語，又名〈疏簾淡月〉。《高麗史．樂二》名〈桂枝香慢〉。此調共一百零一字，分二疊，上、下片各十句，五個仄韻，宜用入聲部韻。上、下片第二句第一個字「正」字、「歎」字都是領格，宜用去聲字；末三句須一氣呵成方佳。

南宋黃昇《唐宋諸賢絕妙詞選》於詞牌下題有「金陵懷古」四字，選本多從之；其實這是後人據詞意附增的，非作者命題。

【作者】

王安石，字介甫，撫州臨川（今江西撫州）人。生於眞宗天禧五年，卒於哲宗元祐元年（一〇二一～一〇八六年），年六十六。

仁宗慶曆二年（一〇四二年）進士。初知鄞縣，有政聲。任地方官十餘年，有改革之志。嘉祐三年（一〇五八）上萬言書，提出變法主張。神宗立，命知江寧府（今南京市）。熙寧二年（一〇六九年），任參知政事，次年拜相。創行新法，力革時弊，惜因用人不當，自信太過，遭保守者抵制反對，熙寧七年，罷相，八年，復拜相，屢謝病，出判江寧府。晚年退居江寧，自號半山老人，著有《臨川先生文集》。詞不多見，但意境開闊，感慨深沈，能一洗五代舊習。受封荊國公，世稱王荊公。卒謚文。

【注釋】

①故國：指六朝故都建業、金陵，東吳、東晉、南朝宋、齊、梁、陳均建都於此，今南京市。

②天氣初肅：天氣開始轉寒，高爽清冷。《詩經・七月》：「九月肅霜」，毛傳：「肅，縮（ㄙㄨˋ）也，霜降而收縮萬物。」《禮記・月令》亦載「孟秋之月，……天地始肅。」

③澄江似練：江水澄淨像一條白色絹帶。謝朓（四六四～四九九年）〈晚登三山還望京邑〉詩：「餘霞散成綺，澄江靜如練。」江，指長江。

④簇：箭簇，箭頭。用來形容山勢峻峭。

⑤征帆去棹：來來往往的船隻。棹，同櫂，船槳。帆、棹都是船隻的一部分，這裏以部分代稱全體。

⑥「綵舟雲淡」二句：此寫長江景象，有裝飾華麗的大船駛入雲層，江岸白鷺紛紛飛起。星河，暮色低垂的江流，星光閃耀於江面。鷺起，金陵城西南方長江中有白鷺洲，作者將此地名活用，寫成白鷺飛舞的動態景象。

⑦「門外樓頭」二句：門，指朱雀門，金陵南城門。樓頭，指結綺閣，陳朝後主陳叔寶爲寵妃張麗華所建造的住所。《南史・張貴妃傳》：「至德二年，乃於光昭殿前起臨春、結綺、望仙三閣，高數十丈，並數十間。其窗牖、壁帶、縣（ㄒㄩㄢˊ）楣、欄檻之類，皆以沈檀香爲之，又飾以金玉，間（ㄐㄧㄢˋ）以珠翠，外施珠簾，內有寶牀、寶帳，其服玩之屬，瑰麗皆近古未有。每微風暫至，香聞

數里，朝日初照，光映後庭。其下積石爲山，引水爲池，植以奇樹，雜以花藥。後主自居臨春閣，張貴妃居結綺閣，龔、孔二貴嬪居望仙閣，並複道交相往來。」此處寫隋軍滅南朝陳的故事。隋文帝開皇八年（陳後主禎明二年，五八八年），韓擒虎率兵攻打金陵，已經兵臨朱雀門外，而陳後主和張麗華還在結綺閣賦詩作樂。不久，韓擒虎活捉躲入井中的陳後主及其寵妃，殺之。語本杜牧（八〇三～八五二年）〈臺城曲〉：「門外韓擒虎，樓頭張麗華。」

⑧謾嗟：空歎惋。謾，通漫，空。嗟，歎息，惋惜。

⑨寒煙蓑草：語本吳融（八五〇～九〇三年）〈秋色〉：「曾從建業城邊路，蔓草寒煙鎖六朝。」凝綠，凝結住一些綠色。

⑩「至今商女」三句：商女，賣唱的歌女。後庭遺曲，即〈玉樹後庭花〉歌曲。《南史·張貴妃傳》：「後主每引賓客，對貴妃等游宴，則使諸貴人及女學士與狎客共賦新詩，互相贈答。采其尤豔麗者，以爲曲調，被（ㄆㄧ）以新聲。選宮女有容色者以千百數，令習而歌之，分部疊進，持以相樂。其曲有〈玉樹後庭花〉、〈臨春樂〉等。其略云：『璧月夜夜滿，瓊樹朝朝新。』大抵所歸，皆美張貴妃、孔貴嬪之容色。」《隋書·五行志》：「禎明初，後主作新歌，詞甚哀怨，令後宮美人習而歌之。其辭曰：『玉樹後庭花，花開不復久。』時人以爲歌讖（ㄔㄣˋ），此其不久兆也。」後人視此爲亡國之音。語本劉禹錫（七七二～八四二年）〈臺城〉：「臺城六代競豪華，結綺、臨春事最奢。萬戶千門成野草，只緣一曲〈後庭花〉」、杜牧〈夜泊秦淮〉：「煙籠寒水月籠沙，夜泊秦淮近酒家。商女不知亡國恨，隔江猶唱〈後庭花〉。」

【語譯】

登上高樓，放眼望去。正值古老的金陵都城深秋季節，天氣開始變得清冷寒肅。千里長江澄澈而連綿不絕，宛如一匹白絹；遠處青翠的山峯，簇聚成堆。來來往往的船隻映照在夕陽餘暉裏，西風吹動著斜插的酒旗。美麗的舟船駛入雲層，波光閃動，江岸的白鷺驟然飛起。這般美景，很難用圖畫表現出來。

回想起昔日六朝，發生過多少繁華往事。可歎朱雀門外、結綺閣樓頭，亡國悲劇接連相續。千百年來，人們站在這裏，遠眺滿目江山，徒然歎息世間幾度興衰榮辱。六朝的歷史已隨著流水逝去了，而今只見江邊清冷的水氣、衰頹的野草，它們還凝聚一些蒼綠。到今天，還可以聽見江邊的歌女們，她們哪裏知道亡國的悲哀，仍不時地唱著〈玉樹後庭花〉呢！

【賞析】

這闋詞選自《臨川先生歌曲》，作於宋英宗治平三年（一〇六六年），王安石時年四十六，閑居江寧。詞上片寫空間，純用賦體，加上許多鏡頭、對比、色彩等手法，寫登臨所見景物，水、天一色的美麗風景。下片寫時間，由景入情，以懷古興感的抒情筆調，寫出作者的情緒變化和意圖，感慨六朝亡國太速。其中有些關鍵字眼，十分醒目。

起句只用「登臨送目」四字，帶出登高望遠的開闊目光。「正」字是領詞，正在此時此刻見到的是前朝的「故國」，地點在金陵，一個令人發思古之幽情的古老都城；時間是「晚秋，天氣初肅」，這時風勢矯健強勁，大地景物轉向蕭瑟，一個物換星移常常令人感傷的季節。

南京石頭城依傍大江而建，江水澄澈明亮，江岸的山頭叢簇聚集。作者引用小謝名句，描繪千里長江，時、地、景正好吻合。陽光灑下，江水有如白絹，搭配遠方翠綠的峯巒，一幅圖畫的大背景已經形成。

鏡頭漸漸拉近，江面船隻、岸上酒旗看得愈加清晰。風從西來，旗往東飄，用「背」字形容；酒店旗招多綁縛於立柱或樹椏間，岸邊強風吹來，總是歪斜飄舞，用「斜矗」形容。下面「綵舟」二句，對仗工整。「綵舟」駛入水連天、天接水的江面裏，帆影交錯，這時雲層淡薄，波輕光閃，白鷺從江流躍起。從遠景寫到近景，從平面俯視寫到仔細微觀，點綴出豐富的色彩。更奇特的是，從靜態忽然躍出動感，用強烈的動感打破靜態美景，旗幟飄揚、白鷺飛起的動態感頻頻出現，這般遼闊而又靈動的景致，的確難用圖畫表現。詩人除了感歎美景非人力所能及之外，是否也暗隱著自足美景突遭變化的意思，有一份開闊平靜背後的強烈擔憂和不安全感？由此，在情感上轉入下片的緬懷史蹟，感歎歷史變故，藉此來鏡鑒？

下片「念往昔」領起，感歎六朝的金粉繁華而終至亡國的悲哀。先從唐人詩意隱括陳叔寶、張麗華的史事，以爲殷鑒。當年韓擒虎兵臨城下，曾經在此地發生過的悲歡離合故事，已經無跡可尋，空留憑弔的遺跡，王朝的興衰榮枯形成明顯對比。「歎」字是領詞，「謾嗟榮辱」又再哀歎一次，「謾嗟」強調感歎也是徒然，因爲往者已矣。

「六朝舊事」千古同聲感慨。中唐詩人竇鞏（約七六二～八三一年在世）〈南游感興〉曾說：「傷心欲問南朝事，唯見江流去不回。日暮春風春草綠，鷓鴣飛上越王臺。」當年的君王與寵妃已隨流水而去，而今只剩秋草衰蔽而已。「寒煙衰草凝綠」正是承前文「故國晚秋」而來。

唐朝詩人竇鞏發聲感慨，劉禹錫、杜牧、吳融亦如此，北宋文人王安石、蘇軾亦復如此。王安石沿用了唐詩出現過的「門外樓頭」、「商女後庭花」故事，這是因爲詩人同詠金陵。不過，王安石隱去了「不知亡國恨」的字樣，這是因爲北宋尚未有國家覆亡的危機感嗎？欲解答此問題，可從杜牧、王安石、蘇軾有著相同的憂患意識說起。歷代知識分子心目中，恆有「樂以天下，憂以天下」[4]之心。杜牧已如前述，且看蘇軾〈虢國夫人夜游圖〉詩，詩中描述唐朝安、史之亂前，玄宗寵信楊貴妃，當年楊玉環的三姊楊玉瑤也受封爲虢國夫人，豔冠羣芳，風光一時；然而終究在逃安、史之亂途中自殺。詩云：

> 佳人自鞚玉花驄，翩如驚燕蹋飛龍。金鞭爭道寶釵落，何人先入明光宮。宮中羯鼓催花柳，玉奴絃索花奴手。坐中八姨真貴人，走馬來看（ㄎㄢ）不動塵。明眸皓齒誰復見，只有丹青餘淚痕。人間俯仰成今古，吳公臺下雷塘路。當時亦笑張麗華，不知門外韓擒虎。

4 語出《孟子．梁惠王下》。

此詩末二句也引述六朝陳後主覆亡的故事，加深了佳人香消玉殞的感歎。由此說來，王安石與蘇軾可能同時感受到北宋國勢趨向衰微的事實，因而詩文中常有不能記取歷史教訓的感慨。王安石隱去了「不知亡國恨」的字樣，應當是詩詞中「含不盡之意，見於言外」[5]的修辭方法使然。

讀完這闋〈桂枝香〉之後，當能體會詞中的亮麗景色和對於六朝興衰的歷史感懷。上片寫景是爲下片抒情而鋪墊的，由此，上片和下片間具有對應關係。上片所寫不是簡單的泛化的美景，而是在無限開闊的河山美景中隱含著蒼茫和滄桑的基調，由一份開闊平靜的景色轉入下闋的緬懷史蹟，感歎歷史變故，這可以聯繫到王安石本人的經歷及他作詞的心態一起來看。畢竟王安石是位雄心壯志的政治家，借景詠史抒懷的格調與他的政治抱負相關，表現出與一般作家不同的更爲闊大的心境。過去唐詩有詠史詩，宋人可說至王安石以後才有詠史詞，懷古題材在此之前的詞中並不多見。沈鬱頓挫的詞風，一掃當時綺靡婉弱之姿，開啓後來豪放派詞的先聲。

王安石的詩與文，卓犖不羣，挺拔傑出；詞少，影響力也較小。李清照〈詞論〉曾批評道：「王介甫、曾子固文章似西漢，若作一小歌詞，則人必絕倒，不可讀也。」然而這闋詞無論是景色，情感，審美意蘊還是創作手法，都具有典範性。宋末元初張炎（一二四八～一三二〇年）《詞源》卷下說：「詞以意爲主，不要蹈襲前人語意。如東坡中秋〈水調歌〉、夏夜〈洞仙歌〉，王荊公金陵〈桂枝香〉，姜白石〈暗香〉賦梅，此數詞，皆清空中有意趣，無筆力者未易到。」梁啓超《飲冰室評詞》也舉這闋〈桂枝香〉爲例說：「李易安謂：『介甫文章似西漢，然以作歌詞，則人必絕倒。』但此作卻頡頏清眞、稼軒，未可謾詆也。」這闋詞的確是出色的作品。

【評箋】

《歷代詩餘》卷一百四十引宋・楊湜（一一三一前～一一六二年後）《古今詞話》：金陵懷古，諸公寄調〈桂枝香〉者，三十餘家，惟王介甫爲絕唱。東坡見之，歎曰：「此老乃野狐精也！」

（四）蘇軾〈念奴嬌〉赤壁懷古

大江東去，浪淘盡，千古風流人物。故壘①西邊，人道是：三國周郎赤壁②。亂石崩雲，驚濤裂岸，捲起千堆雪。江山如畫，一時多少豪傑。遙想公瑾當年，小喬初嫁了③，雄姿英發。羽扇綸巾④，談笑間，強虜灰飛煙滅⑤。故國神游⑥，多情應笑我，早生華髮⑦。人生如夢，一尊還酹（ㄌㄟˋ）江月⑧！

5 語出宋・歐陽脩《六一詩話》引梅堯臣語。

【題解】

〈念奴嬌〉，詞牌名。念奴爲唐玄宗天寶年間著名歌女，《開元天寶遺事》：「念奴有色善歌，宮妓中第一。帝嘗曰：『此女眼色媚人。』又曰：『念奴每執板當席，聲出朝霞之上。』」可知其聲情激越高亢，遂取爲調名。

此調雙疊，以一百字、前段九句、後段十句、各四仄韻爲常格，亦有用平韻者。李清照〈念奴嬌〉（蕭條庭院）一首，上片第二、三句分別作「五、四逗」；下片第二句四個字，第三句五個字；上、下片第五句皆六個字，且叶韻；宋、元人多如此塡，爲正格；（參見本書第三〇八頁）然而易安這闋詞下片第三句「玉闌干慵倚」，改變原來上二下三的句式，變作「仄平平平仄」的上三下二句式，也不太合乎格製。蘇東坡〈念奴嬌〉（大江東去）與易安詞不同，爲變格。本調異名頗多，以調百字，故又名〈百字令〉、〈百字謠〉，又名〈大江東去〉、〈酹江月〉、〈赤壁詞〉，更有〈壺中天〉、〈壺中天慢〉、〈無俗念〉、〈淮甸春〉、〈湘月〉、〈大江乘〉等名。

赤壁懷古，題目名。赤壁，地名。三國時周瑜破曹操軍的赤壁，在今湖北省嘉魚縣；蘇軾所遊的赤壁，在今湖北省黃岡縣。當時人訛傳爲同一地方，因此東坡藉此地而懷念古人古事，實不必拘泥地點正確與否。

【注釋】

①故壘：舊時軍隊駐防而今廢棄的營壘。

②周郎：指周瑜（一七五～二一〇年），字公瑾，廬江舒人。少年英俊，知兵善戰，又精音律，世稱「曲有誤，周郎顧。」孫策與周瑜同年，獨相友善，策親自迎瑜，授建威中郎將，瑜時年二十四，吳中皆呼周郎。郎是年少男子之稱。漢獻帝建安十三年（二〇八年），曹操南征。孫權任周瑜大都督，決策抗操。十一月，於湖北嘉魚縣西北長江濱，縱火焚燒曹軍船艦營寨，大破操兵，石壁皆赤，赤壁由此得名。東坡所遊，乃黃岡縣之赤壁磯。《東坡雜記》：「黃州少西，山麓斗入江中，石色如丹，相傳所謂赤壁者。或曰：非也。曹公敗歸，由華容路。今赤壁少西對岸即華容鎮，庶幾是也。然岳州亦有華容縣，未知孰是？」由此可知蘇軾亦未確認黃州赤壁即周瑜破曹處，故用「人道是」三字。

③小喬初嫁了：漢太尉喬玄有二女，皆國色天香，世稱二喬。孫策攻皖得之，自納大喬，周瑜納小喬。

④羽扇綸巾：羽扇是以鳥羽爲扇，綸巾是用青絲綬做的帽子。羽扇綸巾爲三國名士常有的裝扮，後世遂以此形容瀟灑從容的舉止。《晉書．顧榮傳》：顧榮討陳敏，「麾以羽扇，其眾潰散。」《晉書．謝萬傳》：「萬著白綸巾，鶴氅裘。」

⑤強虜：猶言強敵，指曹操的軍隊。一作「檣櫓」，指戰船，亦通。當年周瑜用火攻曹軍，大破之，故云灰飛煙滅。李白〈赤壁歌送別〉：「二龍爭戰決雌雄，赤壁樓船掃地空。烈火張天照雲海，周瑜於此破曹公。」

⑥故國：指三國時代的孫吳舊地。神游，猶言神往，是心嚮往之而想像當時的情況。

⑦多情應笑我，早生華髮：此爲東坡自嘲語。意謂何必嚮慕古人，自作多情，我已早有白髮，難如周郎等之英年有爲。華髮，花白的頭髮。鄭騫《詞選》另有一解：「多情，東坡自謂其亡妻也。東坡元配王氏，早卒，坡常追念之。集中〈江城子〉『十年生死兩茫茫』詞即悼亡作。王氏歸葬眉山，故云

『故國神游』。」

⑧一尊：猶今言一杯。尊，酒器。酹江月，灑酒於江中以祭月。酹，以酒灑地而祭。

【語譯】

滾滾東流的長江水，沖淘盡了多少年代的風流人物。舊時營壘的西邊，人家說是：三國時代周瑜大破曹軍的赤壁戰場。散亂的山岩峭拔，彷彿劃破了浮雲，洶湧的波濤，似要打裂江岸，捲起了多少雪白的浪花。江山像幅美麗的圖畫，一時間孕育出多少豪傑。

遠遠地想起當年的周瑜，剛娶了小喬，風姿雄偉，英俊奮發。搖動羽毛扇，繫著青絲便帽，談笑風生間，強敵化爲烏有。如今來到孫吳舊地，懷念往事，嚮慕古代的英雄，或許應該笑我自作多情，早已白髮斑斑了。人生像夢一樣，還是斟起一杯酒祭奠江中的明月吧！

【賞析】

這闋詞選自《東坡樂府》，宋神宗元豐五年（一〇八二年）東坡四十七歲，謫居黃州（今湖北黃岡）時所作。6本題雖係懷古，而在懷念古代英豪中，也實寫自身年華老去的遲暮之感，帶出些許失意。

《歷代詩餘》引宋代俞文豹《吹劍錄》載：

東坡在玉堂日，有幕士善歌，因問：「我詞何如柳七（柳永）？」對曰：「柳郎中詞，只合十七八女郎，執紅牙板，歌『楊柳岸、曉風殘月』。學士詞，須關西大漢、銅琵琶、鐵綽板，唱『大江東去』。」東坡爲之絕倒。

這個比喻，不但說明「大江東去」這闋詞名振當代，也指出東坡詞豪放曠達的特色。且看他一下筆就是：「大江東去，浪淘盡，千古風流人物。」眼前景物的描寫，完全扣緊赤壁形勝和古代史事，氣勢沈雄，展開古今興亡的感慨。接下去「故壘西邊，人道是：三國周郎赤壁」，喚起古戰場的回憶，引出赤壁一役的主帥周瑜。忽然頓筆一轉，「亂石崩雲，驚濤裂岸，捲起千堆雪」，寫景狀物，字字生動，除了山高入雲的靜中有動的描繪外，更藉著亂石、驚濤、浪花的大起大落，表達出英雄人物消長盛衰的意象。然後用「江山如畫」概括秀美形勝的實景，「一時多少豪傑」囊括了周郎以外的其他人物。詞意不但呼應首句的神來之筆，也將語勢平息下來，啓發出下文無限的情思。

上片深度著墨於「赤壁懷古」的主題，一寫山水，一寫千古風流人物，側重在周郎身上。

6 參見宋．蘇軾著，唐玲玲箋注、石聲淮訂正：《東坡樂府編年箋注》（臺北：臺灣學生書局，二〇一七年十月）。此書依據朱祖謀《東坡樂府》及龍榆生《東坡樂府箋》的基礎上擴充編寫而成。

下片故事的主角正式登場了：正當英年的周公瑾，剛娶了絕代佳人小喬爲妻，可以想見那豪氣干雲、光彩煥發的模樣兒。本來赤壁懷古是不必提到「小喬初嫁」的，如今加上此句，似有點不太相襯。但東坡立刻補上「雄姿英發」一句，反而因此顯出周瑜的風流俊雅，眞是傳神。英雄配美人，再貼切不過。下文從外在的形象，到內在的心智，將周瑜描繪出來。周瑜即使只是「羽扇綸巾」的穿著，那麼樸素簡便，也能在「談笑間」，運籌帷幄、指揮若定，瀟灑自如。愈是輕鬆之筆，愈能彰顯周郎「全不費工夫」的閑雅風姿，也愈能反襯出曹兵本是一股頑強的力量，卻遭到「灰飛煙滅」的慘敗。有些版本將「強虜」寫成「檣櫓」二字，則扣緊火燒戰船事件來說，格局稍微小些。從文勢上看來，「遙想公瑾」到「灰飛煙滅」，全是極力鋪寫周瑜的少年英雄形象，不是指單一燒船事件，當然也不可能忽然插敘諸葛亮而分散了力道。後人受《三國演義》影響，以爲羽扇綸巾是在描寫孔明，是不正確的。諸葛亮的人格形象是「忠」，杜甫〈蜀相〉也寫出他的忠義，[7]至於那足智多謀的神機妙算，到《三國演義》才形塑出來。而周瑜能被描繪的重點總在少年英雄身上，他也確實在赤壁之戰立下了驚天動地的征戰功勞。

「故國神游」以下，就轉入個人身世的感慨。在神遊戰場主帥雄姿英發的同時，不禁聯想到自己：「早生華髮」，爲什麼還在嚮慕古人呢？未免太自作多情了吧？將公瑾的青年才俊，和自己的年華老大一事無成對比，感慨自然深重得多了。東坡原有「致君堯舜上」[8]的雄心壯志，也曾名動京師、譽滿京華，而今卻貶謫至此，等待步向老年。面對人生的絕大挫折，焉能不感慨係之？早生白髮的原因，常是人生遭遇變故，或是相思甚苦的緣故。此時感悟前塵往事，自然覺得

「人生如夢」，個人的悲歡也將被浪水淘盡，只有大江恆在，明月長存，倒不如曠達一番，釃酒江月，一祭千古感慨！文末用夢的意境，消解愁思，同時還以「一尊還酹江月」顯現其灑脫不拘之意象，讓故國與夢不再僅限於痛苦與哀愁。

「多情應笑我」的「多情」兩字有兩種解釋，一說多情人是東坡自己，在自作多情，二說多情人是指東坡故鄉的亡妻王氏，因爲周瑜少年得志，又娶得如花美眷，東坡因此聯想到自己的情形；加上神宗熙寧八年（一〇七五年）東坡寫過〈江城子〉悼念王氏，距離這闋〈念奴嬌〉的寫作時間不遠。然而，我們仔細尋繹上下文的含義，還是指東坡自己的說法比較通達。因爲詞題篇旨是講「赤壁懷古」，忽然提到亡妻，有些不諧調。再則「故國神游」的「故國」，從赤壁一地想到歷史上的三國，也比想到四川眉山的孤墳更說得通。這兩闋詞沒有必要連在一起說，不需要岔出枝節另作解釋。

綜觀全詞，具備豪放的英雄本色，但豪邁之氣，已漸自收斂，遣詞仍然雅麗遒壯，漸有超逸

7 唐．杜甫〈蜀相〉：「丞相祠堂何處尋，錦官城外柏森森。映階碧草自春色，隔葉黃鸝空好音。三顧頻煩天下計，兩朝開濟老臣心。出師未捷身先死，長使英雄淚滿襟。」

8 此借用唐．杜甫〈奉贈韋左丞丈二十二韻〉：「自謂頗挺出，立登要路津。致君堯舜上，再使風俗淳。」

絕塵的風致。就辭采來說，東坡之前晏殊、歐陽脩、柳永都有美麗的辭藻，但就胸襟抱負來說，東坡勝過他們許多。東坡能將原本屬於詩的體裁如悼亡、畋獵、詠史、詠懷，悉數寫入詞，擴大了詞的境界，譬之爲北宋第一大詞家，洵屬當之無愧。

【評箋】

宋．胡仔《苕溪漁隱叢話》：語意高妙，眞古今絕唱。

宋．俞文豹《吹劍錄》：〈大江東去〉詞，三「江」、三「人」、二「國」、二「生」、二「故」、二「如」、二「千」字，以東坡則可，他人固不可，然語意到處，他字不可代，雖重無害也。今人看人文字，未論其大體如何，先且指點重字。

明．李攀龍《草堂詩餘雋》：有翩翩羽化之概，毫不染人間煙火之氣，坡仙之名，殊非虛附。

明．王世貞《藝苑卮言．詞評》：昔人謂銅將軍鐵綽板，唱蘇學士「大江東去」，十八九歲好女子唱柳屯田「楊柳岸曉風殘月」，爲詞家三昧。然學士此詞，亦自雄壯，感慨千古。果令銅將軍於大江奏之，必能使江波鼎沸。

明．沈際飛《古香岑草堂詩餘．正集》：語意高妙閒冷，初不以英氣凌人。

清．徐釚《詞苑叢談》：「蘇東坡『大江東去』，有銅將軍、鐵綽板之譏。柳七『曉風殘月』，謂可令十七八女郎按紅牙檀板歌之」，此袁綯語也，[9]後人遂奉爲美談。然僕謂東坡詞自有橫槊氣概，固是英雄本色；柳纖豔處，亦麗以淫耳。況「楊柳外」句，又本魏承班〈漁歌子〉」：「窗外曉鶯殘月」，只改二字、增一字焉，得獨擅千古。

清．黃蘇《蓼園詞選》：「大江」二句，是自己與周郎俱在內也。「故壘」至「灰飛煙滅」句，俱就赤壁寫周郎之事。「故國」三句，是就周郎結到自己。「人生似夢」二句，總結以應起二句。總而言之，題是赤壁，心實爲己而發，周郎是賓，自己是主，借賓定主，寓主於賓，是主是賓，離奇變幻，細思方得其主意處。

清．繼昌《左庵詞話》：淋漓悲壯，擊碎唾壺，洵爲千古絕唱。

民國．王闓運《湘綺樓詞選》：豪語。

民國．劉永濟《唐五代兩宋詞簡析》：蘇軾在神宗朝以作詩譏諷新法，貶黃州團練副使本州安置。此詞即在黃州所作。詞中主題雖係懷古，而於懷念古代英豪之中，寫感歎自身失意之情。但東坡胸懷豁達，故纔一涉己身，便以「人間如夢」推開，不欲發洩胸中牢騷，亦有鑒於前此因詩得罪也。此詞首韻二句，籠罩全首，而「浪淘盡」句，將南朝人物一齊包括其中，以便下文獨提出赤壁戰中之豪傑，使主題更爲分明。蓋黃州有赤鼻磯，世人訛傳爲破曹

---

9 宋．袁綯，詩人。據宋．蔡絛《鐵圍山叢談》載，袁綯爲蘇軾晚輩，曾與東坡共登金山之妙高臺，生活至徽宗宣和（一一一九～一一二五）年間。此處袁綯語，不知其出處，而袁綯年代早於俞文豹，後世藉由俞文豹《吹劍錄》而流傳此故事。

軍之赤壁山，東坡亦即以赤壁當之，故曰「人道是、三國周郎赤壁」。赤壁一戰，三國英豪皆在，故曰「一時多少豪傑」。後半闋更從「多少豪傑」中獨提出最典型之周瑜及諸葛亮二人，而以「強虜」包括曹操。寫周瑜則以「小喬初嫁」襯托周之少年「英發」。寫諸葛亮則以「羽扇綸巾」顯示其氣象雍容，而以「談笑間」三字結合周瑜，言二人共謀禦敵時有如此閑暇之情狀。凡此皆以細節表示全體之寫法也。而「強虜」句，卻將曹操之敗寫得十分狼狽，更以見周瑜、諸葛亮之軍事才能爲不可及，使二人之典型性特別突出。下文落到己身，又設想周瑜、諸葛亮之英靈如於此時來游故國，必笑我頭白無成。文情至此已帶感慨，便以「人間如夢」四字推開，而以「酹江月」作結，蓋此游至月上時也。

八、比興

語言的基本性格就是社會性的。《論語．季氏》載孔子說：「不學詩，無以言。」《論語．子路》又載孔子說學《詩》的目的在於：「授之以政」、「使於四方」，《論語．陽貨》更明白記錄孔子說：「詩可以興、可以觀、可以羣、可以怨。邇之事父，遠之事君；多識於鳥獸草木之名。」可見詩的語言不是孤立的、獨立自存的，而是人際溝通的用語，詩跟詩以外的世界不可分隔。對應於《詩經》有「賦、比、興」三種作法，其中「賦」是平鋪直敘的寫法，字詞使用近乎「白描」，內容表達幾乎都是直抒胸臆。詞人之中，李後主和李清照習慣於和自己對話，寫給自己。不過，詞人出乎性情的寫作，常常拿出自身的周遭生活事物作比擬，有時「興之所至」，隨機而發，於是「比」和「興」都來了。更重要的是，詞人如果要和世界對話，就不能只停留在「賦」，而是更需要借助「比」和「興」。

隨著文藝自覺及審美意識的覺醒，一些對文藝創作有深刻體會的學者試圖掙脫《毛傳》、《鄭箋》的束縛，從純粹的美學藝術觀點，對「比興」作詮釋。《藝文類聚》卷五十六載西晉摯虞（約二四〇～三一一年）說：「賦者，敷陳之稱也；比者，喻類之言也；興者，有感之辭也。」他開始從文學寫作的手法進行解讀。到了南梁劉勰《文心雕龍．比興》云：

《詩》文弘奧，包韞六義，毛公述傳，獨標興體，豈不以風通而賦同，比顯而興隱哉！故比者，附也；興者，起也。附理者切類以指事，起情者依微以擬議。起情故興體以立，附理故比例以生。比則畜憤以斥言，興則環譬以記諷。……且何謂為比？蓋寫物以附意，颺言以切事者也。故金錫以喻明德，珪璋以譬秀民，……凡斯切象，皆比義也。

於此，劉勰認為「比顯而興隱」，「比」為「顯喻」、「興」為「隱喻」。「比」是「附理」的作法，直接切事，就是比擬，借彼喻此，常常就是一種譬喻；「興」是「起情」的作用，發端起興，較為委婉，有時沒來由的忽然想起某事，就興發出一種感覺。朱自清（一八九八～一九四八年）說：

《毛傳》「興也」的「興」有兩個意義，一是發端，一是譬喻；這兩個意義合在一塊兒才是「興」。……興是發端，只須看一百十六篇興詩中有一百十三篇都發興於首章，就會明白。……興是譬喻，「又是」發端，便與「只是」譬喻不同。前人沒有注意興的兩重義，因此纏夾不已。他們多不敢直說興是譬喻，想著這麼一來便與比無別了。其實《毛傳》明明說興是譬喻。1

這說法為我們解決了一大難題，因為「比」和「興」有時不太容易區分。首次興發的感覺是「興」，而詩人的首次興發也可以直接用「比」表達出來。《論語．子罕》記載有一次孔子坐在船上，看見河水不停地奔流，忽然有感而發說道：「逝者如斯夫，不舍晝夜。」這裏明顯是「興」，「水」和「時間」本是不相干的兩種事物，被孔子連結起來了。而後世可以用「流水年華」來比喻時光的飛逝，也可以用「日月如梭」、「光陰似箭」、「白駒過隙」等一堆詞語作比喻，這就變成「比」了。由於「興」也是譬喻，後世又可以援用這個譬喻而成為「比」，造成「比」與「興」難分難解。朱熹《詩集傳》在解釋《詩經》的文句時，有時說「比也」、「興也」，有時又說「比而興也」、「興而比也」，他能分出來是以「比」為主而兼有「興」，或是以「興」為主而兼有「比」，但是對一般讀者來說，「比」、「興」寫法還是不容易區分開來。

透過朱自清的解說，我們可以明瞭「比」只是譬喻，「興」是譬喻又是發端。進一步來說，「比」在發生之前有目的性，「興」便完全沒有這種目的性，而是純任自然的流出。「興」的作

1 朱自清：《朱自清古典文學論文集》（臺北：源流出版社，一九八二年五月），〈詩言志辨．比興〉，頁二三九。

用是人不容自已的活動，同時完全超越了語言符號或任何媒介所造成的障礙，所以它是一種直覺。「興」常常在上片的開頭出現，也常常在下片的開頭出現，因爲詞的下片俗稱「換頭」，又是另一處發端。然而「興」不只發端而已，它蘊含著一個不帶有目的性的美感經驗，當我們發覺詞中突然起興而沒有特殊目的時，往往就是「興」。

明白這個道理，我們可以注意到在唐宋詞中，刻意的借此喻彼，以某種人事物比某種人事物，就是「比」，譬如李煜〈破陣子〉用「沈腰潘鬢」比擬自身消瘦，這是「比」、鹿虔扆〈臨江仙〉的「藕花相向野塘中」，原是寫景，這是「賦」，但他下面接著說到「清露」，比喻它們爲了亡國而哭泣，以露水比擬淚水，這是帶有目的性的譬喻，這也是「比」、王安石〈桂枝香〉寫「千里澄江似練，翠峯如簇」，這是看長江風景而來的譬喻，不是發端起興，這也是「比」。不過，王安石〈桂枝香〉上片寫現在看到長江的景色，到了下片忽然發端起興，回憶起六朝歷史，這是「興」的寫法、蘇軾〈念奴嬌〉一開始看見大江東去，就想到「浪淘盡，千古風流人物」，這正是「興」的寫法，上片因此環繞這個主題書寫。到了下片「遙想公瑾當年」，又再次發端起興，著墨描寫周瑜，這也是「興」的寫法。最後感歎「人生如夢」，只好「一尊還酹江月」，這些文句都是興發個人的感受，也是「興」的寫法。

當我們理解「賦」、「比」、「興」寫法的不同，將會發現詞人寫作手法有其奧妙之處。譬如周邦彥〈蘭陵王〉：

柳陰直，煙裏絲絲弄碧。隋堤上、曾見幾番，拂水飄綿送行色。登臨望故國，誰識、京華倦客？長亭路、年去歲來，應折柔條過千尺。　閒尋舊蹤跡。又酒趁哀絃，燈照離席，梨花榆火催寒食。愁一箭風快，半篙波暖，回頭迢遞便數驛，望人在天北。　悽惻，恨堆積！漸別浦縈迴，津堠岑寂。斜陽冉冉春無極。念月榭攜手，露橋聞笛。沈思前事，似夢裏，淚暗滴。

這闋詞分上、中、下三片。上片圍繞柳樹而寫，寫柳枝拂水、折柳千尺，地點在汴京的隋堤，意在送別。這段內容採敘事寫法，不寫自己送別友人，而寫柳枝柳絮送人，還寫了好多次，藉折柳送別敘述久事淹留之苦，因此是「賦」。然而陳洵《海綃翁說詞》指出詞人是在託柳起興，「弄碧」一留，卻出「隋堤」；「行色」一留，卻出「故國」，可知詞人有意引出另外的話題。自中片「閒尋舊蹤跡」以下，一直到下片結束，寫作客異鄉中，餞別朋友的場景與感想，善於體物而寫出深情。「閒」字表示無所謂了，習以爲常。而送別時有酒有管絃，情感哀怨難捨，友人卻走得飛快。下片寫到行船已經遠離，還會想起與友人之間的往事，淚水不斷地流下。雖然中片以後不再寫柳樹，但是後面的「攜手」、「聞笛」、「沈思前事」還是由送別友人而來，讀來像是眞實發生的事，語意連貫而順暢。整闋詞句長而字數多，長於練字，「愁」字、「念」字當作領詞，帶出深刻情意，又多用牙尖齒音字，不好唱，聲情激越，卻沒有什麼譬喻，可說是以「賦」爲主，「興」次之。其次看周邦彥〈六醜．薔薇謝後作〉：

正單衣試酒，悵客裏、光陰虛擲。願春暫留，春歸如過翼，一去無跡。爲問花何在？夜來風雨，葬楚宮傾國。釵鈿墮處遺香澤，亂點桃蹊，輕翻柳陌。多情最誰追惜？但蜂媒蝶使，時叩窗槅。　東園岑寂。漸蒙籠暗碧。靜繞珍叢底，成歎息。長條故惹行客，似牽衣待話，別情無極。殘英小、強簪巾幘。終不似、一朵釵頭顫嫋，向人欹側。漂流處、莫趁潮汐。恐斷紅、尚有相思字，何由見得？

這闋詞寫薔薇花，不寫花朵盛開的容顏，反而寫花謝之後的情形，選材出人意表。上片連環而下，寫作客他鄉時送別春天，感傷春去無蹤跡。「爲問花何在」的提問，換來出奇的想像力：「夜來風雨，葬楚宮傾國。」這裏是從「賦」轉爲「興」的寫法。以下寫落花的遺香，寫花落飄零，有誰懂得珍惜？下片開頭還是敘事，春天已過，只能在花叢下歎息。但是「長條故惹行客」三句、「殘英小」三句，忽然寫柳枝條、落花，分別在人的身邊擺弄姿態，都是節外生枝，再出新意。最後又突發奇想：惟恐落下的花瓣，有人在上面寫了相思字，請河水不要沖走。這些看得出來都是「興」的寫法。整闋詞有一些譬喻，屬於處處發端起興的譬喻，可說是以「興」爲主的作品，「賦」次之，「比」最少。

以上有了初步理解，會發覺詞中比興的作品不少，這是因爲古典詩詞中，一直存在著一個香草美人、比興寄托的傳統。屈原《離騷》以香草自比身世，或以美人見棄、美人遲暮而感喟年歲老大、抱負未展，或以美人遭妬而喻自己被小人排擠等等。宋室南渡之後，比興之作漸多，寄托之意更濃。以下我們可以舉七首詞例作說明。

（一）李璟〈攤破浣溪沙〉　二首之二

手卷真珠上玉鉤①，依然春恨鎖重樓②。風裏落花誰是主？思悠悠。

青鳥不傳雲外信③，丁香空結④雨中愁。回首綠波三楚暮⑤，接天流。

【題解】

〈攤破浣溪沙〉，詞牌名，即以〈浣溪沙〉原調攤破上、下片末句，各添三字，改成七、七、七、三句法。雙調四十八字，上片四句，三平韻；下片四句，兩平韻。又名〈山花子〉、〈添字浣溪沙〉、〈感恩多令〉等，因李璟此詞出名，更有名為〈南唐浣溪沙〉者。《詞律》卷三云：「按調名『沙』字與『浪淘沙』不同義，應作『紗』，或又作『浣沙溪』，則尤當為『紗』。」

馬令《南唐書》卷二十五〈談諧傳〉載：李璟即位，歌舞玩樂不輟。樂部的金陵名妓王感化，曾經再三連唱「南朝天子愛風流」句以刺之，李璟遂悟，作〈浣溪沙〉二闋，手書賜給王感化。由此觀之，詞中的「春恨」不是一般的閑愁，很可能是南唐受到後周威脅時的危亡感慨，這闋詞很有深意。另一闋李璟

〈攤破浣溪沙〉，爲這闋詞的姊妹篇，[2]亦爲名作。

【作者】

李璟，初名景通，字伯玉，南唐烈祖李昪的長子，徐州人。生於五代後梁末帝貞明二年，卒於南唐元宗交泰四年（九一六～九六一年），年四十六。

璟嗣父位稱帝，是爲元宗，爲五代十國時期南唐第二位君主。好學，能詩詞，多才藝，善騎射；少喜棲隱，曾經築室於廬山瀑布前，意將終焉。即位後，寬仁謙謹，禮賢愛民，凡十九年。在位初期，開拓疆宇，東攻閩，西滅楚。後北敗於周，盡失淮南，乃奉周正朔，去帝號，稱國主，改名璟，史稱中主、中宗、嗣主。所作詞傳世者僅四闋，王國維輯《南唐二主詞》，合編李璟與其子李煜之作。

【注釋】

①手卷眞珠：用手捲起珍珠簾子。李白〈擣衣篇〉：「明月高高刻漏長，眞珠簾箔掩蘭堂。」眞珠：即珍珠，這裏指珍珠綴成的簾子。

②重樓：層層的高樓。

③青鳥：神話傳說中的神鳥，曾爲西王母傳遞消息給漢武帝，這裏指帶信的人。《漢武故事》載：「七月七日，上於承華殿齋，正中，忽有一青鳥從西方來集殿前。上問東方朔，朔曰：『此西王母欲來也。』有頃，王母至，有二青鳥如烏，夾侍王母旁。」後遂以青鳥喻使者。[3]孟浩然〈清明日宴梅道士

山房〉：「忽逢青鳥使，邀入赤松家。」雲外：九霄雲外，指遙遠的地方。

④丁香空結：形容心中的愁苦是徒然的。丁香，一名舌香，常綠喬木，花簇生莖頂，淡紅色。丁香結，丁香的花蕾，取其「固結難解」之意，詩人常用以象徵內心的憂愁難解。李商隱〈代贈〉二首其一：「芭蕉不展丁香結，同向春風各自愁。」空，徒然。

⑤三楚：指戰國時代的楚國地區，包括今長江中、下游一帶。古代已有荊楚、吳楚、淮楚的說法，秦、漢以後，又有南楚、東楚、西楚之稱。《史記・貨殖列傳》：「夫自淮北沛、陳、汝南、南郡，此西楚也。彭城以東，東海、吳、廣陵，此東楚也。衡山、九江、江南、豫章、長沙，是南楚也。」《史記・項羽本紀》裴駰《集解》引孟康云：「舊名江陵爲南楚，吳爲東楚，彭城爲西楚。」

【語譯】

我捲起珍珠簾，掛上簾鉤，來到欄干前，在高樓上凝望遠方，春天的煩恨依然如舊。風吹過來，花朵紛紛飄落，誰是他的主人呢？引起我無窮的思緒。

---

2 南唐・李璟〈攤破浣溪沙〉二首之一：「菡萏香銷翠葉殘，西風愁起綠波間。還與韶光共憔悴，不堪看。　細雨夢回雞塞遠，小樓吹徹玉笙寒。多少淚珠何限恨，倚闌干。」

3 引自唐・歐陽詢等編修：《藝文類聚》，卷九十一，〈青鳥〉。

信使不曾捎來遠方的音訊，雨中的丁香花瓣凝結在一起，徒然增添憂愁。回頭眺望，只見楚國大地暮色蒼茫，碧綠的江水源源不斷地流向天際。

【賞析】

這闋詞寫春恨，同時寄寓了家國危亡的憂慮心懷，是南唐中主李璟晚年的作品。

首句「手卷眞珠上玉鉤」平平敘起，既不是情語，也不是景語，只是一個單純的動作，已經看出作者的生活背景，有高華富貴之家的景致。他之所以捲簾，是想觀看樓前的景物，稍微抒懷而已；不料捲起珠簾後，依舊看見年復一年的春愁。春愁不僅鎖住了重重疊疊的高樓，也鎖住了樓閣內的人，可知一種無所不在的心靈窒息感，鋪天蓋地而來，使人欲消愁而不可得。「春恨」二字是主旨，然而並不是抽象的存在。這闋詞起筆兩句直接說明自己的心情，是「賦」的寫法。到了三、四句，以花作比喻，是「比」的寫法。且看那春花多麼美好，卻任憑風吹雨打，不能長久；如果不能掌握自家的國運，貴爲帝王之身又如何？作者親見春花的飄零，感傷自己的命運坎坷，這是很強烈的比附。正是因此而思緒蕭索，用「思悠悠」三字，說明自身的愁緒連綿不絕，也由此開啓下片，說明「春恨」綿延的緣由。

下片忽然發端起興。先用「青鳥」一句說人事，想得到所思念之人的音信而不可得，所思者爲雲外之人，指誰呢？再用「丁香」一句寫實景，雨中的丁香花蕾凝結在一起，雖小而不得開展，令人憐憫，借「丁香結」比喻凝愁不展，中間著一「空」字，一切都無法挽回，愈加淒絕。

前後兩句合看是一聯工穩的對仗，走筆至此，風裏落花無主，青鳥不傳信，丁香空結，徒然的嚮往已成空，人生絕望至極。清黃蘇《蓼園詞選》評道：「手捲珠簾，似可曠日舒懷矣，誰知依然恨鎖重樓。所以恨者何也？見落花無主，不覺心共悠悠耳。且遠信不來，幽愁空結，第見三峽波接天流，此恨何能自已乎？」很顯然的，忽然出現的「青鳥」，是中主向外求救的訊號，可能是派出國的使者，前往後周求和？也有可能是直接祈求天上神仙來幫忙這一節節敗退的國家了。然而完全了無音訊，結果是愁眉不得開展。下片前二句是「興而比」的寫法。此時無奈地回頭望向自己的家國，眼前所見的廣闊江山，夜幕初垂，碧綠的江水滔滔奔流。心境試圖宕開，眼界忽然擴展，滿腔愁緒置於一個與其身世密切相關的歷史地理環境中，心情爲之激蕩不已。下片總結一句：「接天流」，暗示愁思的深廣，末尾兩句還是「比」的寫法，以此收束全詞。

整闋詞以兩句爲一組，其寫法分別是賦、比、興而比、比，可說來自《詩經》的寫作技巧全都運用上了。換個角度看，每兩句爲一組，又恰巧是起、承、轉、合的寫法，因爲第三聯發端起興，正是出現了較大的轉折，而七八句又收束到因國事而愁苦的主題，而且用廣大的國土空間譬喻滿腔愁緒，包容性很大。情景相生，主意完全表達出來，是篇佳構。

（二）辛棄疾〈水龍吟〉 登建康賞心亭

楚天千里清秋①，水隨天去秋無際。遙岑遠目②，獻愁供恨，玉簪螺髻③。落日樓頭，斷鴻聲裏，江南遊子。把吳鉤④看了，闌干拍徧⑤，無人會，登臨意。

休說鱸魚堪膾，儘西風、季鷹歸未⑥。求田問舍，怕應羞見，劉郎才氣⑦。可惜流年，憂愁風雨，樹猶如此⑧？倩何人喚取，紅巾翠袖，搵⑨英雄淚！

【題解】

〈水龍吟〉，詞牌名。毛先舒《塡詞名解》謂採李白〈宮中行樂詞〉八首之三：「笛奏龍吟水」爲名。《易．乾卦．九五》有「雲從龍」句，孔穎達疏：「龍是水畜，雲是水氣，故龍吟則景雲出，是雲從龍也。」蓋詞名之所由來。《詞譜》云：「此調句讀最爲參差，今分立二譜：起句七字，第二句六字者，以蘇軾詞爲正體。起句六字，第二句七字者，以秦觀詞爲正格。」雙調，《詞律》以辛稼軒一百二字詞爲正格，前後片各四仄韻。又第九句第一字是領詞，宜用去聲。結局宜用上一、下三句法，收得有力！有別名〈水龍吟慢〉、〈豐年瑞〉、〈鼓笛慢〉、〈龍吟曲〉、〈莊椿歲〉、〈小樓連苑〉、〈海天闊處〉等。

副題：登建康賞心亭。建康，今南京市。賞心亭，《湘山野錄》卷上〈金陵賞心亭〉：「丁晉公出鎮日重建也。」《輿地紀勝》卷十七：「江南東路，建康府，景物下：賞心亭下臨秦淮，盡觀覽之勝。丁晉公謂建。」文中丁晉公指北宋名臣丁謂（九六六～一〇三七年），封晉國公。

【注釋】

①楚天：即楚地。古代楚國領有兩湖、江、浙之地，故南京一帶稱爲楚天。參見李璟〈攤破浣溪沙〉【注釋】⑤。清秋，美好的秋天。參見柳永〈八聲甘州〉【注釋】②。

②遙岑遠目：看見遠方的小山頭。韓愈〈城南聯句〉：「遙岑出寸碧，遠目增雙明。」岑，山小而高。王安石〈桂枝香〉：「翠峯如簇。」目，作「視、看」解，當動詞用。

③玉簪螺髻：形容山的形狀。韓愈〈送桂州嚴大夫〉：「山如碧玉簪。」皮日休〈縹緲峯〉：「似將青螺髻，撒在明月中。」

④吳鉤：刀名。《吳越春秋‧闔閭內傳》：「闔閭……命於國中作金鉤，令曰：『能爲善鉤者，賞之百金。』……有人貪王之重賞也，殺其二子，以血釁金，成二鉤，獻於闔閭。……王曰：『……何以異於眾夫子之鉤乎？』……於是鉤師向鉤而呼二子之名：『吳鴻、扈稽，我在於此。王不知汝之神也。』聲絕於口，兩鉤俱飛，著父之胸。吳王大驚曰：『寡人誠負於子，乃賞百金，遂服而不離身。』」杜甫〈後出塞〉五首之一：「少年別有贈，含笑看吳鉤。」

⑤闌干拍徧：王闢之《澠水燕談錄》：「劉孟節先生槩，青州壽光人。少師种放，篤古好學，酷嗜山水，而天姿絕俗，與世相齟齬，故久不仕。……少時多寓居龍興僧舍之西軒，往往凭欄靜立，懷想世

事，吁唏獨語，或以手拍闌干。嘗有詩曰：『讀書誤我四十年，幾回醉把闌干拍。』」

⑥「休說鱸魚堪膾」三句：用張翰（字季鷹）辭官回鄉故事，說明儘管起秋風了，我卻不能回去呀！《世說新語．識鑒》：「張季鷹辟齊王東曹掾，在洛，見秋風起，因思吳中菰菜羹、鱸魚膾，曰：『人生貴得適意爾，何能羈宦數千里以要名爵？』遂命駕便歸。」休說，別說這件事。

⑦「求田問舍」三句：用許氾購置田產被劉備譏諷故事，說明志量不能小。《三國志．張邈傳》：「（許氾）曰：『昔遭亂過下邳，見元龍。元龍無客主之意，久不相與語，自上大牀臥，使客臥下牀。』備曰：『君有國士之名，今天下大亂，帝主失所，望君憂國忘家，有救世之意，而君求田問舍，言無可采，是元龍所諱也，何緣當與君語？如小人，欲臥百尺樓上，臥君於地，何但上下牀之間邪？』」

⑧樹猶如此：用桓溫北伐故事，說明時光流逝甚快。《世說新語．言語》：「桓公北征，經金城，見前為琅邪時種柳，皆已十圍，慨然曰：『木猶如此，人何以堪！攀枝執條，泫然流淚。』」庾信〈枯樹賦〉作「樹猶如此」。

⑨搵：同抆，揩掉。

【語譯】

遼闊的南國已經進入秋天，江水向著天邊流去，秋景無邊無際。極目遙望遠處的小山嶺，羣山好像女人頭上的玉簪和螺殼形的髮髻，呈獻著憂愁，供奉著愁恨。夕陽斜照這樓頭，在離羣的鴻雁的悲鳴聲裏，還有我這流落江南的思鄉遊子。把寶刀看過了，也把樓上的欄干都拍遍了，還是沒有人領會我現在登樓臨水遠望的心情。

不要說「故鄉的鱸魚細切能烹成佳餚美味，吹起西風了，張季鷹辭官回鄉了沒有？」像許汜那樣打算購置田產的人，見到才能志氣過人的劉備，怕是應該覺得羞愧。可惜光陰如流水一般過去，我眞擔心禁不起風吹雨打，樹尚且如此，何況人呢？不知有哪位美麗的女子，能懂得英雄失意的心情，受到英雄感動而拭淚！

【賞析】

宋孝宗乾道四年（一一六八年），辛棄疾任職建康府添差通判，通判一職是州府長官的副手，時爲稼軒南渡後六年，年二十九。他以後還到過建康幾次，這闋詞的寫作時間不容易確定下來。鄧廣銘《稼軒詞編年箋注》評此詞云：「充滿牢騷憤激之氣，且有『樹猶如此』語，疑非首次官建康時作。蓋當南歸之初，自身之前途功業如何，尙難測度，嗣後乃仍復沈滯下僚，滿腹經綸，迄無所用，迨重至建康，登高眺遠，胸中積鬱乃不能不以一吐爲快矣。」由此推想，這闋詞作於稼軒南渡初期，任職建康通判後，年紀尙輕。

上片借空間的大景抒愁。稼軒來到江上有觀覽之勝的賞心亭，登臨所望，盡是江南平蕪秋色。長江邊有壯闊的美麗風景，而江的對岸、遠方的小山仍處在金人鐵蹄下，「獻愁供恨」的過日子，這是移情作用的寫法。遠眺山景，反應心中的愁恨。接著「落日樓頭」帶出衰頹蕭瑟的感覺，萬里長空中失羣的孤雁也傳來悲鳴聲，稼軒的心情和牠一樣是徬徨無助的吧？「江南遊子」這一句，由景帶入個人的情感，有心報國卻無人願意重用，只好「把吳鉤看了，欄干拍徧，無人會，登臨意」，這裏刹住憤激之情，不直接宣洩，讓讀者去體會。看吳鉤是感慨身懷寶刀利器而不能用，「闌干拍徧」是痛心疾首，無可奈何。作者登高望遠，無人能領會「還我河山」的胸懷壯志。上片寫出許多空間，景越大而情越深，景越美而情越苦，空間帶來心情的反差。

下片接著用迂迴曲折的寫法，三用典故，寫出詞人心中的豪氣濃情。先提出對於「季鷹歸未」、「求田問舍」二事的不認同。前者是國事紛亂之際，有人想返鄉隱居，追求自己愜意的生活；後者是北人南渡後，也有人想追求生活的安定，暫且忘卻北方的家園。當時宋、金和議初成，朝廷上下但求苟安，應該已有不少人作如此想，並非單一特例。他們都不想爲國犧牲，當個烈士，這反而更激起稼軒矢志復國的決心。然而時間不會等人，一年拖過一年，「木猶如此，人何以堪」的感受，常常在心頭浮起。末尾「倩何人」與上片「無人會」相照應，此時歌女爲此情此景而自己拭淚，不是英雄有淚需要她來拭，言外之意是醇酒婦人的舉動也不能消除英雄內心的悲哀。下片有許多比興的寫法，加上一路下來頓挫的心情，顯得更爲沈鬱。年紀輕輕的辛棄疾，面對有志難伸的現實環境，發出了眞實的心聲。

【評箋】

清・譚獻《譚評詞辨》：裂竹之聲，何嘗不潛氣內轉。

民國・陳洵《海綃翁說詞》：起句破空而來，「秋無際」，從「水隨天去」中見；「玉簪螺髻」之「獻愁供恨」，從遠目中見；「江南游子」，從斷鴻落日中見，純用倒捲之筆。「吳鉤看了，闌干拍徧」，仍縮入「江南游子」上，「無人會」縱開，「登臨意」收合。後片愈轉愈奇，「季鷹未歸」則「鱸膾」陡然一轉；「劉郎羞見」則「田舍」陡然一轉；如此則「江南游子」亦惟長抱此憂以老而已，卻不說出，而以「樹猶如此」作半面語縮住。「倩何人」以下十三字，應上「無人會，登臨意」作結。稼軒縱橫豪宕，而筆筆能留，字字有脈絡如此。……若徒視爲眞率，則失此賢矣。

（三）辛棄疾〈摸魚兒〉

淳熙己亥，自湖北漕移湖南，同官王正之置酒小山亭，爲賦。

更能消①、幾番風雨？匆匆春又歸去。惜春長怕②花開早，何況落紅無數。春且住！見說道、天涯芳草無歸路③。怨春不語。算只有殷勤④，畫簷蛛網，盡日惹飛絮⑤。

長門事⑥，準擬佳期又誤。蛾眉曾有人妬⑦。千金縱買相如賦，脈脈此情誰訴？君莫舞，君不見、玉環飛燕皆塵土⑧！閑愁⑨最苦。休去倚危欄⑩，斜陽正在，煙柳斷腸處！

【題解】

〈摸魚兒〉，唐教坊曲名，一名〈摸魚子〉。《白香詞譜》云：「摸魚即捕魚，為宋代俚語，兒或子為摹倣樂府曲名，故本調又稱〈摸魚子〉，來源已無考。」此調以《晁氏琴趣外編》所收為最早，當以晁補之、辛棄疾、張炎三家詞為正體，餘多變格。雙調，一百十六字，前片六仄韻，後片七仄韻。前後片第四韻，十字一氣貫注，有作上三、下七，亦有以一字領四言一句、五言一句者。雙結倒數第三句第一字皆領格，宜用去聲。又名〈買陂塘〉、〈邁陂塘〉、〈陂塘柳〉、〈山鬼謠〉、〈雙蕖怨〉、〈安慶摸〉等。

副題標示寫作時間為孝宗淳熙六年（己亥年，一一七九年），稼軒時年四十，奉命自湖北漕調職至湖南漕。漕，掌管軍需錢糧工作。當年的荊湖北路轉運副使的治所在鄂州（今湖北鄂州），其下有副使、判官二衙，稼軒官職為湖北路轉運判官，而接任的官員是王正之，因此稱作「同官」。此時王正之設酒宴送別辛稼軒，地點在鄂州東漕衙旁的小山亭。王正之，名正己，浙江鄞縣人。為人尚氣節，工詩文，知名當世。樓鑰《攻媿集》有〈朝議大夫祕閣修撰致仕王公墓誌銘〉。

【注釋】

①消：消受，猶言禁得起，受得了。

②長怕：常怕。長通常，見《廣雅．釋詁》。白居易〈江西裴常侍以優禮見待，又蒙贈詩，輒敘鄙誠，用伸感謝〉：「長覺身輕離泥滓。」

③見說道：聽說，聽人說道。天涯芳草無歸路，一作「天涯芳草迷歸路」。蘇軾〈點絳脣〉：「歸不去，鳳樓何處？芳草迷歸路。」

④殷勤：細心周到。

⑤「畫簷」二句：畫棟雕梁的屋子有美麗的屋簷。蛛網，蜘蛛結網。蘇軾〈虛飄飄〉：「畫簷蛛結網。」飛絮，飄浮的柳絮之屬。

⑥「長門事」五句：傳說漢武帝時，陳皇后失寵，退居長門宮，愁悶悲思。聽聞司馬相如工於文章，奉上黃金百金請託相如幫忙，相如爲作〈長門賦〉以感悟主上，因而皇后復得寵幸。事見《漢書．司馬相如傳》、《文選．長門賦序》。

⑦蛾媚曾有人妒：蛾眉本爲佳人的代稱，此處稼軒借陳皇后自喻。《文選．離騷經》：「眾女嫉余之蛾眉兮，謠諑謂余以善淫。」

⑧玉環飛燕皆塵土：玉環，楊貴妃小字，唐玄宗的寵妃。玄宗嬖之，至有安祿山之亂。玄宗出奔，至馬嵬坡，六軍不發，賜死於馬嵬坡。《新唐書．后妃傳》：「玄宗貴妃楊氏，……號『太眞』，……善歌舞，邃曉音律，且智算警穎，迎意輒悟，帝大悅，遂專房宴。宮中號『娘子』，儀體與皇后等。天寶初，進冊貴妃。……祿山反，以誅國忠爲名，且指言妃及諸姨罪。帝欲以皇太子撫軍，因禪位，諸楊大懼，哭於廷。國忠入白妃，妃銜塊請死，帝意沮，乃止。及西幸至馬嵬，陳玄禮等以天下計誅國忠，已死，軍不解。帝遣力士問故，曰：『禍本尚在。』帝不得已，與妃訣，引而去，縊路祠下，裹尸以紫茵，瘞道側，年三十八。」飛燕，指趙飛燕，漢成帝的寵妃，得寵一時。先爲倢伃，立爲后。性妒，後廢爲庶人，自殺。《漢書．外戚傳》：「孝成趙皇后，本長安宮人。……及壯，屬陽阿主家，學歌舞，號曰『飛燕』。成帝嘗微行出過陽阿主作樂，上見飛燕而說之，召入宮，大幸。有女弟復召入，俱爲倢伃，貴傾後宮。……哀帝崩，王莽白太后詔有司曰：『前皇太后與昭儀俱侍帷幄，姊

弟專寵錮寢，執賊亂之謀，殘滅繼嗣以違宗廟，誖天犯祖，無爲天下母之義。貶皇太后爲孝成皇后，徙居北宮。』後月餘，復下詔曰：『……今廢皇后爲庶人，就其園。』是日自殺。凡立十六年而誅。」

⑨閑愁：無事可做的日子只能發愁。

⑩危欄：高處的欄干。危，高貌。

【語譯】

哪裏還禁得起幾番風雨的摧殘呢？這麼快春天又要離去了。愛惜春天的我常怕花開得過早，希望花慢點開，花就慢點謝，春天也就慢點離去了，然而此時已經落下花瓣片片。春天給我停住！難道沒聽說，連天的芳草茂盛，已經讓你看不清回去的道路。怨恨春天都不理我。看來殷勤多情的，只有美麗屋簷下的蜘蛛網，爲了留住春天而整日沾惹飛絮。

回想長門宮中的陳皇后，約定了佳期盼望重被召幸，卻一再被延誤。絕色佳人總是遭人嫉妬。即使用千金買得司馬相如的名賦，這一份脈脈深情又能向誰傾訴？奉勸你們不要得意忘形，別再跳舞了，難道你們沒看到，紅極一時的楊玉環、趙飛燕都化作了塵土！閑愁折磨人最爲痛苦。不要去登樓凭欄眺望，一輪即將消逝的夕陽餘暉，正停留在暮煙籠合、黯柳迷濛的地方，那景色怎不令人愁腸寸斷！

【賞析】

這闋詞用比興寫法，寫滿腹心事，從春事寫到閑愁，全都隱喻國君而來。

起筆很突兀，前兩句的原來語序是：「匆匆春又歸去，更能消、幾番風雨？」這裏用了倒裝句。之所以先提出問句，預示稼軒心中有惑，亟欲尋得解答。接著稼軒以花落盡代表春天已經走到盡頭，說明自己愛惜春天的心情。花落→春逝→年老，是詩人認知生命短暫的三部曲。杜甫〈曲江〉二首之一：「一片花飛減卻春，風飄萬點正愁人。且看欲盡花經眼，莫厭傷多酒入脣。」他正擔心大風吹落許多花蕊，春色因此減少許多。杜甫〈江畔獨步尋花七絕句〉七首之七：「不是愛花即肯死，只恐花盡老相催。繁枝容易紛紛落，嫩蕊商量細細開。」他更是感到花落盡就是又衰老了一年，因而想和花葉商量慢慢開吧！稼軒的心情和杜甫一模一樣，他也因為「春去」而生出「惜春」之情，但是擔心到最後的結果是什麼呢？「落紅無數！」春天根本不理他，而且逕自落下無數花瓣。

這下子稼軒急了，憤怒了。稼軒喊道：「春且住！」春天給我停住！難道你有路回家嗎？春天還是不甩我。四周計量看看，也只有蜘蛛網殷勤多情的想沾惹飄飛的花絮，想像為了留住春天而出一點力。可笑的是，蜘蛛在傳統詩詞中並不是善良的形象，此處可能是指小人，他們依附在「畫簷」下，就像躲在權勢下，而一再去「惹飛絮」。稼軒想要留春、惜花，並沒有要留住飛絮。蘇東坡〈水龍吟〉曾經說過楊花之類的飛絮：「似花還似非花，也無人惜從教墜。」又說：「不恨此花飛盡，恨西園、落紅難綴。」可見這類花絮並不能和春天的紅花相提並論。或許如清末民初王闓運《湘綺樓詞選》所說，蛛網指的是張浚、秦檜這批人，那麼他們整日討好國君，於孝宗乾道元年（一一六五年）與金人議和，始正敵國禮的舉措，不是力圖恢復，只是為了留下一點點春色，為了保住一點點江山，而把大江以北全送給金人了。上片寫到這裏，《詩經・邶風・柏舟》：「憂心悄悄，慍於羣小」的意思已經寫了出來。

下片再拿歷史故事比況自己。當年陳皇后失寵，完全是漢武帝喜新厭舊所造成。陳皇后蛾眉遭忌，猶見她具有幾分姿色。只因羣小不斷地耳語攻擊，原定和國君燕好的佳期也被破壞了好多次。這種難堪的處境，正是現在具有軍事才華、希冀得到國君重用，卻同樣受到小人多次攻擊，而日漸被國君疏遠的辛棄疾的寫照。「蛾眉曾有人妒」，辛棄疾的命運也是如此。相傳陳皇后還得到司馬相如的幫助，一篇〈長門賦〉讓武帝想起從前快樂的時光，而稼軒呢？沒有「相如賦」達到君前，即使有了〈長門賦〉，對君王的款款深情還是無法訴說明白的吧？這滿腔牢愁，逼出稼軒對朝中小人的激烈批判：「君莫舞，君不見、玉環飛燕皆塵土！」稼軒直接斥喝他們，就算你們如同飛絮一般，盡日惹得君王注意，然而終有一天也是歸於塵土！美人之舞，用以承歡，但若是行為不檢點，不會有好下場的。痛快淋漓罵過羣小之後，稼軒轉念回到自己身上，還是有太多的「閑愁」在身，實在悲苦。有志難伸，有苦難言，只由朝廷安插閒職，一生被如此擺布，何其悲苦！這一句話收束了前面提到的所有煩惱愁緒，也總結了所有小人對稼軒的傷害，於是稼軒在文末提出了傷害國家忠良之士的最大惡果，那就是：只能見到殘春暮色，國事蜩螗，而宋世皇朝有如斜陽西下，光景黯淡，令人傷心歎惋了。唐朝末年李商隱〈樂遊原〉：「向晚意不適，驅車登古原。夕陽無限好，只是近黃昏。」這是對唐朝廷衰微的隱喻。此處最後三句，短短十四個字，是稼軒對宋朝廷衰微的隱喻，也是對個人承受多次打擊以來最沈痛的抗議！

這闋詞中所寫的「春」、「斜陽」，常是隱喻國君、朝廷，「蛛網」、「君莫舞」的「君」，常是隱喻朝中小人，又用陳皇后〈長門賦〉失寵故事，比擬自己。這種比興的寫法，唐末杜牧〈金谷園〉也有類似手法：「繁華事散逐香塵，流水無情草自春。日暮東風怨啼鳥，落花猶似墮樓人。」而更令人驚訝的是，稼軒全詞都用入聲韻，處處讀來有頓挫感，再加上出身北方將才的背景，用語特別激昂慷慨，除了前幾句緩緩說來之外，自「春且住」以下，幾乎句尾叶韻處，都可以大力誦讀，打上驚歎號！所謂鬱勃之氣，噴發而出，實無出其右者乎！

【評箋】

宋．沈義甫《樂府指迷》：近世作詞者不曉音律，乃故爲豪放不羈之語，遂借東坡、稼軒諸賢自諉。諸賢之詞，固豪放矣，不豪放處，未嘗不叶律也。如東坡之〈哨徧〉、〈楊花〉、〈水龍吟〉，稼軒之〈摸魚兒〉之類，則知諸賢非不能也。

宋．羅大經《鶴林玉露》卷四：辛幼安晚春詞云：「更能消、幾番風雨……（全文略）」，詞意殊怨。「斜陽」、「煙柳」之句，其與「未須愁日暮，天際乍輕陰」[4]者異矣。使在漢、唐時，寧不賈種豆、種桃之禍哉？愚聞壽皇見此詞頗不悅，然終不加罪，可謂盛德也已。

4 語出宋．程顥〈和司馬光諸人禊飲〉。

清．許昂霄《詞綜偶評》：「春且住」二句，是留春之辭；結句即義山「夕陽無限好，只是近黃昏」之意。「斜陽」以喻君也。

清．黃蘇《蓼園詞選》：辭意似過於激切。第南渡之初，危如纍卵，「斜陽」句亦危言聳聽之意耳。持重者多危詞，赤心人少甘語，亦可以諒其志哉！

清．譚獻《譚評詞辨》：權奇倜儻，純用太白樂府詩法。「見說道」句是開，「君不見」句是合。

清．陳廷焯《白雨齋詞話》：「更能消幾番風雨」一章，詞意殊怨，然姿態飛動，極沈鬱頓挫之致。起處「更能消」三字，是從千迴百轉後倒折出來，眞是有力如虎。

又《白雨齋詞話》卷六：稼軒詞，於雄莽中別饒雋味。如「馬上離愁三萬里，望昭陽宮殿孤鴻沒」，又「休去倚危欄，斜陽正在，煙柳斷腸處。」多少曲折。驚雷怒濤中，時見和風暖日，所以獨絕古今，不容人學步。

又云：怨而怒矣！然沈鬱頓宕，筆勢飛舞，千古所無。「春且住」三字一喝，怒甚。結得愈淒涼，愈悲鬱。

民國．王闓運《湘綺樓詞選》：「算只有」三句，是指張浚、秦檜一流人。

民國．梁啓超《稼軒詞疏證》卷一：先生兩年來由江陵帥、隆興帥，暫任漕司，雖非左遷；然先生本功名之士，惟專閫庶足展其驥足，碌碌錢穀，當非所樂。此次去湖北任，謂當有新除，然仍移漕湖南，殊乖本望，故曰「準擬佳期又誤」也。本年〈論盜賊劄子〉有云：「臣孤危一身久矣，荷陛下保全；事有可危，殺身不顧。」又云：「生平則剛拙自信，年來不為眾人所容，顧恐言未脫口而禍不旋踵。」則「蛾眉曾有人妒」亦是實情。蓋歸正北人，驟躋通顯，已不為南士所喜；而先生以磊落英多之姿，好談天下大略，又遇事負責任，與南朝士大夫泄沓柔靡風習尤不相容，前此兩任帥府皆不能久於其任，或即緣此。詩可以怨，怨固宜矣。

民國．吳梅《詞學通論》：世以〈摸魚子〉一首為最佳，亦有見地，但啓譏諷之端。

民國．梁令嫻鈔《藝蘅館詞選》引梁啓超：迴腸盪氣，至於此極，前無古人，後無來者。

（四）辛棄疾〈南鄉子〉 登京口北固亭有懷

何處望神州①？滿眼風光北固樓②。千古興亡多少事？悠悠，不盡長江滾滾流③。　年少萬兜鍪④，坐斷東南戰未休⑤。天下英雄誰敵手？曹、劉⑥。生子當如孫仲謀⑦！

【題解】

〈南鄉子〉，唐教坊曲名，後用作詞牌。周邦彥《片玉集》卷三注：「晉國高士全隱於南鄉，因以爲氏也。」此詞牌原爲單調，始於後蜀歐陽炯〈南鄉子〉，以此爲正格，有二十七字、二十八字、三十字各體，屬平仄換韻，先兩平聲韻，後三仄聲韻。南唐馮延巳始增爲雙調，上、下片各四句，共五十六字，改押平聲韻。又一體雙調五十四字，一名〈減字南鄉子〉。

詞牌下副題「登京口北固亭有懷」。京口，即今江蘇鎮江，因臨峴山、長江口而得名。三國孫權建立東吳，以建業（今南京市）爲京城，於附近建京口鎮。北固亭，在鎮江城北的北固山上，北臨長江，又稱北顧亭、北固樓。《南史》卷五十一〈臨川靖惠王宏傳〉：「京口之西有別嶺入江，高數十丈，三面臨水，號曰北固。蔡謨起樓其上，以置軍實。」《太平寰宇記》卷八十九〈江南東道一．潤州．丹徒縣〉引南朝梁．顧野王《輿地志》：「北固山，天景清明登之，望見廣陵城，如在青霄中。」廣陵在今江蘇揚州。

宋寧宗嘉泰四年（一二〇四年），辛棄疾守鎮江，年六十五，此詞當作於此後一兩年間。鄭騫《詞選》說：「登北固可望揚州，揚州爲稼軒率兵渡江處，時金主亮（完顏亮）南下侵宋，隔江對峙，揚州正在烽火中也。……稼軒守鎮江時，韓侂胄當國，力主北伐；而用人失當，措置乖方，其後草草出兵，卒致大敗。……此時金邦雖漸趨衰亂，餘勢尚盛，……宋則主和者泄沓，主戰者鹵莽，軍事財政，毫無準備。老成謀國之士，覩此情形，中心憂鬱，可以想見。然稼軒非反對北伐者，特主慎重從事，備而後動耳；……其所謂『烈士暮年，壯心未已』乎？」由此可知，稼軒來此，感懷特深。稼軒另有〈永遇樂．京口北固亭懷古〉（詳見下一闋詞），作於同時同地，亦透過懷古流露其情思。

【注釋】

①神州：指中原淪陷地區。高宗紹興十一年（一一四一年），秦檜殺害岳飛，隨即簽訂〈紹興和議〉，宋稱臣納貢於金，兩國東以淮河、西以大散關爲界。

②北固樓：東晉蔡謨（二八一～三五六年）建北固樓，南朝梁武帝大同十年（五四四）三月，梁武帝蕭衍曾登臨其上，感受風景壯麗，更名爲北顧樓。

③不盡長江滾滾流：杜甫〈登高〉：「無邊落木蕭蕭下，不盡長江滾滾來。」

④年少萬兜鍪：意指孫權統帥強大的軍隊。年少指孫權，繼孫策爲吳主，年僅十九。西征黃祖，北拒曹操，獨霸一方。赤壁之戰時，破曹兵，年僅二十七。萬兜鍪，兜鍪原指頭盔，這裏借代士兵。

⑤坐斷：占據。指占領江東地區，與敵人抗衡。

⑥曹劉：曹操和劉備。《三國志．蜀書．先主傳》：「是時曹公從容謂先主曰：『今天下英雄惟使君與操耳。本初之徒不足數（ㄕㄨˇ）也。』」曹公，指曹操；使君，指劉備。本初，指袁紹。

⑦孫仲謀：孫權，字仲謀。長沙太守孫堅之子，其兄孫策亡後，繼任爲江東之主，建立東吳政權。《三國志．吳書．吳主傳》：「十八年正月，曹公攻濡須，權與相拒月餘。曹公望權軍，歎其齊肅，乃退。」《三國志》注引吳歷曰：「曹公出濡須，作油船，夜渡洲上。權以水軍圍取，得三千餘人，其沒溺者亦數千人。權數（ㄕㄨㄛˋ）挑戰，公堅守不出。權乃自來，乘輕船，從濡須口入公軍。諸將皆以爲是挑戰者，欲擊之。公曰：『此必孫權，欲身見吾軍部伍也。』勑軍中皆精嚴，弓弩不得妄發。權

行五、六里，迴還作鼓吹（ㄔㄨㄟˋ）。公見舟船、器仗、軍伍整肅，喟然歎曰：『生子當如孫仲謀！劉景升兒子，若豚犬耳。』」劉景升，指劉表；劉景升兒子，指劉琮。此事發生於漢獻帝建安十八年，孫權時年三十二。

【語譯】

何處可以望見中原呢？在北固樓上，就可以看見一望無際的風光。千古以來，有多少興衰成敗的往事呀？歷史遙遠，沒有盡頭，就如同長江水滔滔不停的流逝。

想當年，年紀輕輕的孫權，已經統帥千軍萬馬，占據江東一方，征戰不曾停止。天下英雄有誰是他的對手呢？只有曹操和劉備。難怪曹操會說：「生兒子，就應該要像孫仲謀！」

【賞析】

這闋詞用三問三答的形式，成一體結構，上片呼應題旨，下片力寫懷抱，藉由歌頌古代的英雄人物，流露自身渴望報國的壯烈情懷，也隱然流露出一種報國無門、英雄無用武之地的感慨。

起首二句，明顯扣題。首句設問，接著自答，透露稼軒身處北固樓。因為來到此地，所以「有懷」。那麼，心中懷想什麼呢？此地視野遼遠，風光無限壯闊，在稼軒眼中，卻成了「千古興亡多少事，悠悠，不盡長江滾滾流」的無常感慨，悲傷江蘇揚州飽經戰亂，中原地區陷入敵手。詞人綜觀千古，在此地感受時間的消逝、英雄的淘盡，往事如流水一樣滾滾奔去。

登臨京口北固亭，觸景生情，不禁懷想千古英雄人物。京口這裏，當年是孫權建功立業的基地，他繼承先業，不斷和敵人作戰，在此抵抗過曹操大軍；而今，又是抗金的重要防線，稼軒自然想起三國時代軍容壯盛之貌。下片起首二句「年少萬兜鍪，坐斷東南戰未休」，懷想孫權年少便統領千軍萬馬，占據東南一方，與曹操、劉備二人分庭抗禮，毫不遜色。這是多麼令人欣羨的卓越功績呀！因此稼軒借曹操之口說：「生子當如孫仲謀！」可謂對孫權極高的推崇了。當年孫權無異是英雄出少年，膽識過人，坐斷東南，赫赫勳功，這是何等氣魄！稼軒一生心繫抗金征戰，南宋此時偏安東南，時局、地理、處境，正與吳國類似。詞人藉由對孫權的高歌讚頌，無疑是以英雄比況，期望能像英雄一樣建立功業，但當中又不免透露對於南宋朝廷苟且偷安的不滿。

上片是賦，下片是比興。稼軒同時期寫的〈永遇樂．京口北固亭懷古〉同樣是比興之作，也是以孫權爲典型，但是寫來沈鬱頓挫，不同於這闋詞感情雄壯，風格明快。這兩首詞各有手法，同樣令人激賞。

（五）辛棄疾〈永遇樂〉　京口北固亭懷古

千古江山，英雄無覓，孫仲謀處①。舞榭歌臺②，風流總被，雨打風吹去。斜陽草樹，尋常巷陌，人道寄奴曾住③。想當年、金戈鐵馬④，氣吞萬里如虎。

元嘉草草⑤，封狼居胥⑥，贏得倉皇北顧⑦。四十三年，望中猶記，烽火揚州路⑧。可堪回首，佛貍祠下，一片神鴉社鼓⑨。憑誰問，廉頗老矣，尚能飯否⑩？

【題解】

〈永遇樂〉，詞牌名。大抵始創於唐中葉。雙調，一〇四字，有平韻、仄韻兩體，仄韻始於北宋柳永，一般以蘇軾、辛棄疾詞爲準，前後片各十一句，四仄韻。

詞牌下副題「京口北固亭懷古」。京口、北固亭，皆地名，參見前一闋詞辛棄疾〈南鄉子〉【題解】、【注釋】②。作者以吟詠古事，曲折地感懷自己的內心。

【注釋】

①孫仲謀：孫權，字仲謀。參見辛棄疾〈南鄉子〉登京口北固亭有懷【注釋】⑦。

②舞榭歌臺：跳舞廳和演戲臺，承接前句「孫仲謀處」，是指吳國的宮殿。榭，平臺上的建築物。

③寄奴曾住：寄奴，劉裕（三六三～四二二年），南朝劉宋開國皇帝，字德輿，小名寄奴。自其高祖隨東晉渡江後，即居住在丹徒縣的京口里，出生於此。後來從京口起兵，討平叛將桓玄，北伐，滅南燕（山東益都），西定巴、蜀，再滅後秦（長安），光復洛陽，黃河、秦嶺以南，盡納入東晉版圖。班師回朝，篡弒晉君，改國號宋，是爲武帝，在位三年卒。事見《南史》、《資治通鑑》。

④鐵馬：猶鐵騎，馬披鐵甲。

⑤「元嘉草草」三句：元嘉為劉裕之子宋文帝劉義隆的年號。劉義隆好大喜功，想要北伐卻準備不充分。草草，苟且、隨便了事。

⑥封狼居胥：封，積土為臺，祭天慶功。狼居胥，山名，在今綏遠省西北境。《漢書．霍去病傳》：漢元狩四年（一一五年）春，武帝命驃騎將軍霍去病攻打匈奴，攻克狼居胥山，積土築臺以祭天。《宋書．王玄謨傳》：「玄謨每陳北侵之策，上謂殷景仁曰：『聞玄謨陳說，使人有封狼居胥意。』」其後宋文帝聽取王玄謨的建議北伐，惜以倉促舉事，國力未集，不幸戰敗，遭致北魏太武帝拓跋燾南征劉宋，予以重創。作者以此歷史事件影射南宋的「隆興北伐」。

⑦贏得倉皇北顧：劉宋文帝二十七年（四五〇年），北伐，敗績。北魏太武帝飲馬長江，宋君臣登石頭城幕府山（今南京市內）北望，見敵軍聲勢浩壯，頗有懼色。贏得，剩下換來。顧，看、張望。

⑧「四十三年」三句：鄭騫《詞選》指出：「據岳珂《桯史》，知此詞作於宋寧宗開禧元年（一二〇五年）稼軒守鎮江時。其年稼軒六十六歲。上距宋高宗紹興三十一年辛巳（一一六一年）自山東率義兵七、八千人渡江歸宋，[5]恰為四十三年。登北固可望揚州，揚州為稼軒率兵渡江處，時金主亮南下侵

---

[5] 按，宋高宗紹興三十一年，金主完顏亮大舉南侵。二十一歲的辛棄疾，在山東參加了由耿京領導的起義軍。辛棄疾力勸耿京「決策南向」，接受宋朝廷的領導。於是次年正月，耿京命辛棄疾和賈瑞等人奉表南歸，宋高宗在建康（今南京市）接見了他們。故辛棄疾率義軍自山東、經揚州，南來歸宋，時為南宋高宗紹興三十二年（一一六二年）。

宋，隔江對峙，揚州正在烽火中也。」路是宋代行政規劃的單位，揚州爲南宋北塞，曾經被金兵鐵蹄肆虐踐踏。

⑨佛貍祠：後魏太武帝拓跋燾，小字佛貍，見《宋書・索虜傳》。陸游《入蜀記・第二》：「（乾道六年七月）四日，……舟行甚疾，過瓜步山。山蜿蜒蟠伏，臨江起小峯，頗巉峻。絕頂有元魏太武廟。廟前大木可三百年，一井已眢，傳以爲太武所鑿，不可知也。太武以宋文帝元嘉二十七年南侵，至瓜步，建康戒嚴，太武鑿瓜步山爲蟠道，於其上設氈廬，大會羣臣，疑即此地。」可見後魏太武帝大敗王玄謨後，乘勢南侵，進攻到長江北岸，在瓜步山建立行宮，即後來的佛貍祠。神鴉，在寺廟裏吃祭品的烏鴉，傳說是有靈性的烏鴉。社鼓，祭祀時的鼓聲。

⑩「憑誰問廉頗老矣」二句：此處稼軒借廉頗自喻，尚祈朝廷能予以重用。戰國時代，廉頗在梁國，趙王思復得廉頗，廉頗亦思復用於趙。趙王使者視廉頗尚可用否？廉頗爲之一飯斗米，肉十斤，被甲上馬，以示尚可用。事見《史記・廉頗藺相如列傳》。

【語譯】

千百年來的江山如畫，英雄人物都不見了，也找不到東吳孫權的定都所在地。昔日奢華的帝王宮殿、英雄的流風餘韻，也都被風吹雨打化爲塵土。一樣的斜陽，一樣的芳草樹木，一樣的普通街巷和小路，人們傳說那是當年南朝宋武帝劉裕住過的地方。想當年，他曾經率領千軍萬馬，披堅執銳，光復河山，氣勢有如猛虎。

可惜元嘉年間，南朝宋文帝草率用兵，想效法漢將霍去病討伐匈奴，攻到狼居胥山封土紀功，卻只換來遙望北方軍馬兵臨長江的恐懼局面。四十三年前，我率軍歸附朝廷，至今記得沿路烽火連天，揚州戰事不斷。往事怎麼能再回顧呢？後魏太武帝在長江北岸建造的佛貍祠，香火鼎盛，烏鴉啄食祭品，祭祀擂響大鼓。誰能派人來探問：廉頗將軍雖然年老，食量還是很大嗎？

【賞析】

這闋詞作於寧宗開禧元年（一二〇五年）春天，稼軒六十六歲，兩年後辭世。稼軒知道建功立業的機會不多了，而心中依然有許多想法，只能迂迴和緩地說出，詞中因此饒富比興。

開篇「千古江山」，大氣恢弘，然而江山長存，英雄卻不是永恆的，這就引發了感歎。京口這個地方，是孫權造出來的城鎮，來到此地，自然會想起孫權一樣的英雄豪傑，現在看不見這樣的英雄人物了。「舞榭歌臺」三句是加一層形容法，說明即使有英雄存在，他們的流風遺韻，也被風雨打散。這裏暗示當代英雄無用武之地，不會被朝廷重用，可以說是徒有「孫仲謀」之心，卻無「孫仲謀」之力。辛棄疾來到南方後，官職時常往南方調動，不讓他靠近前線。可笑的是，現在來到了垂暮之年，反而調派官職到了最前線的京口鎮，這是因爲寧宗開禧年間的宰相韓侂冑大力鼓吹北伐，他看中辛棄疾軍人出身的背景，過去創立「飛虎軍」的響亮名號，徵調稼軒來到前線有其即將北伐的象徵意義。

接著，稼軒再想起另一位來自京口的英雄典型——劉裕。劉裕可說是南朝最能征善戰的君主，他當年曾經居住在京口，一個平凡的住所，而後建功立業，闖蕩中原，北伐的壯舉多麼令人嚮往啊！稼軒寫出對歷史人物的追懷，也是自己一生的理想抱負，心中不能不有所感動。更何況現在的朝廷有意開始重用他了呢？

然而，現實是理性而殘酷的。到了下片，稼軒筆鋒一轉，寫出了劉裕的兒子也曾經揮師北上，卻落荒而逃的殘酷事實。兵家作戰有勝有負，北方的部隊並非脆弱到不堪一擊。在沒有萬全的準備下，輕舉妄動，僥倖獲勝的機會不大。稼軒不嫌辭費的描述當年南方部隊的敗北經驗，也說明歷史帶來的教訓。「四十三年，望中猶記，烽火揚州路」，這裏由懷古轉向傷今，稼軒來到南方已有四十三年，垂垂老矣。這段時間南宋政局偏安，全國軍民是否還有北伐的決心？是否準備完足了呢？稼軒所說的「烽火揚州路」，可以是當年南渡過程中，金兵有過截擊、稼軒義軍有過拼戰的過程；也可以是指這數十年來前線並未獲得安定，揚州一再遭受兵災的過程。無論上述何種情形，南宋軍民可能還有同仇敵愾，想要保家衛國的心情。

然而，淪陷在異族統治之下的人們，還有以前的反抗鬥志嗎？「佛貍祠下，一片神鴉社鼓」，這現象眞是難以解釋呀！佛貍祠是當年異族入侵後留下的標誌，北魏太武帝在南方的土地上建祠，這不啻是耀武揚威。而今中原居民卻開始祭祀膜拜了！佛貍祠位在長江北岸，仍然在金人占領之下，而今佛貍仍享用中原臣民的祭祀，也暗喻金朝的宗廟正享受香火，餘勢未衰。佛貍祠的情形，或許是稼軒在南渡之前看到的景象，或許是位居京口得知的實情，不論原因爲何，稼軒對金朝地區的瞭解無疑是很深入的。

再這樣偏安推遲下去，將喪失民心，奪不回中原的土地了。因此，收復中原是刻不容緩的工作。最後稼軒再引用廉頗的故事，表達自身雖然老矣，但只要朝廷有命，還是能立即披掛上陣的鬥志與決心。可惜朝廷被小人蒙蔽，讓他和廉頗一樣得不到重用，甚至連前來諮詢看望他的使者都沒有，令人歎惋。當時姜夔曾經作〈永遇樂‧次稼軒北固樓韻〉一闋詞，爲唱和之作。其開篇云：「雲隔迷樓，苔封很石，人向何處？數騎秋煙，一篙寒汐，千古空來去。」可知到了秋天，稼軒又再次被迫離職，留在京口時間甚短。另一方面，韓侂冑於開禧二年北伐，旋即失敗，他也沒讓辛棄疾參與戰事。

辛棄疾擅長以文入詞，將歷史典故靈活地化用其中，且無刻意雕琢的痕跡，渾然天成。這闋詞中，他寫到孫權、劉裕、劉義隆、自己、拓跋燾、廉頗六個人的事件，沒有依時間次序，隨想隨寫，卻不覺得零亂或累贅。將歷史人物事件與當時所處的時代相聯繫，忽然提起孫權、劉裕、劉義隆的古事以諷今事，這是「興」，直接插敘自己還記得的事情，這是「賦」，最後拿出拓跋燾、廉頗二人事件，借古人古事以喻今人，這又分別是「興」和「比」。典故、譬喻與情感完美地結合，營造出了蒼涼宏大的意境，抒發了慷慨悲涼的情懷，堅定地表達了他北伐的決心與志向，也表明他不願意重蹈歷史覆轍。他是有謀略的軍事行動家，而朝廷漸漸地失去中原民心，辛棄疾發此慨歎，充滿了他對國家人民的憂慮與關心之情。

【評箋】

宋・羅大經《鶴林玉露》：此詞雋壯可喜。

明・楊愼《詞品》：辛詞當以「京口北固亭懷古」〈永遇樂〉爲第一。

清・先著、程洪《詞潔》：發端便欲涕落，後段一氣奔注，筆不得遏。廉頗自擬，慷慨壯懷，如聞其聲。謂此詞用人名多者，尙是不解詞味。

清・周濟《宋四家詞選》：有英主則可以隆中興，此是正說；英主必起草澤，此是反說。

又云：繼世圖功，前車如此。

清・陳廷焯《白雨齋詞話》：句句有金石聲音，吾怖其神力。

清・繼昌《左庵詞話》：此闋悲壯蒼涼，極詠古能事。

（六）姜夔〈暗香〉

辛亥之冬，予載雪詣石湖①。止既月，授簡索句，且徵新聲，作此兩曲。石湖把玩不已，使工妓隸習之②，音節諧婉，乃名之曰：〈暗香〉、〈疏影〉。

舊時月色，算幾番照我，梅邊吹笛。喚起玉人，不管清寒與攀摘。何遜

③而今漸老，都忘卻、春風詞筆。但怪得、竹外疏花，香冷入瑤席④。江國⑤，正寂寂。歎寄與路遙⑥，夜雪初積。翠尊⑦易泣，紅萼⑧無言耿想憶。長記曾攜手處，千樹壓、西湖寒碧。又片片、吹盡也，幾時見得？

【題解】

〈暗香〉，姜夔自製新曲，詠梅花而作。雙調，九十七字，前片五仄韻，後片七仄韻，例用入聲部韻。前片第五字、後片第六字，皆領格字，宜用去聲。

據詞前小序，〈暗香〉、〈疏影〉二詞牌首次發表於南宋光宗紹熙二年（辛亥年，一一九一年）冬天，姜夔冒雪至范成大家中做客。住了一個多月，居士給些紙筆，要求姜夔寫些詞句，而且徵求新的樂曲，遂因應范成大請託而作。石湖居士吟賞不止，教樂工歌妓練習演唱，音節悅耳婉轉，將這兩首曲調命名爲〈暗香〉、〈疏影〉。詞牌名得自林逋（字和靖，九六七～一〇二八年）〈山園小梅〉二首之一：「眾芳搖落獨暄妍，占盡風情向小園。疏影橫斜水清淺，暗香浮動月黃昏。霜禽欲下先偷眼，粉蝶如知合斷魂。幸有微吟可相狎，不須檀板共金尊。」「暗香」、「疏影」分別描繪梅花的幽香和枝幹的橫斜，後人遂以此爲梅花的代稱。譬如辛棄疾〈和傅巖叟梅花〉二首之一：「暗香疏影無人處，唯有西湖處士知。」而姜夔亦據此意詠梅花。張炎也用此二詞牌詠荷花、荷葉，更名〈紅情〉、〈綠意〉，傳誦一時。

【作者】

姜夔，字堯章，饒州鄱陽（今江西鄱陽）人。生於宋高宗紹興二十五年（一一五五～約一二二一年），年約六十九。

夔自幼隨父宦，居住江西、湖北甚久，往來長江中下游等地。蕭德藻亦識之，妻以兄子，因寓居於吳興之武康（今浙江德清），與白石洞天爲鄰，江夔遂自號白石道人。屢試不第，一生未仕，清貧度日。性恬澹，氣貌深雅，以布衣遊公卿間，皆愛重之。詩格高朗疏秀，復精通樂律，詞亦精深奧妙，尤善自製新腔，琢鍊字句，妙用典故。與當時名士楊萬里、樓鑰、葉適等人交遊，范成大稱其：「翰墨人品，皆似晉、宋之雅士。」楊萬里以爲：「於文無所不工。」朱熹愛其深於禮樂，辛棄疾深服其長短句，張炎喻其詞：「如野雲孤飛，去留無跡。」詞作對南宋後期詞壇的格律化有巨大影響，宗之者有史達祖、吳文英、蔣捷、王沂孫、張炎、周密等人。蕭德藻亦識之，妻以兄子，因寓居於吳興之武康（今浙江德清），與白石洞天爲鄰，自號白石道人。有《白石集》行世，詞集名《白石道人歌曲》，彊村叢書本六卷，他本五卷，多置一卷〈工尺譜〉之故。

【注釋】

①載雪詣石湖：冒著風雪拜訪石湖。詣，拜訪。石湖，在蘇州（今江蘇蘇州）城南，與太湖通。范成大（一一二六～一一九三年）晚年築別墅於此地，自號石湖居士。

②隸習：研習，練習。隸，通肄。

③何遜：東海剡（今浙江嵊縣）人。生於南朝宋明帝泰始四年，卒於梁武帝天監十七年（四六八～五一八年），年五十一。能詩文，善於寫景，工於練字，詩與陰鏗齊名，為杜甫所推許；文與劉孝綽齊名。何遜〈揚州法曹梅花盛開〉：「兔園標物序，驚時最是梅。銜霜當路發，映雪擬寒開。枝橫卻月觀，花繞凌風臺。朝灑長門泣，夕駐臨邛杯。應知早飄落，故逐上春來。」杜甫〈和裴迪登蜀州東亭送客逢早梅相憶見寄〉：「東閣官梅動詩興，還如何遜在揚州。」

④瑤席：精美的座席。

⑤江國：水邊的家鄉。

⑥寄與路遙：借用三國時代，吳國陸凱與好友范曄的故事，說明現在音訊隔絕。《荊州記》：「吳陸凱與范曄善，自江南寄梅花詣長安與曄，並贈詩曰：『折梅逢驛使，寄與隴頭人。江南無所有，聊贈一枝春。』」

⑦翠尊：綠色的酒杯。尊，通樽。

⑧紅萼：紅梅。萼，花萼，指稱花的全部。以部分代全體。

【語譯】

昔日皎潔的月色，算來算去曾經好幾次映照在我身上，我就在梅樹旁吹笛。笛聲喚起美麗佳人，不顧天氣多麼寒冷，都有賞玩梅花的雅興。而今我像何遜日漸衰老，常常忘記往日春風般絢麗的辭采和文筆。眞驚訝此時此地，竹籬笆外稀疏的梅花，仍然將清冷的幽香傳到華麗的宴席來。

江南水鄉，正是一片靜寂。歎息想寄一枝梅花給思念的人，卻是路途遙遙，夜晚下來的積雪又遮斷了大地，情意無由傳達。手捧起翠玉酒杯，想起故人會泫然欲泣，紅梅依然默默無語地陪伴在旁，這等情景讓人永久懷念。總記得那曾經攜手遊賞的地方，近千株梅樹壓低到水面，西湖的水波寒冷又一片澄碧。梅花一片片被寒風吹落無餘了，何時才能再見到梅花綻放的盛況？

【賞析】

上片首先寫景，寫過去的日子曾經在月色下、梅樹邊吹笛，此時不管天氣多冷，也會和佳人同遊賞梅，摘取花朵。一開頭寫出美好的往事，看出梅花的高潔與詩人追求清幽脫俗的心意。這是「賦」的寫法。接著起興，想起南朝梁的何遜，以何遜比自己，謙稱寫不出春風得意的詞章，這裏先對主人要求作者表現才華一事表示謙退，然而筆鋒一轉，竹籬外清涼的梅花香沁入精美的座席，似乎又有意引動作者的思緒。〈古詩十九首〉有句話說：「馨香盈懷袖，路遠莫致之。」花香太遠，送不到心愛的人面前，會是一種遺憾。而現在花香就從庭院傳到屋內兩人的宴席上，如此良辰美景，怎能不有佳篇呢？這裏是「比」的寫法，也可以說是「興而比」。

到了下片，承接前文的「香冷」，寫周遭沈寂，天寒地凍，而梅花默默無言伴守一旁，彷彿我們之間的友情也永久相思相憶。「綠尊易泣」比擬自己在寒冬備受款待，深深感動；「紅萼無言耿相憶」表面上在寫梅花，也是在形容主人多日來宴席的場景，留下許多值得回憶的生活片段，令人難忘。因此想起上回在西湖邊同遊的美麗風光，西湖寒碧映照出梅花的高潔。而今梅花即將片片吹盡，不知何時再有盛況？下片完全是「興」的寫法。

整闋詞從過去寫到現在、寫到未來，依「賦、比、興」的次序創作，很有步驟。用詞極精美，富有聯想力，雖然屬於詠物詞，但不只是靜態寫梅花而已，而是用敘事的方式，串連與梅花有關的典故或親身經歷的往事，句句不離梅花的主題。姜夔眞是位才子，受命作詞曲，能巧麗精工又流露眞情。

【評箋】

元．張炎《詞源》：詩之賦梅，惟和靖一聯而已。世非無詩，不能與之齊驅耳。詞之賦梅，惟姜白石〈暗香〉、〈疏影〉二曲，前無古人，後無來者，自立新意，眞為絕唱。又：詞用事最難，要體認著題，融化不澀，如白石〈疏影〉：「猶記深宮舊事」三句，用壽陽事：「昭君不慣胡沙遠」四句，用少陵詩，皆用事不爲事所使。

清．譚獻《復堂詞話》：石湖詠梅，是堯章獨到處。「翠尊」二句深美，有〈騷〉、〈辯〉意。

清．鄧廷禎《雙硯齋筆記》：朱希眞之「引魂枝，消瘦一如無，但空裏疏花數點。」姜石帚之「長記曾攜手處，千樹壓、西湖寒碧。」一狀梅之少，一狀梅之多；皆神情超越，不可思議，寫生獨步也。

民國．王闓運《湘綺樓詞選》：如此起法，即不是詠梅矣。〈暗香〉、〈疏影〉二詞最有名，然語高品下，以其貪用典故也。

（七）姜夔〈疏影〉

苔枝綴玉①，有翠禽小小，枝上同宿。客裏相逢，籬角黃昏，無言自倚修竹②。昭君不慣胡沙遠，但暗憶、江南江北。想佩環、月夜歸來，化作此花幽獨③。

猶記深宮舊事，那人正睡裏，飛近蛾綠④。莫似春風，不管盈盈⑤，早與安排金屋⑥。還教一片隨波去，又卻怨、玉龍哀曲⑦。等恁時⑧、重覓幽香，已入小窗橫幅。

【題解】

〈疏影〉，姜夔自製新曲，詠梅花而作。雙調，一百一十字，前片五仄韻，後片四仄韻，例用入聲部韻。又名〈解佩環〉。參見前一闋詞〈暗香〉【題解】。

【注釋】

①苔枝綴玉：梅花像玉一般點綴在樹枝上。苔枝，青苔長在樹枝上，形容梅樹有一把年紀了。

②無言自倚修竹：此句以佳人喻梅花。杜甫〈佳人〉：「絕代有佳人，幽居在空谷。……天寒翠袖薄，日暮倚修竹。」修，長也。

③「昭君不慣胡沙遠」四句：此處以漢朝王昭君遠嫁塞外的身世，比喻梅花的清幽孤獨。蓋用唐人詩意。王建〈塞上梅〉：「天山路傍一株梅，年年花發黃雲下。昭君已沒漢使回，前後征人誰繫馬？」杜甫〈詠懷古跡〉五首之三：「羣山萬壑赴荊門，生長明妃尚有村。一去紫臺連朔漠，獨留青塚向黃昏。畫圖省識春風面，環珮空歸月夜魂。千載琵琶作胡語，分明怨恨曲中論。」佩環，通環佩，美人身上裙帶間的小飾物。

④「猶記深宮舊事」三句：用壽陽公主故事，說明梅花飛近額頭，變成黛綠色的眉毛。蛾綠，猶言黛眉。蛾，眉毛。綠，黛綠色。《太平御覽》引《雜五行書》載南朝故事：「宋武帝女壽陽公主，人日（正月初七）臥於含章殿簷下，梅花落公主額上，成五出花，拂之不去。經三日，洗之乃落。宮女奇其異，竟效之，今梅花妝是也。」後世常歌詠其事。牛嶠〈紅薔薇〉：「若綴壽陽公主額，六宮爭肯學梅妝。」黃庭堅〈虞美人〉：「玉臺弄粉花應妒，飄到眉心處。」

⑤盈盈：美好貌，形容梅花盈開。

⑥安排金屋：《漢武故事》：「若得阿嬌，當作金屋貯之。」漢武帝當年喜歡的陳皇后，小字阿嬌。

⑦玉龍哀曲：玉龍，笛名。哀曲，指笛曲〈梅花落〉。李白〈與史郎中欽聽黃鶴樓上吹笛〉：「黃鶴樓中吹玉笛，江城五月落梅花。」

⑧恁時：那時。

【語譯】

長了青苔的梅樹綴滿了晶瑩剔透的梅花，有幾隻翠綠色的小鳥兒，一同棲宿在梅花叢裏。我做客他鄉時見到梅花的倩影，像佳人在夕陽斜映籬笆角落的時候，默默無言的倚靠著修長的翠竹。好比王昭君遠嫁匈奴，不習慣北方的荒漠，始終暗暗地懷念中原的故土。想像她戴著叮咚環佩，趁著月夜歸來，化作梅花的一縷幽魂，縹緲、孤獨。

還記得壽陽宮中的舊事，壽陽公主正在春夢裏，飛下的一朵梅花落在她的眉際，變成黛綠色的美麗眉毛。不要像無情的春風，不管梅花如此盛開，依舊風飄萬點，全無惜花之心，應該趕緊安排金屋，讓她有一個好的歸宿。只怕還是白費心思，梅花還是一片片地隨波流去，如果任憑她飄落消逝，那就只有聽聞〈梅花落〉笛曲而哀怨傷悲了。等到那時，想要再去尋找幽香的梅花，恐怕已經尋不著，她已經飛到小紙窗上，成爲一幅畫，獨立成橫橫斜斜的梅影了。

【賞析】

這闋詞以梅花的高潔淒清，寓身世流落的悲哀。上片寫做客時期內見到梅花，以美人喻梅樹，也是自我投射。有感於身世淒涼，於是下片不斷喚起惜花之意，並以此作結。

起筆「苔枝綴玉」就寫梅樹老了，青苔已長在枝椏間，然而仍開出晶瑩潔白的花朵，這是白梅。接著「有翠禽小小」，牠們與梅花「同宿」，搭配起來更美，也使得梅花不寂寞，這是綠色的鳥。開頭這三句寫得很美，卻是一種反襯。

反襯什麼呢？反襯在做客的情境裏，黃昏夕陽光下，躲在竹籬角落的梅花，「無言自倚修竹」，梅花還是寂寞孤獨的。以上敘事寫景，是「賦」的手法。以下忽然想起漢朝王昭君故事，她遠嫁塞外，見棄漢宮，畢竟不習慣塞外的生活，時時刻刻想念江南江北，這裏先取用杜甫詩「環珮空歸月夜魂」的意思，即使昭君死後，一縷芳魂也會月夜歸來中原，化作梅花幽獨的生長在南方。王昭君爲美人的化身，以她遠嫁塞外的身世，應當會有流落幽獨的悲哀。這獨特的構思，是「興」的手法。

換頭寫南朝壽陽公主故事，還是深宮舊事的聯想，這又是「興」的手法。壽陽公主的梅花點額成妝故事，爲詩詞中常用的典故，此處熟事虛用，使得本闋詞由實入虛，轉出新意。上片實寫成分多，下片虛寫成分多，由景入情，漸漸顯現。梅花「飛近蛾綠」的故事很美，美人因此更美，然而再美的花，也禁不起風吹雨打，因此「早與安排金屋」是不錯的選擇。然而這一切都是徒勞無功的。梅花隨波而去，這是一折，「又卻怨、玉龍哀曲」，這又是一折，挫折感愈折愈深，連用好幾則古人詠梅故事，說明梅花幽獨哀怨的處境。寫「金屋藏嬌」事是「興」的手法，寫笛曲「梅花落」也是「興」的手法，而其中也都比附到作者自身。終了還是從花開寫到花落，尋不到梅花蹤跡，而梅花兀自用圖畫方式表現自己，寓意頗深。

綜上可知，整闋詞「賦、比、興」交錯運用，寫古事而帶出作者幽微的感情，其中曲折太多，的確是不太容易懂的好詞。〈暗香〉寫花香，〈疏影〉寫枝條，扣合林和靖原詩而來，二首詞重點巧妙不同，可見詞人之細心。

【評箋】

清．許昂霄《詞綜偶評》：別有爐鞲鎔鑄之妙，不僅以檃括舊人詩句爲能。「昭君不慣胡沙遠」四句，能轉法華，不爲法華所轉。

又云：宋人詠梅，例以弄玉、太眞爲比，不若以明妃擬之尤有情致也。……「還教一片隨波去」二句，用筆如龍。

清．周濟《宋四家詞選》：此詞以「相逢」、「化作」、「莫似」六字作骨，「莫似」五句，言其不能挽留，聽其自爲盛衰也。

清．周爾墉《絕妙好詞》：何遜、昭君，皆屬隸事，但運氣空靈，變化虛實。

清．譚獻《譚評詞辨》：「還教」二句，跌宕昭彰。

民國．鄭文焯《鄭校白石道人歌曲》：詞中數語，純從少陵詠明妃詩意檃括，出以清健之筆，如聞空中笙鶴，飄飄欲仙，覺草窗、碧山所作「弔雪香亭梅」諸詞，皆人間語，視此如隔一塵，宜當時傳播吟口，爲千古絕唱也。至下闋藉《宋書》壽陽公主故事，引申前意，寄情遙遠，所謂怨深文綺，彌得風人溫厚之旨已。

九、虛實

詞中描摹景物，有具體的對象，稱作實寫；描述夢境或是情感，沒有具體的對象時，稱作虛寫。有時描述已發生的歷史事件，或是未來肯定能落實的事件，也稱之爲實；而那些想像出來的美好，不可能實現的願望，也稱之爲虛。

李煜〈浪淘沙〉有三句話說：「羅衾不耐五更寒。夢裏不知身是客，一晌貪歡。」前句是因爲春寒料峭，半夜忽然被冷醒，這是實際發生的事，後兩句是在夢中，夢中常能回到故國享受短暫的歡樂，這是虛幻的事。可見詞中兩三句話就可能出現有實寫、有虛寫的手法。

詞中也常見用實寫和虛寫來區隔上片與下片的方不同寫作視角。譬如柳永〈雨霖鈴〉（寒蟬淒切）這闋詞，上片從實景寫起，寫到想像不可知的國度，是實景被虛化了。下片從虛想寫起，寫到理智的出現，反而是虛景被帶入理性的思考了。整闋詞實中有虛，虛中有實，頗具特色。

值得注意的是，詞人不是將虛、實二分，涇、渭分明式的處理，而是虛實相參，靈活互動。譬如蘇軾〈定風波〉寫道：

三月七日，沙湖道中遇雨，雨具先去，同行皆狼狽，余獨不覺。已而遂晴，故作此。

莫聽穿林打葉聲，何妨吟嘯且徐行。竹杖芒鞋輕勝馬，誰怕？一蓑煙雨任平生。料峭春風吹酒醒，微冷，山頭斜照卻相迎。回首向來蕭瑟處，歸去，也無風雨也無晴。

這闋詞作於神宗元豐五年（一〇八二年）三月，蘇軾到黃州東南的沙湖看新買的農田，中途遇雨，有感而發。上片寫實，寫風雨即景，開頭卻用「莫聽」二字，這麼一來就把眼前眞實發生的風狂雨驟的情形弱化了，「何妨吟嘯且徐行」，帶出泰若自若的悠哉意。接著第三句就描述從容前行，有「竹杖芒鞋」什麼都不畏懼了，且穿上一件蓑衣在煙雨中，任我平生隨意遨遊。用簡單的生活用具，面對外在風風雨雨的世界，仍然是一片悠哉意。這裏從前面的實景寫出心中的想法，是由實寫轉成虛寫了。下片開頭又是實寫，「微冷」二字拉回現實，寒涼的春風吹醒了酒意，人一清醒，才發覺時間過得好快，夕陽在前面的山頭相迎。最後三句寫雨後的心情，回頭看剛才來的地方，風雨已過，落日也收起了餘暉。大自然回復到一切平靜的狀態，人的心情也平靜下來。整闋詞如果以二句、三句、三句、三句各自一組，恰好符合起、承、轉、合的寫法，也是實寫、虛寫、再實寫，最後三句攏合虛實的景色與心情。其寫法似乎有些安排，但又完全不露痕跡，一付恬然自得，有我在而無我執的曠達襟懷。

除此之外，秦觀〈滿庭芳〉也有寫實在景物、寫虛幻情感的手法，周邦彥〈綺寮怨〉的上片寫眼前實景，實景中提及當年往事；下片回想過去，記憶中提出現在思念故人的心情，又回到當下落淚的情景。[1]這也是實中有虛、虛中有實的筆法。再如辛棄疾〈木蘭花慢・滁州送范倅〉，是孝宗乾道八年（一一七二年）的作品，稼軒時年三十二歲，卻已經開始感歎時光流逝了。從首句「老來情味減，對別酒，卻流年」開始，一路寫自己不得意的人生，只得回鄉休息，過著「秋晚蓴鱸江上，夜深兒女燈前」的日子。然而下片一轉，忽然想起穿上軍服，「征衫，便去好朝天，玉殿正思賢。」本以爲能在夜半陪侍君側，分勞解憂，沒料到君王「卻遣籌邊」。[2]這闋詞上片寫被迫辭官歸里，均屬寫實；到了下片想像上朝之後，獲得重用，皆爲虛設之辭。一實一虛，架構出完整的意念。本書已分析過辛棄疾〈摸魚兒〉，該詞上片是寫景，實；下片是寫歷史典故，作者看不見的，虛。但上片中有惜春、怨春等語句，是寫心情，這又是實中有虛了。姜夔

1 宋・周邦彥〈綺寮怨〉：「上馬人扶殘醉，曉風吹未醒。映水曲、翠瓦朱檐，垂楊裏、乍見津亭。當時曾題敗壁，蛛絲罩、淡墨苔暈青。念去來、歲月如流，徘徊久、歎息愁思盈。　去去倦尋路程，江陵舊事，何曾再問楊瓊。舊曲淒清，斂愁黛、與誰聽？尊前故人如在，想念我、最關情。何須渭城，歌聲未盡處，先淚零。」

2 宋・辛棄疾〈木蘭花慢・滁州送范倅〉：「老來情味減，對別酒，卻流年。況屈指中秋，十分好月，不照人圓。無情水都不管，共西風、只管送歸船。秋晚蓴鱸江上，夜深兒女燈前。　征衫，便好去朝天，玉殿正思賢。想夜半承明，留教視草，卻遣籌邊。長安，故人問我，道愁腸殢酒只依然。目斷秋霄落雁，醉來時響空弦。」

〈疏影〉只有開頭六句寫實景，以下全用古人古事作想像之詞。綜上可知，虛實用法甚為多變。以下我們再選三首詞作說明。

（一）蘇軾〈江城子〉　乙卯正月二十日夜記夢

十年生死兩茫茫，不思量，自難忘。千里孤墳①，無處話淒涼。縱使相逢應不識，塵滿面，鬢如霜②。　夜來幽夢③忽還鄉，小軒窗，正梳妝。相顧無言，惟有淚千行。料得年年腸斷處，明月夜，短松岡④。

【題解】

〈江城子〉，詞牌名。毛先舒《填詞名解》：「江城子，始於歐陽炯：『空有姑蘇臺上月，如西子鏡，照江城。』」此詞牌原為單調，以韋莊詞為依歸，諸家俱用韋莊詞添字或減字，至宋人始作雙調。本調雙疊，七十字，平聲韻。又有別名〈江神子〉、〈村意遠〉、〈水晶簾〉等。

詞牌下副題說明寫作時間和緣由。據蘇軾〈亡妻王氏墓誌銘〉記述，十九歲時與十六歲的王弗結婚，王氏聰明賢淑，孝敬公婆，夫妻恩愛情深。英宗治平二年（一〇六五年）五月，王弗病逝，卒於開封，時年二十七。東坡痛失摯愛，受到相當大的打擊。十年後，在神宗熙寧八年（乙卯年，一〇七五年）

的正月二十日寫下這首悼亡詞，時東坡四十歲。蘇軾後來續弦王弗的堂妹王閏之。

【注釋】

①千里孤墳：指其妻王弗之墓，當年葬於四川眉山縣東北彭山縣安鎮鄉，而東坡此時在山東密州。孟棨《本事詩．徵異第五》載張姓妻孔氏贈夫詩：「欲知腸斷處，明月照孤墳。」

②塵滿面，鬢如霜：容貌憔悴的樣子。蘇軾〈念奴嬌〉：「多情應笑我，早生華髮。」這闋詞也是四十歲作，可知蘇軾這個年紀已有白頭髮。

③幽夢：夢境隱約，故云幽夢。

④短松岡：長著矮松的山岡，指墓地。

【語譯】

我與愛妻一生一死已相隔十年了。我平日沒有特意想你，但自然而然對你難以忘懷。你的孤墳遠在千里，讓我沒有地方對你傾訴悲傷淒涼的心情。縱然現在能相逢重遇，你應該也認不得我了。我四處奔波勞碌，臉上沾滿風塵，鬢髮也開始花白。

夜晚在隱約朦朧的夢境中回到了家鄉，看見你正在小窗邊，對著鏡子梳妝打扮。我們兩人互相看著彼此，千言萬語卻不知從何說起，只有淚水潸潸。可以想見每年讓我傷心哭斷腸的地方，正是那座明月高掛、附近長著矮松樹的小山岡。

【賞析】

題爲「記夢」，作者夢見結髮妻子猶如新婚少婦一樣，寫出對亡妻痛欲斷腸的思念及眞摯的感情。全篇分上、下片，上片直接抒寫沈痛之情，下片寫夢境。

上片首句「十年生死兩茫茫」，點出十年的時間，主角人物是自己與妻子的生離死別，除了指出時間上夫妻分別之久，也指出了空間上的相隔遙遠。十年是一段漫長的歲月，然而時間並沒有消滅蘇東坡對愛妻的思念，遺憾的是一生一死陰陽永隔已成事實，再多的十年、二十年都無法讓兩人再度相聚了，於是有這「十年生死兩茫茫」的無奈。下句直轉「不思量，自難忘」，「不」實是蘇軾極力想排遣悲傷的作爲，乃是因爲若再思量你，恐怕更難忘了。當我們愈是思念一個人，他的身影、話語，就會頻繁而自然地出現在我們的腦海中。

「千里孤墳，無處話淒涼。」一句說亡妻，一句說自己，都是在說孤單的景況。二人地理上有著千里之遙，但事實上，彼此相隔的是陰陽世界，隔的是世上最遠的距離。無處可以話淒涼，凸顯出無奈之感。

「縱使相逢應不識，塵滿面，鬢如霜。」彷彿蒼涼中的自嘲一笑，想起自己業已非十年前意氣風發或朱顏綠鬢的模樣，或許蘇軾經歷了生死關頭，在人生路上奔波急喘，仕途坎坷，早就出現老態了。就算重逢，恐怕也因爲自己的老弱憔悴，無法辨識，不勝唏噓。

下片「夜來幽夢忽還鄉」開始寫夢中的情景，因日有所思，夜有所夢，在夢中反映了強烈思念的情境。首先一個「忽」字，道盡了蘇軾心中的驚喜，然歡喜之餘，「忽」字同時也象徵著與現實的相悖，可說喜中寓悲，在矇矓的夢中回到了熟悉的家鄉。忽然於夢中，見到愛妻正在小軒窗旁梳妝，那是一幅寧靜而美好的畫面。妻子梳妝、丈夫在一旁靜靜地看著，「歲月靜好」的景象大抵便是如此了，此景看似夢中，又何嘗不是王氏生前和蘇軾的日常寫照呢？夢中所見盡是美好的景象，而此句正好與前句「塵滿面，鬢如霜。」作對比，今、昔大不相同，而蘇軾無論多麼憔悴消瘦，活在記憶中的妻子依然如此美麗。

「相顧無言，惟有淚千行。」或可解釋爲兩人害怕一旦開口，壞了眼前的靜謐；又或者可說是，十年相隔，累積了千言萬語，不知從何說起，倒不如無聲勝有聲，一切放在心中，也能明白對方的意思。此時此刻，只須靜靜地陪伴，默默地守候。對蘇軾來說，能夠在夢中相會，淚流千行，就是最奢侈的幸福。

「料得年年腸斷處，明月夜，短松岡。」「料得」雖爲推測之詞，但語氣卻是肯定的，加上「年年」既指過去、亦指將來，用「料得年年」表示未來的餘生裏，不管是十年、二十年，都會活在傷痛中，而且這種痛是痛不欲生、哭斷腸的痛。夢境畢竟虛幻，短暫的美夢終會被喚醒，再美好的事物可以在夢中緬懷，卻終究不能成眞，最後回到不想面對卻不得不面對的殘酷現實。

王弗十六歲嫁與蘇軾、二十七歲過世，短短十餘年的相處，王弗伴著蘇軾走過辛苦的路途。單從蘇軾這闋詞，便可知其對王弗的情感是眞、思念亦是眞了。十年的光陰並非沖淡一切，而是證明了一切。這麼眞摯的情感，卻描寫得自然純粹，不用典、不用比興，不堆砌華麗的辭藻，唯有情深。上片泛寫，作概括式的描述，寫思念亡妻之情，「思量」、「難忘」、「無處話淒涼」，都屬於抽象的精神狀態，尤其上片末尾「縱使相逢應不識」三句，是不可能發生的事，可說是「虛筆」的寫法。下片實寫，針對亡妻的過往作精要的描述，「軒窗」、「梳妝」、「淚」、「明月」、「松岡」，都屬於具體事物，可說是「實筆」的寫法。然而，上片虛筆中有眞實的感情，下片實筆卻是由夢境帶出來的，亦即上片虛中有實，下片實中有虛。整闋詞於虛實當中抒發眞實的情感，使人讀完後餘味無窮。

（二）辛棄疾〈破陣子〉　爲陳同父賦壯語以寄

醉裏挑燈看劍，夢回吹角連營。八百里①分麾下炙②，五十絃③翻塞外聲，沙場秋點兵。

馬作的盧④飛快，弓如霹靂弦驚。了卻君王天下事，贏得生前身後名。可憐白髮生！

【題解】

副題注明爲陳亮而寫。陳亮，字同父（同甫），浙江永康人。《宋史》本傳稱其爲人才氣超邁，喜談兵，議論風生，下筆數千言立就。劉熙載《藝概．詞曲概》云：「陳同甫與稼軒爲友，其人才相若，詞亦相似。」今傳《龍川詞》。

【注釋】

①八百里：指牛。《世說新語・汰侈》：「王君夫有牛名『八百里駮』，常瑩其蹄角。」後詩詞多以「八百里」指牛。蘇軾〈約公擇飲是日大風〉：「要當啖公八百里，豪氣一洗儒生酸。」

②麾下：指部下。麾：軍旗。炙，烤肉。韓愈〈元和聖德詩〉：「萬牛臠炙，萬甕行酒。」

③五十弦：本指瑟，泛指樂器。《漢書・郊祀志》：「泰帝使素女鼓五十絃瑟，悲。」李商隱〈錦瑟〉：「錦瑟無端五十絃，一絃一柱思華年。」

④的盧：《相馬經》：「馬白額入口齒者，名曰榆雁，一名的盧。」相傳三國時期，劉備曾乘的盧馬，一躍三丈而過襄陽城西的檀溪。

【語譯】

醉夢裏挑起油燈中的蠟芯兒，觀看寶劍，夢中回到了當年的各個營壘，接連響起號角聲。把燒烤的牛肉分給部下，樂隊演奏塞外邊疆的曲調。這是秋天，在戰場上閱兵。

戰馬像的盧馬跑得飛快，弓箭像驚雷震耳爆弦。我一心想替君主完成復國大業，取得世代相傳的美名。可憐現在已經成了白髮人！

【賞析】

開頭就寫出醉夢中朦朧的場景，接著寫出將士們大啖牛肉，軍樂聲雄壯昂揚，用這麼熾熱的心情，說出沙場點兵、快馬飛箭、軍威壯盛之事。這些俱是夢中所見，用夢境說出過去自己的軍中生活經驗嗎？還是故意寫「壯語」，表明心底的理想願望呢？沒想到下片最後一句直接戳破了夢境，詞人講得清清楚楚：我這一生再也沒有機會效命疆場了！壯志未酬，這是多麼深沈的悲哀！

整闋詞一氣貫串，打破上、下片界限，完全是爲了說明一生的抱負。看似夢中語，卻又是真實的心願。現實世界無法施展抱負，只得在夢中規畫藍圖，這分藍圖有英雄氣概，希望對國君負責，也希望能立身揚名於後世，留下青史威名。遠大的理想、失意的人生，這正是稼軒。用這些話激勵同父，證明二人志向相同，皆屬一代豪傑。

【評箋】

民國·梁令嫻鈔《藝蘅館詞選》引梁啓超：無限感慨，哀同父，亦自哀也。

（三）姜夔〈揚州慢〉

淳熙丙申至日，予過維揚，夜雪初霽，薺麥彌望。入其城，則四顧蕭條，寒水自碧，暮色漸起，戍角悲吟。予懷愴然，感慨今昔，因自度此曲。千巖老人以爲有黍離之悲也。

淮左名都①，竹西②佳處，解鞍少駐初程③。過春風十里④，盡薺、麥⑤青青。自胡馬窺江⑥去後，廢池喬木⑦，猶厭言兵。漸黃昏、清角⑧吹寒，都在空城。

杜郎俊賞⑨，算而今、重到須驚。縱豆蔻詞工⑩，青樓夢好⑪，難賦深情。二十四橋⑫仍在，波心蕩、冷月無聲。念橋邊紅藥⑬，年年知爲誰生。

【題解】

〈揚州慢〉，南宋詞人姜夔自度曲。詞牌既創自姜夔，自應以此詞爲正體。雙調，九十八字，前後片各四平韻，前片十句，五十字，後片九句，四十八字。前片第四、五句及後片第三、八句皆上一、下四句法。

詞牌下有小序，大意是：作者在南宋孝宗淳熙三年（丙申年，一一七六年）冬至這一天，經過維揚（即揚州，今屬江蘇）。當時即將入夜，風雪停了，天色還亮，放眼望去，全是薺菜和麥子。進入揚州城，四面看去，一片蕭條，河水碧綠淒冷，天色愈來愈黯淡，軍營吹起淒涼的號角聲。我內心淒楚，感慨揚州過去到現在的變化很大，於是自創了這支曲子。蕭德藻先生，字東夫，和我的父親姜噩是紹興三十年（一一六〇年）同榜進士，自號千巖老人。我曾經跟他學詩，又是他的侄女婿。他認爲這闋詞有《詩經·王風·黍離》所寫的那種亡國之痛的悲涼意蘊。[3]這段文字稍長，而敘事簡明，用詞精美。

【注釋】

①淮左名都：指揚州。宋置淮南東路，亦稱淮左，揚州爲其首府。

②竹西：揚州有竹西亭，在城北五里禪智寺旁。杜牧〈題揚州禪智寺〉：「暮靄生深樹，斜陽下小樓。誰知竹西路？歌吹（ㄔㄨㄟˋ）是揚州。」

③解鞍：解下馬鞍。少駐：稍作停留。初程，初段行程。

④過春風十里：借指經過揚州。杜牧〈贈別〉二首之一詩：「娉娉裊裊十三餘，荳蔻梢頭二月初。春風十里揚州路，卷上珠簾總不如。」

⑤薺：薺菜。參見辛棄疾〈鷓鴣天〉【注釋】⑤。麥，麥子。

⑥胡馬窺江：指金兵侵略長江流域地區，洗劫揚州。高宗建炎三年（一一二九年）金兵攻破揚州，紹興三十一年（一一六一年）金主完顏亮南下侵宋，孝宗隆興二年（一一六四年）揚州復遭戰火。這裏指揚州屢遭兵燹。

⑦廢池喬木：廢毀的池臺，殘存的古樹。二者都是亂後餘物，表明城中荒蕪，人煙蕭條。

⑧清角：淒清的號角聲。

⑨杜郎：即杜牧。唐文宗大和七年到九年（八三三～八三五年），杜牧奉沈傳師之命出使淮南府治揚州，時常夜出尋歡，新任淮南節度使是牛僧孺，待他甚好，曾派小卒暗中保護他。先後擔任淮南節度府推官和掌書記，時年三十一至三十三之間。俊賞，卓越的鑑賞力。

⑩豆蔻詞工：引杜牧〈贈別〉詩（參見【注釋】④），形容文辭優美。豆蔻，同荳蔻，花生於葉間，開於春初，南方人取其花未大開者入藥，稱爲含胎花，故常用以比方尚未嫁的少女。

⑪青樓夢好：引杜牧〈遣懷〉詩（參見秦觀〈滿庭芳〉【注釋】⑧），形容生活美好。青樓：指妓院。南朝梁劉邈〈萬山見採桑人〉：「倡妾不勝愁，結束下青樓。」

⑫二十四橋：揚州城內古橋。《清一統志》：「揚州二十四橋，在府城西，隋置。」《揚州畫舫錄》：「二十四橋，一名紅藥橋，即吳家磚橋，古有二十四美人吹簫於此，故名。」杜牧〈寄揚州韓綽判官〉：「青山隱隱水迢迢，秋盡江南草木凋。二十四橋明月夜，玉人何處教吹簫。」

---

3 相傳周平王東遷後，周大夫經過西周故都，看見宗廟毀壞，盡爲禾黍，彷徨不忍離去，因而感慨作詩。詩云：「彼黍離離，彼稷之苗。行邁靡靡，中心搖搖。知我者，謂我心憂；不知我者，謂我何求。悠悠蒼天，此何人哉？彼黍離離，彼稷之穗。行邁靡靡，中心如醉。知我者，謂我心憂；不知我者，謂我何求。悠悠蒼天，此何人哉？彼黍離離，彼稷之實。行邁靡靡，中心如噎。知我者，謂我心憂；不知我者，謂我何求。悠悠蒼天，此何人哉？」後世用「黍離之悲」表示對故國的思念。

⑬紅藥：紅芍藥花。與牡丹花同爲芍藥科芍藥屬，多年生落葉灌木，花形大而華美。古時只有芍藥，至唐代始將牡丹與之區隔開來。吳曾《能改齋漫錄》十五《芍藥譜》引孔武仲語：「揚州芍藥，名於天下，非特以誇爲多也。其敷腴盛大而纖麗巧密，皆他州所不及。」

【語譯】

我來到了淮南東路的名城——揚州，到這人間佳境竹西亭，解下馬鞍，稍事停留。經過當年的繁華街道，現在是一望無垠的青綠色薺菜和麥田。自從金兵侵犯長江流域以後，連荒廢的池塘和高大的老樹，都厭惡再提起那場可怕的戰爭。暮色漸漸籠罩大地，清亮的號角吹出了寒氣，回盪在這座淒涼殘破的空城。

想當年，杜牧那麼能欣賞揚州，如今若重遊故地，恐怕也要怵目驚心。縱使他的詩寫得再好，有豆蔻芳華的少女、有青樓歌妓的美夢，看到這般蕭條的揚州，也很難表達出深厚的感情了。二十四橋的明月還在，淒清的月色在水波中蕩漾，聽不到玉人吹簫聲而倍感寂寞。想那橋邊的紅芍藥依花繁葉茂，每年又是爲了誰而盛開呢？

【賞析】

南宋初年，揚州多次遭遇戰火。姜夔因路過此地，目睹戰爭洗劫後的蕭條景象，悲歎今日的荒涼，追憶昔日的繁華，撫今追昔，發爲吟詠，表達對山河殘破的無限哀思。

上片由揚州城說起。除了首三句外，全是客觀的寫法。姜夔經過揚州城時，想起這裏以前是「佳處」，現在「薺麥青青」，像是引人入勝的景致。然而這些都是反襯，「佳處」而今成爲「空城」，人跡罕至，才會「薺麥青青」，這反而是一片荒涼的景象。到後來，「廢池喬木」這些無知覺的東西都會厭惡戰爭，那麼人呢？人心更是厭惡征伐。揚州城以前沒有「清角吹寒」，更不是座「空城」，點明這些，是景語，也是心中感受，刷出姜夔出現在這裏的存在感，印證歷史的滄桑。

下片由唐朝的杜牧說起，這是聯想力的寫法。先稱讚杜牧卓越的鑑賞力，再說明杜牧「重到須驚」，也「難賦深情」。這裏「驚」字與上片「厭」字有相呼應的力道，強烈表露情緒。昔日繁華歌舞、美麗女子已不復見，這才是「杜郎俊賞」也「難賦深情」的主因。姜夔作詞時，才二十一歲，可眞大膽，措詞直指唐朝名詩人「杜郎」也可能有「江郎才盡」的一天。

寫過杜牧之後，還是回到名勝之地的描寫，但見「冷月蕩漾在波心」，這還是蕭條蒼涼之景。「波心蕩」是動態，「冷月無聲」是靜態，而「冷月蕩漾在波心卻又無聲」，這就動中有靜，靜中又有動，是很高明的技巧。一旁的芍藥無知而兀自開放，這打破了蕭條景象，又是不太好處理的題材。唐朝岑參〈山房春事〉二首之二說：「梁園日暮亂飛鴉，極目蕭條三兩家。庭樹不知人死盡，春來還發舊時花。」寫出來的意境與此相似。後蜀鹿虔扆〈臨江仙〉面對過國家殘破而花朵盛開的情形，也作過翻轉式的處理。這裏姜夔不採取前賢描述實景、直接感發的方式，而是換成問句，因無人欣賞，更見劫後荒涼。

這闋詞上片寫初到揚州城的心情，承接眼前景物而感到淒愴，下片轉出杜牧詩句，以景襯情，倍顯荒涼。結尾收合在揚州地景，提出疑問作收。全詞起（初到心情）、承（眼前景，心情震憾）、轉（杜牧詩）、合（眼前景，寄託深情），十分明顯。上片幾乎都是實寫，但是其中「猶厭言兵」幾句，由虛構想像而來，因此是由實寫轉入虛寫，實中有虛的結構。下片幾乎都是虛寫，但是其中「二十四橋仍在」幾句，是實寫景物，因此是由虛寫轉爲實寫，虛中有實的結構。虛、實結構的安排也很完整，是學習塡詞的好範本。

【評箋】

張炎《詞源》：……姜白石〈揚州慢〉云：「二十四橋仍在，波心蕩、冷月無聲。」此皆平易中有句法。……白石詞如〈疏影〉、〈暗香〉、〈揚州慢〉……，不惟清空，又且騷雅，讀之使人神魂飛越。

先著、程洪《詞潔》：「二十四橋仍在，波心蕩、冷月無聲。」是「蕩」字著力。所謂一字著力，通首光采，非鍊字不能，然鍊亦未易到。

清‧陳廷焯《白雨齋詞話》：白石〈揚州慢〉云：「自胡馬窺江去後，……都在空城。」數語寫兵燹後情景逼眞；「猶厭言兵」四字，包括無限傷亂語，他人累千百言，亦無此韻味。

民國‧王國維《人間詞話》：白石寫景之作，如「二十四橋仍在，波心蕩、冷月無聲」、「數峯清苦，商略黃昏雨」、[4]「高樹晚蟬，說西風消息」，[5]雖格韻高絕，然如霧裏看花，終隔一層。

鄭文焯《鄭校白石道人歌曲》：紹興三十年，完顏亮南寇，江淮軍敗，中外震駭。亮尋爲其臣下殺於瓜洲。此詞作於淳熙三年，寇平已十有六年，而景物蕭條，依然有廢池喬木之感，此與〈淒涼犯〉[6]當同屬江淮亂後之作。

4 語出宋．姜夔〈點絳脣〉。

5 語出宋．姜夔〈惜紅衣〉。

6 宋．姜夔〈淒涼犯〉：「綠楊巷陌，秋風起、邊城一片離索。馬嘶漸遠，人歸甚處？戍樓吹角。情懷正惡。更衰草、寒煙淡薄。似當時、將軍部曲，迤邐度沙漠。　追念西湖上，小舫攜歌，晚花行樂。舊遊在否？想如今、翠凋紅落。漫寫羊裙，等新雁、來時繫著。怕匆匆、不肯寄與，誤後約。」此詞有小序，茲不錄。

十、點染

「點染」是詩詞中常用的一種技巧，「點」是輕巧地點過，在詩句中輕輕地用一兩個字眼，如蜻蜓點水般，表達出重要的意思，類似詩眼、字眼。而說它輕巧卻也不盡然，因爲有時表達出來的特定意思，正是詩句中重要的意思，所謂重中之重。「染」就不同了。「染」像染料染在布面上，像是渲染某個主題，不惜多用幾句話來說，因此「染」有時是接連的好幾句話，把某個意思表露無遺。不過「染」並不是一路直白到底，詞人有時還是用形容修飾的寫法，反覆申說，讓讀者自行體會其中深刻的心思。因此，「點」隱而不顯，但是仍有它想要顯示表達的意思，「染」顯而彰明，但是也有它含蓄委婉的效果。

「點」和「染」可以個別出現，也可以同時出現在同一闋詞中。作家偶爾爲之的時候，忽然「點」出一個字眼，又倏然飛走了。有時一「點」再「點」，甚至於「點」多了變成「染」了。有時上片先「點」、下片再「染」，這種作法也算常見。一般說來，先「點」後「染」的寫法較多，譬如李後主〈憶江南〉寫道：「多少恨，昨夜夢魂中。還似舊時遊上苑，車如流水馬如龍。

花月正春風。」這闋詞開端兩句，點明作者心頭有恨，後三句爲「染」，以樂景寫哀，反而使作者的哀愁推入更高的層次。

前人討論點染技巧，常以柳永〈雨霖鈴〉爲例作說明。原作內容是：

寒蟬淒切。對長亭晚，驟雨初歇。都門帳飲無緒，方留戀處，蘭舟催發。執手相看淚眼，竟無語凝咽。念去去、千里煙波，暮靄沈沈楚天闊。　多情自古傷離別。更那堪、冷落清秋節。今宵酒醒何處？楊柳岸、曉風殘月。此去經年，應是良辰好景虛設。便縱有、千種風情，更與何人說。

這是一首送別之作，依時間次序寫未別之時、臨別之際、別後的想像。開篇先交代時間是晚秋蟬鳴季節的某個傍晚，地點在都門外的長亭，心情淒楚難受。二人相看，淚眼婆娑，「竟無語凝咽」可見情感很深。心裏想著，「去去」是前往蒼茫遼闊的南方，暗喻不知何去何從之感。上片轉折多，由外景寫到內心，深化情感，故讀來節奏緩慢。這一段從實景寫起，寫到想像不可知的國度，是實景被虛化了。下片換頭先泛論多情人的苦惱，想像船行駛到天色微明的時候，會來到一個「楊柳岸，曉風殘月」的地方，風景有淒清之美。心頭想像船急駛而去，句意綿長，節奏也加快。這一前往的地方或許也有「良辰好景」，但又能跟誰說起呢？下片由虛想寫到思辨，無論是想像的風光，或是離別冷落的情緒，都是承上片而來，情意連綿不斷，句式文字也拉長，讀來節奏也稍快。這一段從虛想寫起，寫到理智的出現，反而是虛景被帶入理性的思考了。整闋詞實中有虛，虛中有實，虛、實相生，允爲一大特色。

到了清朝中葉以後的劉熙載，注意到這闋詞另有點染的寫作技巧，其《藝概．詞曲概》評曰：

> 詞有點、有染。柳耆卿〈雨淋鈴〉云：「多情自古傷離別。更那堪、冷落清秋節。今宵酒醒何處？楊柳岸、曉風殘月。」上二句點出「離別冷落」，「今宵」二句，乃就上二句意染之。點、染之閒，不得有他語相隔，隔則警句亦成死灰矣。

這裏是以詞的下片第一、二句爲點，點出多情感傷的心緒，第三、四句就前兩句的文意加強發揮，是爲染。劉熙載附帶提及點、染之間是連貫的，中間不加入其他無關的話。近人周振甫《詩詞例話》找到《詞學集成》引江順詒的話說：

> 案點與染分開說，而引詞以證之，閱者無不點首。得畫家三昧，亦得詞家三昧。

而後周振甫申述劉熙載、江順詒的意思說：

點染是畫家手法，有些處加點，有些處渲染。這裏借來指有些處點明，有些處烘托，點明後用景物來烘托，更有意味。柳永〈雨霖鈴〉：「念去去、千里煙波，暮靄沈沈楚天闊。」點明「去去」，就用千里煙波、暮靄沈沈、楚天空闊，三樣景物來烘托，襯出遠別的離情。接下去說：「多情自古傷離別，更那堪、冷落清秋節」，點明在冷落的清秋節傷離別，說「今宵酒醒何處，楊柳岸、曉風殘月」，用楊柳岸、曉風、殘月三樣東西構成一種淒清的意境，來烘托在清秋節傷離別的感情。先點明，後用景物渲染，用景物來烘托感情，收到情景相生的效果。1

周振甫比劉熙載更多的說明是：上片末尾兩句也是點染，點明「去去」，再用三樣景物來烘托，這和劉熙載指出「離別冷落」，也被三樣景物來烘托是相似的。換言之，點出一個意思在前，再用多元景物加以說明，這是點染最常見的作法。周振甫還加碼強調這裏面有「景」與「情」加乘的效果。明白上述說法，我們可以掌握住點染的定義、寫法和效果。譬如賀鑄〈青玉案〉的名句：「試問閑愁都幾許？一川煙草，滿城風絮，梅子黃時雨。」這就是很明顯的先點出「閑愁」，再連用三個景物來形容抽象的心情，從二、三月滿地煙霧瀰漫的草地，到三、四月滿城飄飛的楊柳花絮，再到四、五月的梅雨季，閑愁從水邊平地、到一座城的空間、再到廣大的長江流域，範圍越來越大，時間也一再連綿下去，眞能以景物述情懷，愁情澎湃而出了。

本書前面討論過的詞作，也有點染之例。但是筆者採用從寬解釋的作法，亦即下字精準，特地點明詞意的視作「點」，連續數句鋪陳前面點出來的主題者視作「染」，比較沒顧及點、染之間一定不能插入其他文字，以及點是情、在前，染是景物、在後的表達方式。因為劉、周二人附加條件之說可供參考，卻無法從「點染」的字詞意義本身得知。因此，本書已選李後主〈虞美人〉上片前四句先點出「往事」、「故國」，下片後四句就鋪陳心情，末二句達到頂峯，筆者認同為點染技法。張先〈醉垂鞭〉前幾句寫女子衣著是「點」，末二句寫情態是「染」。秦觀〈望海潮〉也是有點有染，已在該篇【賞析】中說明。以下我們再分析七首作品，證明點染技法時常得見。

（一）張志和〈漁歌子〉

西塞山前①白鷺飛，桃花流水鱖（ㄍㄨㄟˋ）魚②肥。青箬笠③，綠簑衣，斜風細雨不須歸。

1 參見周振甫：《詩詞例話》（臺北：長安出版社，一九八二年十月），〈點染〉，頁二一八—二一九。

【題解】

〈漁歌子〉，唐教坊曲名。《新唐書．隱逸傳．張志和傳》：「志和……居江湖，自稱『煙波釣徒』。……每垂釣不設餌，志不在魚也。……嘗撰〈漁歌〉，憲宗圖眞求其歌，不能致。」志和所撰的〈漁歌〉，即這闋〈漁歌子〉。「子」即是「曲子」的簡稱。

此調源自民間，單調，二十七字，四個平聲韻，其中第三、四句，例用三言對偶。以張志和此調最著名。自《花間集》以後出現雙調體，五十字，仄韻。又名〈漁父〉、〈漁父樂〉等。張志和〈漁歌子〉詞五首，體調如一，可以參校。

【作者】

張志和，字子同，婺州金華（今浙江金華）人。生於唐玄宗開元十八年，卒於憲宗元和五年（七三〇～八一〇年），年八十一。

志和十六歲明經及第，獻策肅宗，得待詔翰林。後坐事貶南浦（今四川萬縣）尉，赦還後，以親既喪，不復仕。泛舟江湖，縱情山水，優游自在，自稱「煙波釣徒」。李德裕稱他：「隱而有名，顯而無事，不窮不達，嚴光之比。」著《玄眞子》，因以自號。其詞見《全唐詩》者五首，《尊前集》者五首，全同。

【注釋】

①西塞山前：《西吳記》：「湖州磁湖鎮道士磯，即志和所謂西塞山前也。」湖州，今浙江吳興。

②鱖魚：一種淡水魚，體色淡黃帶褐，有黑斑，細鱗。俗稱花鯽魚、桂魚。

③篛笠：竹皮或竹葉所製的笠帽。篛，又作箬，即筍籜，竹的外殼。

【語譯】

西塞山前，白鷺鷥自由地翱翔，江水中，桃花漂流水面，肥碩的鱖魚歡快地優游。我戴上青色的斗笠，披上綠色的簑衣，雖然刮著斜風、吹著細雨，也不急著想回家。

【賞析】

這闋詞寫漁家瀟灑閒逸的生活，背景是江南的春天。

頭二句寫景。詞人先看向遠方，遠山前有白鷺掠過，山穩重而寧靜，這是一幅靜中有動的畫面。接著就拉到近景，近看江邊的河流，岸邊有桃花樹，花瓣落入水中，隨波漂流，再細看水中有鱖魚游動，而且是碩大肥美的！從靜態的西塞山與岸邊的桃花，寫到動態的白鷺鷥、流水與鱖魚，構成優美的圖畫。當詞人寫出「鱖魚肥」的時候，可能多了幾分想像，水裏的魚肥不肥，有時是看不盡的。

接著船隻上的漁翁出場了。先寫出漁翁的衣物，「篛笠」、「簑衣」是他的基本裝備，但是分別加上「青」、「綠」的色彩，那就不是基本配備而是有意爲之的特定寫作策略了。爲什麼這麼說呢？因爲一般的斗笠和簑衣，都是草本植物曬乾後製成的，常見是棕色褐色的物品，如果一定要說成青綠色，那有可能是採用新草製作出來的，但也絕不多見。這裏特別選用「青」、「綠」兩字來表達，點出色彩，是「點染法」中「點」的運用。可能是因爲前幾句出現了青山綠水、桃紅色的桃花、黃褐色的鱖魚，現在再加點鮮豔的顏色，會使得圖畫美，色澤多，不直接寫漁翁生活過得好不好，而因爲生活在美麗大自然中，心情愉快可想而知。「青箬笠，綠簑衣」二句，簡短輕快，也帶來歡喜愉悅的節奏感。處在這麼美好的環境，才會對大自然產生愛戀的情愫。結尾「斜風細雨」這句，景象還是柔和美麗的，瀟灑的，當然就「不須歸」囉！末句把心緒點活了，直接承接了前面所寫的內容作個很好的收束。

【評箋】

清・黃蘇《蓼園詞選》：數句只寫漁家之自樂其樂，無風波之患，對面已有不能已者。隱躍言外，蘊含不露，筆墨入化，超然塵埃之外。

清・劉熙載《藝概・詞曲概》：張志和〈漁歌子〉「西塞山前白鷺飛」一闋，風流千古。東坡嘗以其成句用入〈鷓鴣天〉，又用於〈浣溪沙〉。然其所足成之句，猶未若原詞之妙通造化也。黃山谷亦嘗以其詞增爲〈浣溪沙〉，且誦之有矜色焉。

清・況周頤《蕙風詞話》：唐賢爲詞，往往麗而不流，與其詩不甚相遠。

（二）歐陽脩〈采桑子〉

春深①雨過西湖②好，百卉爭妍③，蝶亂蜂喧，晴日催花暖欲然④。蘭橈畫舸悠悠去⑤，疑是神仙。返照波間⑥，水闊風高颺管絃⑦。

【題解】

〈采桑子〉，詞牌名。又名〈醜奴兒〉。參見辛棄疾〈醜奴兒〉【題解】。

歐陽脩有〈采桑子〉十三首，此則其中一首。脩曾知潁州（今安徽阜陽），晚年致仕後，復居於潁。十三首皆退隱後所作，前十首皆以「西湖好」起意，詞前有〈西湖念語〉小序，說明作詞之意，語云：

昔者王子猷之愛竹，造門不問於主人；陶淵明之臥輿，遇酒便留於道上；況西湖之勝概，擅東潁之佳名。雖美景良辰，固多於高會；而清風明月，幸屬於閑人。並遊或結於良朋，乘興有時而獨往。鳴蛙暫聽，安問屬官而屬私？曲水臨流，自可一觴而一詠。至歡然而會意，亦傍若於無人。乃知偶來常勝於特來，前言可信；所有雖非於己有，其得已多。因翻舊闋之辭，寫以新聲之調。敢陳薄伎，聊佐清歡。

由此可知，〈采桑子〉旨在描寫西湖美好風光，時見朋友往來，共得湖光山水之樂，故能詞意溫潤雅麗、清新自然。寫作時年六十四、五。

【注釋】

①春深：指晚春的時候。

②西湖：此謂潁州西湖，在今安徽阜陽縣西北郊。湖長十里，廣二百里，爲淮河中游諸水匯流處。

③百卉：許多花草的意思。卉，草的總稱。爭妍，爭奇鬥豔，競相比美的意思。妍，美好貌。

④催花：催促花朵早些開放。暖欲然，形容花朵兒盛開時，一片花團錦簇、熱情洋溢的樣子。然同燃，燃燒的意思。杜甫〈絕句〉二首之二：「江碧鳥逾白，山青花欲燃。」

⑤蘭橈：形容漂亮的大船，木蘭樹高大者常用作舟材，製成大船。橈是楫，舟旁撥水的短槳。這裏代指船，以部分代全體。畫舸，裝飾華麗飾有彩繪的大船。舸是大船。悠悠去，遙遙遠去。悠悠，渺茫遼遠貌。

⑥返照波間：船隻出發後，夕陽光反向回射到船隻走過的水面，波光蕩漾。《初學記．天部上》引梁元帝《纂要》：「日西落，光返照於東，謂之反景。」杜甫〈返照〉：「楚王宮北正黃昏，白帝城西過雨痕。返照入江翻石壁，歸雲擁樹失山村。」

⑦闊：寬廣的樣子。颺，同揚，飛揚，傳播。管絃，樂器的通稱，也稱絲竹，此處代表樂聲。簫、笙、笛爲管樂器（竹子類），琵琶、琴、瑟爲絃樂器（絲線類），合稱指音樂而言。

【語譯】

晚春的時候，一陣雨輕輕下過，西湖更顯出美好的姿態，許多花草競相比美，蝴蝶蜜蜂四處飛舞喧鬧，陽光釋放出晴朗溫暖，催開花朵兒熱情奔放地開著，像火要燃燒一般。

湖面上華麗的大船駛向遠方，愈來愈渺小，彷彿一幅人間仙境的圖畫。這時回頭望一望水波湖面，日光返向照耀，在風急水廣的天地裏，傳來陣陣音樂聲。

【賞析】

這闋詞是歐陽脩晚年生活的寫照。

生逢北宋太平時期的歐陽脩，曾是位高權重的國之大老、文人宗師，生活優渥裕如。雖然也有仕途失意的時刻，但他淡泊的心懷沖淡了一切，因此歐陽公的作品常帶有安適、平和、順遂的心境，晚年更是如此。

這闋詞一片欣賞讚美風景的文句外，看不到其他愁苦、激動的心情。以用字為例，「百卉爭妍」、「蝶亂蜂喧」、「晴日催花」、「蘭橈畫舸」、「水闊風高」，幾乎將春天優美的景物全部拿來取樣，沒有遺漏；而且句中常有四字兩兩相對的情形，讀起來音節順暢，辭藻華美。上片用字精巧，「百卉爭妍，蝶亂蜂喧」，很明顯由視覺而來，而「喧」字一出，又有了聽覺的感受；妙的是下一句「晴日催花暖欲然」，這個「燃燒」的感覺，又好像由視覺帶到觸覺了。「爭」、「亂」、「喧」、「催」這些動詞字眼用得巧妙，「暖欲然」也是貼切傳神的形容字法。到了下片雕琢的字詞少了些，取而代之的是描繪意境。華美的大船「悠悠去，疑是神仙」，悠遊自在，多麼令人嚮往的景象。「水闊風高」四字，本是描寫秋景常見的蕭瑟氣氛，在此處化作樂聲傳來的憑藉，帶出悠揚樂聲，可說是延展意境的寫法。上片「點」出春日美景，下片寫船，由船隻的行駛帶出夕陽光線、音樂聲，「染」出意境。整闋詞寫出耳目觸覺的感受，洋溢在歡樂的情懷裏。

【評箋】

民國・顧隨《駝庵詞話》卷五〈老杜詩與六一詞〉：杜甫之「江碧鳥逾白，山青花欲燃」（〈絕句〉），語、意皆工，句、意兩得。六一詞「晴日催花暖欲然」（〈采桑子〉），或曾受此影響，而意境絕不同。「江碧」二句是靜的，六一句是動的，一如爐火，一如野燒。

又卷五〈歐詞意興好〉：若說大晏詞色彩好，則歐詞是意興好。如其〈采桑子〉「春深雨過西湖好」與「清明上巳西湖好」二首。

（三）蘇軾〈江城子〉 密州出獵

老夫聊發少年狂，左牽黃，右擎蒼①，錦帽貂裘②，千騎③卷平岡。爲報傾城隨太守④，親射虎，看孫郎⑤！ 酒酣胸膽尚開張⑥，鬢微霜，又何妨？持節雲中，何日遣馮唐⑦？會挽雕弓如滿月⑧，西北望，射天狼⑨！

【題解】

詞牌下副題「密州出獵」，密州，古地名，今山東諸城。北宋神宗熙寧八年（乙卯年，一〇七五年）的夏天，密州久旱不雨，東坡至常山祈雨，靈驗得雨。到了秋天，又乾旱，東坡再度至常山祈雨，許願修廟。十月，廟成，祭祀之。常山祭拜之後，回程途中與同官梅戶曹等人會獵於鐵溝水。蘇軾有〈祭常山回小獵一首〉云：「青蓋前頭點皁旗，黃茅岡下出長圍。弄風驕馬跑空立，趁兔蒼鷹掠地飛。回望白雲生翠巘，歸來紅葉滿征衣。聖明若用西涼簿，白羽猶能效一揮。」描寫出獵的壯觀場面及尾聯所顯之志，

---

2 宋·歐陽脩〈采桑子〉：「清明上巳西湖好，滿目繁華，爭道誰家，綠柳朱輪走鈿車。 遊人日暮相將去，醒醉喧譁，路轉堤斜，直到城頭總是花。」

與這首〈江城子〉的背景相同。故《東坡紀年錄》說：「乙卯冬，祭常山回，與同官習射放鷹作。」可見此詞作於是年冬天，記載某次打獵的情景，藉此抒懷。

【注釋】

①左牽黃，右擎蒼：左手牽著黃犬，右手舉著蒼鷹，形容追捕獵物時的架式。

②錦帽貂裘：頭戴錦蒙帽，身穿貂鼠皮裘衣。

③千騎：古代一人一馬成一騎，形容隨從之多。

④傾城隨太守：這裏指全城的人跟隨太守。太守，漢代官銜，掌地方行政庶務，宋代稱爲知州，蘇軾借用稱自己。

⑤親射虎，看孫郎：這兩句是倒裝句。孫郎，指孫權，作者自喻之。《三國志·吳志·孫權傳》載：「二十三年十月，權將如吳，親乘馬，射虎於庱（ㄔㄥˇ）亭，馬爲虎所傷。權投以雙戟，虎卻廢。常從張世擊以戈，獲之。」

⑥胸膽尚開張：胸懷開闊，膽氣橫生，形容飛揚跋扈的樣子。

⑦持節雲中，何日遣馮唐：這兩句也是倒裝句。持節，帶著符節，傳達皇帝的命令。節，符節、兵符，古代使節用以取信的憑證。雲中，漢代的郡名，今內蒙古自治區托克托縣一帶，包括山西省西北部分地區。典出《史記·馮唐列傳》。漢文帝劉恆在位時，魏尚爲雲中太守。他愛惜士卒，優遇軍吏。匈奴曾一度來犯，魏尚親率車騎出擊，所殺甚眾，破敵有功。後因報功文書上虛報了六名，與實際的殺

敵數字不合，被削職。馮唐力諫之後，文帝遂派遣馮唐，持節去赦免魏尚的罪，仍教他擔任雲中郡太守。此處蘇軾以魏尚自比，希望朝廷能委以邊將的重任。

⑧會挽雕弓如滿月：會，自將，自當。挽，拉。雕弓，弓背上雕有花飾的弓。滿月，圓月。

⑨天狼，星名，一稱犬星，此處指侵犯北宋邊境的西夏國。《楚辭．九歌．東君》：「舉長矢兮射天狼」。王逸注：「天狼，星名，以喻貪殘。」

【語譯】

年老的我姑且發一發少年郎的狂氣，左手牽著黃狗，右手舉起蒼鷹，帶上錦蒙帽，穿好貂皮衣，率領隨從千騎，席卷平展的山岡。爲了報答全城百姓跟隨我出獵的盛情，我要親自射殺猛虎，讓大家看看昔日孫權的威風！

即興暢飲而沈醉，但胸懷開闊，膽略興張，就算鬢髮有些霜白，又有何妨？什麼時候朝廷像漢文帝一樣，派遣馮唐，拿著符節，前往邊地雲中，赦免魏尚的罪呢？我會拉起大弓，拉得又大又圓，對準西北方的敵人，狠狠的射向他們！

【賞析】

這闋詞選自龍榆生校箋《東坡樂府箋》卷一。蘇軾作這闋詞時，正當四十歲，對北宋的文人來說，已經可以自稱「老夫」，他的心中可能已有此感喟。詞的內容就是從一次出獵的情景，引發他激動心情開始的。

「老夫聊發少年狂」，老夫，是古代年長男性的自稱，作者想起自己的年紀，再看看自己的容貌，很自然的說出這般口吻。「聊」，姑且的意思。「老夫」與「少年」兩字本是強烈反差的語詞，這就意謂作者以他個人的主觀意識，要改變客觀的容貌，聊發一下少年郎那種狂勁兒了。

他左手牽著黃狗，右臂架著蒼鷹，是用來追捕獵物的；「錦帽貂裘」，既是戎裝，也合乎冬天出外打獵的需求；一身獵裝，氣宇軒昂，何等威武。「千騎卷平岡」，聲勢又何其浩浩蕩蕩，像疾風捲過平坦的山岡。這些都顯示了作為一州長官出獵時的排場和聲勢，確實相當壯觀哪！何來的「千騎」？正是「傾全城之民」而來。全城百姓幾乎萬人空巷，都想追隨蘇是這位知州（相當於漢朝的太守），去看他打獵。而他也倍受鼓舞，暗地下了決心，要以三國時代孫權親手射殺老虎的雄姿英發，答謝百姓們的熱情。上片寫出獵的壯闊場面，豪興勃發，氣勢恢宏，活似一幅「太守出獵圖」，表現出作者壯志躊躇的英雄氣慨。

上片寫景，下片轉入寫情。作者延續了前面昂揚進取的精神，進一步表達心聲。

少年狂氣，讓他喝足了酒，更加胸懷開闊，有膽識韜略。他不在乎些微的老態，也跳出眼前打獵的視野，他所想的是更為重要的事情：「持節雲中，何日遣馮唐？」皇帝什麼時候才能瞭解我是一位忠臣哪！這裏用了漢文帝時的一個典故。東坡以魏尚自比，希望皇帝能早日委派自己保衛國防邊境的重任。

蘇軾這般想望，並非不可能實現。因為北宋王朝和北方的遼國簽訂「澶淵之盟」以後，雙方一百二十多年間不再有大規模戰事，禮尚往來，通使殷勤，維持了和平穩定的局面。此後宋朝的外患來自西北方的西夏國。蘇軾之前，已有范仲淹領兵抗敵的先例，文人治軍，在宋朝司空見慣。他憂心國家的安危，渴望奔赴前線，爲國立功。故而最後三句寫道：「會挽雕弓如滿月，西北望，射天狼！」喻自將賣力，這等豪情壯志，表現出作者壯心未已的英雄本色，不落人後。下片借出獵表達挺身而出、衛國抗敵的心意，抒寫了渴望報效朝廷的壯志豪情。

這闋詞有一個很大的特點，在於開篇在寫實景，只用「左牽黃，右擎蒼，錦帽貂裘」這話就把「老夫聊發少年狂」活生生畫出來了。每個字看似輕描淡寫，其實下語俱有斟酌，從「爲報傾城隨太守」以下都是想像之詞，但也是詞人的心願，於是極力鋪陳渲染，從「射虎」寫到「射天狼」，從「孫郎」想到「魏尚」與「馮唐」，從個人的「酒酣胸膽尚開張，鬢微霜」，寫到「會挽雕弓如滿月」，歷史愈寫愈遠，豪情壯志愈寫愈高，報效國家的能力愈寫愈強，眞是痛快淋漓，頗爲自得！《蘇軾文集》卷五十三蘇軾〈與鮮于子駿書〉三首其二說道：「近卻頗作小詞，雖無柳七郎風味，亦自是一家，呵呵。數日前，獵於郊外，所獲頗多。作得一闋，令東州壯士抵掌頓足而歌之，吹笛擊鼓以爲節，頗壯觀也。」東坡此詞，「一洗綺羅香澤之態，擺脫綢繆宛轉之度」，[3]拓寬了詞的境界，樹起豪放派詞風的旗幟。這闋詞感情奔放，境界開闊，是他寫得較

3 語出宋．胡寅〈酒邊詞序〉。

早且頗爲成功的豪放詞風之作。

（誌謝：本文感謝中央研究院何大安院士悉心指正。）

（四）秦觀〈滿庭芳〉

山抹微雲，天粘衰草，畫角聲斷譙門①。暫停征棹②，聊共引離尊③。多少蓬萊舊事④，空回首、煙靄紛紛。斜陽外，寒鴉數點，流水繞孤村⑤。銷魂⑥！當此際，香囊暗解⑦，羅帶輕分。謾贏得青樓，薄倖名存⑧。此去何時見也？襟袖上、空惹啼痕。傷情處，高城望斷⑨，燈火已黃昏。

【題解】

〈滿庭芳〉，詞牌名。毛先舒《塡詞名解》：「滿庭芳，采唐吳融詩『滿庭芳草易黃昏』句。」[4]萬樹《詞律》認爲詞牌名出自柳宗元〈贈江華長老〉：「偶地即安居，滿庭芳草積。」本調九十五字，雙疊，上片四平韻，下片五平韻，一韻到底。過片二字，亦有不叶韻而連接下文爲五字句者。又名〈滿庭霜〉、〈鎖陽臺〉、〈瀟湘夜雨〉、〈話桐鄉〉等。

【注釋】

①畫角：古樂器名。形如竹筒，本細末大，以竹木或皮革爲之，亦有用銅者，外施彩繪，故名。《太平御覽》引《宋樂志》：「按古軍法有吹角，此器俗名拔邏回，蓋胡虜警軍之音，所以書傳無之。海內雜亂，至侯景圍臺城方用之也。」蕭綱〈和湘東王折楊柳〉詩：「城高短簫發，林空畫角悲。」譙門，古代城門上有樓，用來瞭望遠方，稱作譙門或譙樓。

②征棹：遠行的船隻。棹，船槳，指代船。

③引：延長，連續。杜甫〈夜宴左氏莊〉詩：「檢書燒燭短，看劍引杯長。」離尊，離別酒。尊，酒杯，指代酒。

④多少蓬萊舊事：《苕溪漁隱叢話》後集引《藝苑雌黃》云：「程公闢守會稽，少游客焉，館之蓬萊閣。一日，席上有所悅，自爾眷眷，不能忘情，因賦長短句，所謂『多少蓬萊舊事，空回首、煙靄紛紛』也。」《淮海先生年譜》載：元豐二年己未（一〇七九）五月，秦觀「將如越，省大父承議公及叔父定於會稽。……東游鑒湖，謁禹廟，憩蓬萊閣。與領越州程公闢相得歡甚。」有〈謝程公闢啓〉云：「從游八月，大爲北客之美談，酬唱百篇，永作東吳之盛事。」又〈別程公闢給事〉云：「賣舟江上辭公去，回首蓬萊夢寐中。」語意與詞相類，詞當作於此年歲暮。鄭騫《詞選》註：「會稽即

4 唐·吳融〈廢宅〉：「滿庭荒草易黃昏。」

紹興，少游三十一歲時曾至其地，與程公闢（名師孟）時相過從，事見秦瀛所撰年譜。惟眷愛官妓之說，別無可考。」蓬萊閣在今浙江紹興。

⑤「斜陽外」三句：隋煬帝楊廣〈野望〉：「寒鴉飛數點，流水遶孤村。斜陽欲落處，一望黯銷魂。」葉夢得《石林避暑錄話》：「『寒鴉千萬點，流水繞孤村』，本隋煬帝詩也，少游取以爲〈滿庭芳〉詞，而首言『山抹微雲，天粘衰草』，尤爲當時所傳。」嚴有翼《藝苑雌黃》亦曰：「予在臨安見平江梅知錄云：『隋煬帝詩云：「寒鴉千萬點，流水繞孤村」，少游用此語也。』」

⑥銷魂：江淹〈別賦〉：「黯然銷魂者，唯別而已矣！」聞汝賢《詞選》：「銷魂，謂人於感觸深時，若魂將離體也。」

⑦香囊：盛香物的小袋，佩在身上的飾品，古代男女皆可有。《晉書・謝玄傳》：「玄少好佩紫羅香囊。」繁欽〈定情〉詩：「何以致叩叩，香囊繫肘後。」

⑧「謾贏得」二句：青樓即妓院，薄倖猶言薄情負心。杜牧〈遣懷〉：「落魄江南載酒行，楚腰腸斷掌中輕。十年一覺揚州夢，贏得青樓薄倖名。」謾，通漫。張相《詩詞曲語辭匯釋》：「本爲漫不經意之漫，爲聊且義或胡亂義，轉變而爲徒義或空義。」

⑨高城望斷：曾季貍《艇齋詩話》：「少游詞『高城望斷，燈火已黃昏』，用歐陽詹詩：『高城已不見，況復城中人。』」5斷，盡的意思。

【語譯】

遠處山頭飄抹著白雲，天際低低地粘著一片衰草，城樓上的號角聲已經吹盡，大色漸漸暗了下來。遠行的船隻會停泊一小段時間，我們且來喝一杯離別酒吧！多少件在蓬萊閣發生的往事浮上心頭，回頭一望，萬事皆空，只見煙靄水氣蒼蒼茫茫。殘陽底下，幾隻小黑點兒似的烏鴉散落著，流水環繞著孤伶寂寞的村莊。

此情此刻，眞讓人黯然銷魂哪！悄悄地解下香囊，衣裳襟帶也輕輕地分開了。空贏得青樓女子留下「薄情郎」的罵名。今日一別，何時再相見呢？衣袖上，徒然留下那些淚痕。遠行的船隻繼續行駛，離情漸行漸遠漸無窮，來到傷心的地方，在這裏高高的城樓看不見了，已經是黃昏過後萬家燈火的景況。

【賞析】

這闋詞秦觀三十一歲時作，此時尙未考取功名，仍在遊走四方，四處結交友朋。他繼承了五代以來《花間》遺風，迫近柳永詞風，而用字精巧，練字練意愈高。

上片寫景，引出離別情意，下片用賦體直抒傷心恨事，寫到對方身上。

---

5 唐・歐陽詹〈初發太原途中寄太原所思〉：「驅馬覺漸遠，迴頭長路塵。高城已不見，況復城中人。去意自未甘，居情諒猶辛。」

起筆「山抹微雲，天粘衰草」八字，風景並不特殊，妙在青山白雲間，著一「抹」字，長天衰草間，著一「粘」字，渲染出一種蒼茫寂寥的氣氛，勾勒出郊原遙遠的野色，摹景非常細膩。「抹」、「粘」二字是擬人化的手法，一要活，要生動；二要切，要合理。這是點染中的點法，下字精準。「微雲」、「衰草」也幫忙顯示高曠遼闊中的冷峻與衰颯，這裏正是以簡景練字，並不容易。而摹景寫實只是外表而已，暗藏在他所選擇的景物素材中，已含有秋別的離情。天低低的粘著衰草，季節是秋末冬初吧？下一句「畫角聲斷譙門」，號角聲已經吹過，說明這是傍晚時分；作者通過視覺與聽覺的描寫，醞釀出黯然傷別的氣氛，帶出整闋詞淒婉的情調。

從「山抹微雲，天粘衰草」寫到「畫角聲斷譙門」，由遠景寫到稍近之景，依然衰颯，底下才由「暫停征棹，聊共引離尊」，清楚地道出了離別的題意。其中「暫」字顯示眼前短暫的話別、終須別去的命運，「聊」字說出無可奈何的心情。面對生離的苦楚，不由得想起從前。

接著想起過往「多少蓬萊舊事」，那段美好時光，而今「空回首、煙靄紛紛」，概括地表現離別雙方內心的傷感與迷茫。既寫出傍晚暮色冥冥的景象，又隱喻往事如煙似的模糊茫然，蓬萊閣舊事雖然難忘，然而「此情可待成追憶，只是當時已惘然」[6]了。於是以「斜陽外，寒鴉數點，流水遶孤村」等蕭瑟遼闊景象，襯托出前程渺茫。這裏有明顯的點染技巧。爲了形容一種落寞的情緒，先點明往事不堪回首，接著用斜陽、寒鴉、孤村的景物烘托情感，以景喻情。三句宕開寫景，別意深蘊其中。「寒」字、「孤」字都是作者內心感受而投射出現的字眼，一片蒼茫淒涼之感，自己也如烏鴉遶遍孤村。即將面對的未來，實不可知，因而內心情緒是激動的。

「銷魂！當此際」，明白激盪出別情。接著以「香囊暗解，羅帶輕分」寫往事點滴在心頭，不曾忘記；也可以是說現在分手時的情狀；這兩句刻畫動態，表現出纏綿的情思。結帶象徵兩人相愛，故羅帶輕分，表示如此輕易的就分開了。歡情已逝，下句「謾贏得，青樓薄倖名存」，出之以自怨自艾之詞，流露出薄倖的悲歎，這是何等的可悲，何等的無奈！

底下「此去何時見也？」很自然的開出另一想法：未來不可知。這是染法。「襟袖上、空惹啼痕」二句，是處於現在難捨難分之際，別離的感傷淚下，流露後會無期的辛酸。最後，「傷情處」三字寫出佇立傷情的地方，「高城望斷，燈火已黃昏」，表明佳人已去，作者猶癡心想望，無限傷感。王粲〈七哀〉：「南登霸陵岸，迴首望長安」，意境與此相似。此處與上半闋畫角聲、斜陽外合看，萬家燈火正說明時間的推移；再與譙門、征棹合看，望盡高城又顯出空間的遞轉。因爲上半闋只說明「暫停征棹」，並沒有說明船已開動。直到這裏，作者用「高城」在望中由遠而「斷」，從漸行漸遠、景物漸模糊的現象，巧妙地說出船已行駛，空間的交代已在言外了。

這闋詞也可以從虛實的角度討論。開篇寫景，帶出「蓬萊舊事」，這些往事正是下文讓他「謾贏得青樓，薄倖名存」的原因，而作者始終沒有明說是怎麼一回事。至於寫景，倒是很清楚

6 此借用唐．李商隱〈錦瑟〉語句。

交代了譙門、斜陽、寒鴉、流水等等。景很眞實，情很虛幻，但是情也深刻。因爲即將分離，未來有可能不得見面，故而依依難捨，可是爲何未來這麼不確定呢?詞人還是沒說。以實景搭配不願明說的離別之情，似乎別有隱衷。

傳說秦觀離開會稽前，曾於蓬萊閣邂逅一名歌妓，十分愛慕，久久不能忘情，故於離別之際，寫下這首戀情詞。然而鄭騫《詞選》註此事：「別無可考。」我們可以試想，唐朝杜牧當年「贏得青樓薄倖名」，是因爲他在揚州呆了十年之久。而秦觀呆在會稽八個月的時間，並沒有流連於青樓酒肆，而是住在蓬萊閣接受地方首長官程闢的款待，數年後秦觀考取了進士。因而此處「謾贏得，青樓薄倖名存」的說法實際發生的機率不高，應當是用典故，而非實事。

然而這闋詞終究是寫失落的戀情和黯然銷魂的離別，可說是婉約詞風的繼承與延續。上片幾乎句句都在描述廣大的空間，寫實寫景而離別之情亦在其中。「抹」、「粘」、「斷」、「聊」、「引」、「空」都是精練的字眼。篇中用秋晚蕭條的景象，遼闊蒼茫的景象，渲染離別時刻的孤獨心情，尤見出色。到了下片寫女子，有情有景，有典故、有實事，將這份離情襯托得愈益淒美。從現在想到未來，染出另一節文字，譚獻《譚評詞辨》說：「下闋不假雕琢，水到渠成，非平鈍所能藉口。」這裏染得十分自然高妙。全詞結束之際，才發覺時間空間有了移轉，脈絡貫串，章法不亂。

【評箋】

宋·吳曾《能改齋漫錄》引晁補之：近來以來作者，皆不及少游，如「斜陽外，寒鴉數點，流水遶孤村」，雖不識字人，亦知是天生好言語。

明·王世貞《藝苑巵言·詞評》：「寒鴉千萬點，流水遶孤村」，隋煬帝詩也。「寒鴉數點，流水遶孤村」，少游詞也。語雖蹈襲，然入詞尤是當家。

明·沈際飛《古香岑草堂詩餘·正集》：人之情，至少游而極，結句「已」字，情波幾疊。

（五）賀鑄〈青玉案〉

凌波不過橫塘路①，但目送、芳塵去②。錦瑟華年③誰與度？月橋花院，瑣窗朱戶，只有春知處。

飛雲冉冉蘅皋暮④，彩筆新題斷腸句⑤。試問閑愁都幾許？一川煙草，滿城風絮，梅子黃時雨⑥。

【題解】

〈青玉案〉，詞牌名。原意是青玉所製的短足盤子，也指名貴的食用器具。《文選》東漢張衡〈四愁詩〉：「美人贈我錦繡段，何以報之青玉案。」調名由此而來。全調雙疊，共六十七字，上、下片各五仄韻，亦有下片第五句不用韻者。上、下片字數原本相同，因上片第二句變成三字一斷的疊句，遂跌宕生姿。下片無此斷疊，一連三個七字排句，最後才逼出煞拍的警策句。舊題李清照〈青玉案〉（一年春事都來幾）、辛棄疾〈青玉案〉（東風夜放花千樹）、黃公紹〈青玉案〉（年年社日停針線）都類此作法。此詞牌又名〈橫塘路〉、〈一年春〉、〈西湖路〉。

這闋詞首句出現了寫作地點，《中吳紀聞》：「賀方回本山陰人，徙姑蘇之醋坊橋。有小築，在盤門之南十餘里，地名橫塘。方回往來其間，嘗作〈青玉案〉。」

【作者】

賀鑄，字方回，晚號慶湖遺老，衛州（今河南汲縣）人。生於北宋仁宗皇祐四年，卒於徽宗宣和七年（一〇五二～一一二五年），年七十四。

鑄身長七尺，貌奇醜，寡髮，面色青黑粗糙，而眉目聳拔有英氣，時人謂之賀鬼頭。一生懷才不遇，尚氣使酒，劇談天下事，終不得美官。後爲泗州通判，悒悒不得志。然而詞風豪氣與柔情並存，長於造語，深婉密麗。有《慶湖遺老集》行世。詞集名《東山詞》，彊村叢書本最佳。

【注釋】

①凌波：喻美人輕盈的步履。曹植〈洛神賦〉：「凌波微步，羅韈生塵。」

②芳塵：帶芳香的塵土，借指美人行蹤。

③錦瑟華年：喻青春年華。李商隱〈錦瑟〉：「錦瑟無端五十絃，一絃一柱思華年。」華年亦作年華。

④飛雲冉冉蘅皋暮：這句是說佳人不來。江淹〈殊上人怨別〉：「日暮碧雲合，佳人殊未來。」冉冉：緩慢移動貌。蘅皋：謂滿植香草的水岸。蘅：杜蘅，香草名。皋：沼澤，水邊低地。

⑤彩筆：比喻有寫作的才華。事見《南史．江淹傳》記載江淹：「嘗宿於冶亭，夢一丈夫自稱郭璞，謂淹曰：『吾有筆在卿處多年，可以見還。』淹乃探懷中得五色筆一，以授之。爾後爲詩絕無美句，時人謂之才盡。」斷腸句：杜牧〈池州春送前進士蒯希逸〉：「芳草復芳草，斷腸還斷腸。」蓋傷春之作也。黃庭堅〈寄賀方回〉：「解作江南斷腸句，只今惟有賀方回。」

⑥梅子黃時雨：北宋陸佃《埤雅》：「今江、湘、二浙，四五月之間，梅欲黃落，則水潤土溽，礎、壁皆汗，蒸鬱成雨，其霏如霧，謂之梅雨。沾衣服皆敗黦，故自江以南，三月雨謂之迎梅，五月雨謂之送梅。」南宋陳巖肖《庚溪詩話》：「江南五月梅熟時，霖雨連旬，謂之黃梅雨。」

【語譯】

我眷戀的那個美人，如輕飄飄走過水面的女神，她那輕盈的腳步，沒有越過橫塘路。我傷心地看她朝我走來，但是沒有進來，又只能目送她飄去。這錦繡華年可和誰共度？是在月下橋邊花院裏，還是在美麗花窗的大紅門內？恐怕只有春風才知道你的居處。

飄飛的雲彩慢慢走近城郊的水岸邊，日色將暮，而你沒有來。因爲你沒來，我只好拿起彩筆寫下斷腸的詩句，詩句的意思是：若要問我的愁情究竟有多少？就像河邊煙霧瀰漫的草，又像滿城翻飛的柳絮，更像是梅子黃時的綿綿細雨。

【賞析】

這闋詞上片寫期盼的心情，下片寫失落的悵恨。

起句用《楚辭》借物詠情的比興手法，首三句寫美人踏著輕盈的步履而來，卻不願過訪橫塘路。美人離去後，詞人只能極目遠望，看見她的蹤跡遠去。此後芳蹤杳杳，只能徒生思慕之情，猜想她、憐惜她。想像著你的錦瑟年華和誰一起共度呢？你的住處是在有「月橋花院」的地方？還是有「瑣窗朱戶」的地方？詞人想像她的優雅富貴，可能高攀不上，惟有輕喟歎息。既不得見面，當然也無從寄與相思。

下片繼續描寫詞人的愁思。前二句用典，由空闊荒寂的景象，反透出人去塘空的惆悵。因爲你不來，自身的心情就只好由彩筆來表達。「試問」二字，是提頓蓄勢法，先頓一下，提出「閑愁都幾許」這個問句，然後下面三句乃能澎湃而出。要怎麼形容這種單相思而失戀的愁恨呢？詞人顯然是往愁又大又多的方向想去。先借用暮春常見的三種具體物象草、絮、雨，來說明愁思的廣度不斷地延伸，從地平面沿著河水邊可以看見滿地煙霧瀰漫的芳草，這是春天的草，又綠又多，可是還不足以形容吧？於是再說一句話來形容：像滿城風絮，空中亂飛亂飄的楊柳絮，在高高低低的立體空間裏紛亂飛舞，這樣夠形容了吧？不成，不成，滿城看得見的。而我的愁呢？

是放在心底看不見的，但是它又大又多，我心裏都裝不下了。那是像「梅子黃時雨」充斥天地之間，是連綿不絕的止不住的細雨綿綿，不只下兩三天的雨，也不只下在這座城而已。寫到這裏，才明白說出自己的愁恨既深且廣且多。

這三個比喻從水邊平地、到一座城的空間、再到廣大的長江流域，範圍越來越大，另外也帶有時間性。初春二、三月，春草長出來了；到了三、四月，楊柳絮也結成、裂開、飛舞，而要到了農曆四、五月間，梅雨季一來，那雨也就下個不停了。詞人挑出三個景物來寫，有時間綿長不斷的意思。而一川煙草是平靜地躺在那裏，滿城風絮是胡亂地飛舞，帶有點惱人的氣氛；但是到了梅子黃時雨，那是所有的人都受到影響，生活中的無奈、不可逃避，都出現了。這三個景物的質感，都逐步的深化。三個景物由三句話延伸、鋪展開來，長度加長，空間加大，而情感的負荷愈來愈重。這正是「染」運用成功的例子。南宋羅大經《鶴林玉露》指出：李後主「問君能有幾多愁，恰似一江春水向東流」、秦少游「落紅萬點愁如海」，都是以水喻愁。到了賀方回云：「試問閑愁都幾許？一川煙草，滿城風絮，梅子黃時雨。」蓋以三者比愁之多也，尤爲新奇，兼興中有比，意味更長。以上說明了詞人以景代情，眞能以景物述情懷，愁情澎湃而出，道前人之所未言。

【評箋】

宋．周紫芝《竹坡詩話》：賀方回嘗作〈青玉案〉詞，有「梅子黃時雨」之句，人皆服其工，士大夫謂之賀梅子。

明．沈際飛《古香岑草堂詩餘．正集》：疊寫三句閑愁，眞絕唱。

清．沈謙《塡詞雜說》：「一川煙草，滿城風絮，梅子黃時雨」，不特善於喻愁，正以瑣碎爲妙。

清．先著、程洪《詞潔》：方回〈青玉案〉詞工妙之至，無跡可尋，語句思路亦在目前，而千人萬人不能湊拍。

清．劉熙載《藝概．詞曲概》：賀方回〈青玉案〉詞收四句云：「試問閑愁都幾許？一川煙草，滿城風絮，梅子黃時雨。」其末句好處全在「試問」句呼起，及與「一川」二句並用耳。

（六）李清照〈念奴嬌〉　春情

蕭條庭院，又斜風細雨、重（ㄔㄨㄥˊ）門須閉①。寵柳嬌花寒食近②，種種惱人天氣。險韻詩成③，扶頭酒醒④，別是閑滋味。征鴻⑤過盡、萬千心事難寄。

樓上幾日春寒，簾垂四面，玉闌干慵倚⑥。被冷香消新夢覺，不許愁人不起。清露晨流，新桐初引⑦，多少遊春意！日高煙斂⑧，更看（ㄎㄢ）今日晴未⑨？

【題解】

這闋詞《漱玉詞》作〈壺中天慢〉，《花庵詞選》有副題「春情」，《彤管遺編》副題作「春日閨情」，點明爲春閨獨處時懷人之作，是清照早期作品。北宋徽宗政和六年（一一一六），清照三十三歲，此時夫妻結褵十五載，而恩愛愈篤。這年三月初四，夫婿趙明誠前往青州（今山東半島中部）。夫君離她而去，深閨寂寞，心事難託，滿懷思念而寫出此篇。黃墨谷《重輯李清照集》則認爲此詞當作於徽宗宣和三年（一一二一），明誠知萊州（在今山東半島）時，清照從居住地青州寄給丈夫之作。

【注釋】

①重門：好多重的門。

②寵柳嬌花：形容春天柳條嫩綠，花枝嬌媚，令人喜愛。寵、嬌都有鍾愛之意。寒食：古代清明節的前兩天，焚火三天，只吃冷食，稱之爲寒食節。

③險韻詩：用生疏冷僻且字數少的韻部作爲韻腳字寫詩。險韻：少見而難押之韻，一般人覺得險峻，而詩人化艱僻爲平妥，又無湊韻之弊。

④扶頭酒：容易喝醉的酒，口語稱爲「上頭」。杜牧〈醉題〉：「醉頭扶不起，三丈日還高。」姚合〈答友人招遊〉：「賭棋招敵手，沽酒自扶頭。」賀鑄〈南鄉子〉：「易醉扶頭酒，難逢敵手棋。」周邦彥〈華胥引〉：「紅日三竿，醉頭扶起還怯。」唐詩宋詞中，常以「扶頭」形容酒醉後的情態，是說頭也需要扶正。李時珍《本草綱目》說：「燒酒非古法也，自元始創其法。……其清如水，味極濃烈」。據此而論，李清照時代尙無烈酒。因此「扶頭酒」是以酒的功用命名，並非特定的酒名。

「扶」是「扶持」的意思。另一說「扶頭」爲醒酒用，在喝醉後的第二天早晨，飲些少量淡酒，可以清醒神志，俗稱爲「投酒」。

⑤征鴻：遠飛的大雁。

⑥玉闌干：欄干的美稱，指平滑如玉石的欄干。干，通杆。慵，慵懶。倚，倚靠著。

⑦清露晨流，新桐初引：語出劉義慶《世說新語・賞譽》：「於是清露晨流，新桐初引。」清晨時分，新露從葉片上滾落，梧桐葉剛剛抽出碧綠的嫩芽，又長長了一些。初引：枝葉初長之意。引：伸枝長大。

⑧煙斂：煙收起來、煙霧散盡的意思。煙，指雲霧之氣。

⑨晴未：天氣放晴了沒有？未，同否，表示詢問語氣。

【語譯】

蕭條冷落的庭院，又吹來了斜風細雨，一層層的院門緊緊關閉。寒食節即將來臨，春天的嬌花嫩柳也惹人喜愛，偏偏天氣不好，還眞惱人。推敲險仄的韻律寫成詩篇，從沈醉的酒意中清醒，還是閒散無聊的情緒難以排遣。大雁飛過，寄不出信，心中千言萬語說不出去。

連日來樓上春寒冷冽，我把簾幕垂得低低的，我也懶得登樓去憑倚美麗的欄干。錦被清冷，香爐火消，我從短夢中醒來，春寒使得本來已經愁緒萬千的我不能安臥。也罷，那就起牀好了。清晨的新露涓涓，滴發出的新長出來的桐葉一片湛綠，不知增添了多少遊春的意緒！太陽已高，晨霧應該散完了，再看看今天會不會是一個適合出遊的放晴好天氣？

【賞析】

這是一首懷人之作，敘寫寒食節時，丈夫趙明誠出仕在外，李清照獨守春閨對他的思念。

易安從一場春雨引發出種種難以排解的愁緒。起筆前五句，寫易安所處的環境，有寂寞幽深之感。庭院深深，寂寥無人，令人傷感；兼以「又斜風細雨」，表示刮風下雨不只一兩天了，景象之蕭條，心境之淒苦，更覺愴然。「蕭條庭院」與「重門須閉」互文，因爲庭院蕭條而想關閉重門，也因爲關閉重門而更顯得庭院蕭條。下面接著寫道，臨近寒食、清明這多雨季節，正是春花茂盛之時，「百草千花寒食路」，[7]卻因戶外斜風細雨，不得遊賞，只好深閉重門，任憑花葉承受風雨的摧殘。因爲「斜風細雨」而想起「寵柳嬌花」，既傾注了對美好事物的關心，「嬌寵」二字也透露出惆悵自憐的感慨。宋朝黃昇《花庵詞選》說：「『寵柳嬌花』之語，亦甚奇俊，前此未有能道之者。」明朝王世貞《藝苑巵言．詞評》也說：「『寵柳嬌花』，新麗之甚。」此四字之所以獲得讚許，是因爲非常女性化，暗藏些許嬌嗔，景致平凡而造語新奇，有很細密的工夫。以上藉由環境天氣，蕭條、風雨、閉門、寒食，歸結爲「惱人天氣」，烘染出寂寞無聊的心理狀態，映現晚春時節的心情。

---

7 語出南唐．馮延巳〈鵲踏枝〉：「幾日行雲何處去？忘了歸來，不道春將暮。百草千花寒食路，香車繫在誰家樹？」

次五句從外在景物寫到日常生活。風雨之夕，易安飲酒作詩，是爲了排遣愁悶，消磨時光，無奈詩成酒醒之後，萬端愁緒又襲上心頭，飲酒卻愁，酒醒而愈無聊賴，閑愁無法排解，產生一種「閑滋味」，那是寂寞無聊，不知道做什麼事來排遣愁悶才好。專挑險韻、啜飲烈酒，是自我的挑戰，餘興遊樂之舉，其中也有一種不與萬丈紅塵同歡，而自鎖自閉於內在世界的清冷孤寂。一般男性詩人寫女性，只能描摹外表，如「嬾起畫蛾眉，弄妝梳起遲」[8]之類，而易安寫自己，能寫到內心感受。此下，「征鴻過盡」換成虛筆。借用鴻雁傳書的典故，暗寓趙明誠走後，易安欲寄相思，而信使難逢。「萬千心事」，關它不住，遣它不成，「難寄」說明寄信也無方，最後只能埋藏心底。上片至此，總寫離情別緒油然而生的滋味，思念遠行的丈夫，卻毫無希望可寄，心頭茫然若有所失。

下片仍從日常生活映現思緒，續寫獨宿春閨的種種感覺。「樓上幾日春寒」拓開一層，然仍承接「萬千心事」意脈。連日陰霾，春寒料峭，易安小樓獨居，深坐樓頭。因爲天寒、也因爲登樓卻無眺望心情，於是「簾垂四面」，這是上片「重門須閉」的進一步發展，既關上重門，又垂下簾幕，則樓中人孤苦無依的情懷，也就不言而喻了。易安無心凭欄，卻又閒來無事，故而「玉闌干慵倚」，「倚」字描摹身爲女性的無聊意緒，而隱隱離情亦在其中。樓頭高寒，枯坐也發愁，於是躲進屋內，也躲進被窩裏。可惜輾轉反側，羅衾（ㄑㄧㄣ）不耐春寒，又從夢中驚醒。「香消」二字，指爐香燒盡，喻在眠牀上的時間已久，睡不安穩，人還是清醒著，悽然溢於言表。易安心事無處可訴，唯有夢中相見；而剛做新夢，又被寒冷驚醒。這裏「春寒」回應「天氣」，「簾垂」綰合閉門，「慵倚」見出沒有心緒，「新夢」與「心事」相關，「新夢覺，不許愁人不起」，更說明了夢覺之後再難成眠，被迫起身，多少無可奈何的情緒，都包籠其中。「被冷香消新夢覺，不許愁人不起」這兩句，明朝楊慎《詞品》評道：「情景兼至，名媛中自是第一。」清朝初年鄒祗謨《倚聲初集》也說這兩句：「用淺俗之語，發清新之思。」

接下來氛圍出現轉機，從「清露晨流」到篇終，用拓境手法，詞境爲之一變。此前，詞清調苦，婉曲深摯；此後，發現春光美好，「清露晨流」滴出「新桐初引」，清晨庭院中可愛的清新生命，令人產生遊春心思。日既高，煙既收，這大好晴天，帶出踏青賞春的希望。這等心情，與「聞說雙溪春尚好，也擬泛輕舟」[9]相同，有點躍躍欲動了。晨起後覺得應該去迎接春光，「更看」二字是更該去看的意思，多麼勇敢的表現！想去遊春，是爲了拋去愁情。盼望夫婿早日歸來，心情爲之一振，多少變得開朗。清朝毛先舒《詩辯坻》極爲讚賞這裏開拓意境的寫法：「嘗論詞貴開宕，不欲沾滯，忽悲忽喜，乍遠乍近，斯爲妙耳。如……李〈春情〉詞本閨怨，結云：『多少遊春意』、『更看今日晴未』，忽爾開拓，不但不爲題束，並不爲本意所苦，直如行雲舒

---

8 語出唐·溫庭筠〈菩薩蠻〉：「小山重疊金明滅，鬢雲欲度香腮雪。懶起畫蛾眉，弄妝梳洗遲。照花前後鏡，花面交相映。新帖繡羅襦，雙雙金鷓鴣。」

9 語出宋·李清照〈武陵春〉。

卷自如，人不覺耳。」可以補充說明的是，「今日晴未」四字，易安還是提出了疑問，在天已放晴之際，卻又擔心是否眞晴，說明春寒日久，還是放心不下；那種心底擔心害怕的感覺，表現得十分淒迷。然而，「日高煙斂」了，起牀後覺得應該去迎接春光，這是勇敢的表現，想去遊春，更是爲了拋去愁情。末尾的問句帶著試探的心情，有擔心，也有滿懷的期待。

整闋詞以清新之語，記述生活片段，從日常生活中顯示心緒落寞，語淺而情深。黃蘇《蓼園詞選》總評這闋詞說：「只寫心緒落寞，近寒食更難遣耳。陡然而起，便爾深邃。至前段云『重門須閉』，後段云『不許愁人不起』，一開一合，情各戛戛生新。起處雨，結句晴，局法渾成。」這是說，上片籠罩在寒食節陰冷的氛圍中，寫易安因明誠外出而爲離情所苦，失去支撐生活的樂趣，疏懶無聊之至。下片寫到天晴，從前面的愁緒縈迴到後面的軒朗，詞中情感起伏和天氣的變化相諧而生，融情入景，渾然天成。最後寫出提振精神的努力，又與前面所寫的風雨春寒相呼應，脈絡清晰分明。

這闋詞上片一開始先用了「斜、細、寵、嬌、惱」等字，點明春天室外的景致，接著再用「險韻、扶頭、征鴻」等修飾過的語詞，說明詞人在室內的心情。下字精美，這是「點」法。到了下片，先提出「樓上幾日春寒」，有點想要跳脫侷促室內空間的意思，但是「簾垂四面」一句，接續上文既關上重門，又垂下簾幕，還是幽閉在屋內。可是再經歷過一夜難眠之後，詞人振作起來了，這時她想起戶外的「清露」、「新桐」，都是美好的新生景物。於是自「清露晨流」以下，開拓了詞人心境，也拓展了文境，這是「染」法。詞的上片點點滴滴累積情緒，到了下片提振激發出心底的力量，看似上、下片有點、有染，各有所重，實則是心情連貫的表達。

【評箋】

明．楊慎《詞品》：「清露晨流，新桐初引」，用《世說》入妙。

明．李攀龍《草堂詩餘雋》：上是心事，難以言傳；下是新夢，可以意會。

清．毛先舒《詩辯坻》：李易安〈春情〉：「清露晨流，新桐初引。」用《世說》全句，渾妙。嘗論詞貴開宕，不欲沾滯，忽悲忽喜，乍遠乍近，斯爲妙耳。

清．鄒祗謨《遠志齋詞衷》：李易安「被冷香消新夢覺，不許愁人不起。」、「守著窗兒，獨自怎生得黑？」皆用淺俗之語，發清新之思，詞意並工，閨情絕調。

（七）辛棄疾〈青玉案〉　元夕

東風夜放花千樹①，更吹落、星如雨②。寶馬雕車香滿路③，鳳簫聲動④，玉壺光轉⑤，一夜魚龍舞⑥。　蛾兒雪柳黃金縷⑦，笑語盈盈暗香去⑧。眾裏尋他千百度，驀然迴首⑨，那人卻在，燈火闌珊處⑩。

【題解】

詞牌下副題「元夕」，指的是農曆正月十五日，又稱作「元夜」、「元宵」或「上元」。南宋時期杭州的元宵節，張燈結綵，煙火特盛，還有民間自組的三、五人小型歌舞隊，出入館園、酒樓演出。這種風氣，自北宋東京（今河南開封）延續而來，李清照〈永遇樂〉（落日熔金）、周密《武林舊事》皆有所記載，辛棄疾這闋詞即是應景而作。

【注釋】

①東風夜放花千樹：花燈燦爛，好像東風吹開了幾千棵花樹。花千樹，樹上掛燈結彩，燈火繁密，如同千樹花開。

②星如雨：星，喻燈火。如雨，形容流動頻繁。一說指施放的煙火沖上雲霄，又自天空落下，有如隕星雨。

③寶馬雕車香滿路：富貴人家出遊，駿馬拉著華美的車子，車上載著賞燈的婦女。

④鳳簫聲動：形容簫聲如仙樂般動聽。參見李白〈憶秦娥〉注釋①。鳳簫又稱「雲簫」，它是排簫而不是單管的管簫，其管參差排列如鳳翼，故名。

⑤玉壺：指南宋時福州進貢的一種精美的燈。燈用玉製成，像冰片玉壺。周密《武林舊事》卷二〈元夕〉說：「燈之品極多，每以蘇燈爲最。……其後福州所進，則純用白玉，晃耀奪目，如清冰玉壺，爽徹心目。」另一說指月光。朱華〈海上生明月〉：「影開金鏡滿，輪抱玉壺清。」（《全唐詩》卷七七九）

⑥魚龍舞：紮成魚形、龍形的花燈在夜景中搖曳。古代百戲雜耍中的一種表演，做成獸狀的兩個杜頭，被人牽引，入水化爲魚、出水化爲龍的演出。

⑦蛾兒：婦女的頭飾。雪柳、黃金縷：婦女的衣帶。李商隱〈謔柳〉：「已帶黃金縷，仍飛白玉花。」（《全唐詩》卷五三九）周密《武林舊事》卷二〈元夕〉說：「元夕節物，婦人皆帶珠翠、鬧蛾、玉梅、雪柳。」南宋末年陳元靚《歲時廣記》謂：「又賣玉梅、雪梅。」「鬧蛾兒揀了蜂兒賣。」明末王夫之《薑齋文集》卷九說：「以烏金紙翦爲蛺蝶，朱粉點染，以小銅絲纏綴針上，旁施柏葉。迎春元日，冶游者插之巾帽。宋柳永詞所謂『鬧蛾兒』也，或亦謂之『鬧嚷嚷』。」這些都是元宵夜市集上所賣的女性飾品。

⑧盈盈：體態步伐輕巧美妙的樣子。暗香，女子身上散發出來淡淡的香氣。

⑨驀然：忽然、突然。

⑩闌珊：衰殘、零落，形容燈火稀落的樣子。此時應當是夜已深沈、遊人散去的時候。

【語譯】

春風在夜間吹起，吹動樹上的燈籠，彷彿千棵樹上綻放了花朵；更美麗的像似吹落了繁星點點，落下陣陣星雨。華麗的車馬來來往往，迷人的香氣瀰漫大街，仙樂般的簫聲悠揚迴盪，玉壺內的燈光頻頻流轉，魚、龍形狀的彩燈整個夜晚不斷地搖曳翻舞。

美人戴著漂亮的蛾兒頭飾，穿著黃金衣帶，帶著笑語聲，步伐輕盈地走過，淡淡香味隨風飄逝。那位女子走了以後，我在人羣中尋找她好久，遍尋不著；不經意回頭一望，才發現她就站在燈火稀疏黯淡的地方。

（此文注釋、語譯，與國立蘭陽女子高中教師廖本銘合註。）

【賞析】

這闋詞題爲「元夕」，寫元宵節花燈繽紛、繁華熱鬧的景象，又別開生面，將觀燈女子溶入畫面之中，寫出作者追慕一位美麗女子的心情。一般說來，寫節日的作品，同質性高，典故或景物的描摹很容易重複，但辛棄疾這闋詞卻不一樣，上片描寫燈花之景，寫熱鬧，有生氣，燦爛而絢麗；下片描寫美人觀燈景象，再寫愛慕女子的心意，採用對比手法，分割出熱鬧與寧靜的兩個心靈世界，動態與靜態互相輝映，意境隨之深遠。

上片先寫燈景。起首二句以繁花盛開，來形容燈火之盛美，這是固定的燈彩；又以星辰如雨下，來比喻繁花（或說是煙火）的飄落，強調燈花（或煙火）流暢密集之程度，這是流動的光芒。唐朝張鷟（ㄓㄨㄛˊ）《朝野僉（ㄑㄧㄢ）載》卷三說：「睿宗先天二年正月十五、十六、十七夜，於京師安福門外作燈輪，高二十丈，衣以錦綺，飾以金玉，燃五萬盞燈，簇之如花樹。」又據元初吳自牧《夢粱錄》卷一〈元宵〉所載：「諸營班院于法不得與夜遊，各以竹竿出燈毬于半空，遠覩若飛星。」可見詞人巧妙形容當時的情形。因此，「寶馬雕車香滿路，鳳簫聲動，玉壺光轉，一夜魚龍舞」四句，是從不同的嗅覺、聽覺、視覺，以及「車馬滿路」寫出空間，「一夜魚龍舞」寫出時間，「寶」、「雕」、「鳳」、「玉」、「魚龍舞」連下幾個麗字，傳達目不暇給的喧騰熱鬧。由聲音流動、光影流轉的畫面，其強烈的動態感加強了想像的眞實性。元宵節的夜晚被搖曳舞動著，於閃爍絢爛之中，彷彿置身人間仙境。

下片寫賞燈男女，以及追慕一位優閒不俗的美人的過程。起首二句，承接「寶馬雕車」而來，寫馬車載來的賞燈美女。先用側筆從飾品寫起，她穿戴著蛾兒、雪柳、黃金縷，一付盛妝之美，而「笑語盈盈暗香去」，將女子形象融入了熱鬧歡愉的場景之中：「盈盈」帶來輕盈美妙之貌，「暗香」襲來更引人遐思；著一「暗」字，既有美人含情脈脈的感覺，也預示了那女子難以掌握的情態；果然女子隨著「暗香」而「去」，已經遠去而不可及。但作者筆鋒一轉，忽然說出早已心有所屬，在人羣中尋覓她千百次，心態多麼積極，而幾乎瀕臨放棄之時，在不經意的回首中，發現了所愛慕之人的身影！這裏出現了二度空間的轉折點在於「驀然回首」這個舉動的前後。回首前，身在繁華的上元夜，旁邊燈火燦爛，成雙成對的行人們在旁笑語盈盈，心中的那個她，找來找去，卻只有無盡閃亮的燈火。而回首後，原來你就在這裏。這裏的空間給讀者一種折疊之感，像是從滾動的鏡頭畫面，在無數個點點燈火裏暗藏的一個陰暗路邊下，一瞬間，鏡頭特寫找到了的她，畫面最後定格在一個圓滿結局。回首前的空間是遼闊而混亂的，但在那一個重要的回首之後，空間剎那間變得清晰，更準確一點來說，是變得更專注、更有重心了。

整個元宵之夜，包括燈花如畫、寶馬雕車、美女盈盈，呈現一片熱鬧光彩之景，所有景象均和那人產生強烈對比。那人像是看透人生一般，靜靜地站在黯淡落寞之中，看著這世界如何光彩奪目、如何照耀眾生。僅僅在這一瞬間，生命中所有意義都指向了她，如果找不到她，那麼這場元宵之夜的所有光彩，都將失去了意義。佳人出現之際，所有熱鬧都平靜了下來。究竟是熱鬧繁華的世界引人入勝，還是擁有一個獨自靜處的心靈世界，才是我們眞正想追求的？詞人似乎心中有了答案。

這闋詞所寫的是稼軒當天晚上的特殊經驗嗎？或者是古代追求情愛的一種模式呢？或是別有寄託呢？作者沒有明說，因而引起後世許多人的揣測。令人玩味的是，詞中至少兩次引用了周密的《武林舊事》，這本書的寫作初衷本來就意有所指，《四庫全書總目提要》卷七十評論此書道：「是書記宋南渡都城雜事，……目睹耳聞，最爲眞切。於乾道、淳熙間，……敘述尤詳。……而湖山歌舞，靡麗紛華，著（ㄓㄨˋ）其盛，正著其所以衰。遺老故臣，惻惻興亡之隱，實曲寄於言外，不僅作風俗記、都邑簿也。」是則這本書的內容，正與稼軒當時生活情景相合，而書中亡國黍離之悲，恐怕亦是當時士大夫的共同心靈感受。多位學者站在知人論世的立場，有意從稼軒的仕宦角度解釋此詞，《藝蘅館詞選》引梁啓超說：「自憐幽獨，傷心人別有懷抱。」胡雲翼《宋詞選注》也說：「作者追慕的是一個不同凡俗、自甘寂寞，而又有些遲暮之感的美人。這所反映的正是他自己在政治失意以後，寧願閑居，不肯同流合污的品質。」他們都把這闋詞作了擴大的解釋，作者的本意是否如此，則不得而知。

王國維《人間詞話》說：「古今成大事業、大學問者，罔不經過三種之境界：『昨夜西風凋碧樹，獨上高樓，望盡天涯路。』此第一境界也。『衣帶漸寬終不悔，爲伊消得人憔悴。』此第二境界也。『眾裏尋他千百度，回頭驀見，那人正在燈火闌珊處。』此第三境界也。此等語皆非大詞人不能道。然遽以此意解釋諸詞，恐晏、歐諸公所不許也。」他指出人生過程中必然經過孤獨、執著，與最後驀然迴首的人生徹悟，才會有一種「豪華落盡見眞淳」的哲理辯證。其實，王國維是借此喻彼，根本不是在談這闋詞的本意，而是分別截取晏殊〈蝶戀花〉、柳永（又作歐陽脩）〈蝶戀花〉、辛棄疾〈青玉案〉的詞句，談談盼望、等待、發現三個層次，藉此說明詞的三種境界。如果眞的循此認定稼軒這闋詞意境高遠，那可能就會錯意了。顏崑陽《蘇辛詞選釋》說得好：

> 王國維作這種「斷章取義」的挪用，也知道這不是「作者本意」，因此自我解嘲說：「遽以此意解釋諸詞，恐晏、歐諸公所不許也。」不過，王國維還有一個評斷，值得我們思考：「此等語皆非大詞人不能道」。大詞人的作品，往往由個人特殊、具體的存在經驗去作深入的感受，卻又能見到眾人普遍的存在經驗與意義，故其作品往往既「個殊」而又「普遍」，容易引起讀者的共鳴。[10]

這闋詞的確是稼軒借由一次元宵節的個人經驗，忽然有所感觸，寫出自古以來男女追求愛情

10 顏崑陽：《蘇辛詞選釋》（臺北：里仁書局，二〇一二年九月），頁一九二。

的一種景況：原來拼命追求不到的人事物，最後可能就在附近出現。這種世間常常聽聞的生活景況，正好在這裏被寫了出來。大詞人的文筆，畢竟不同凡響。

【評箋】

清．彭孫遹《金粟詞話》：稼軒「驀然回首，那人卻在，燈火闌珊處。」秦、周之佳境也。

清．譚獻《譚評詞辨》：起二句賦色瑰異，收處和婉。

民國．梁令嫻鈔《藝蘅館詞選》引梁啓超：自憐幽獨，傷心人別有懷抱。

十一、破體

作家不遵守舊有體製的規範，打破陳規，是為破體。有時是為了尋求創新突破，有時是不想受限於格律，更多的時候是跨文類書寫。最有心的跨文類書寫，就屬蘇東坡的以詩為詞和辛稼軒的以文為詞了。

早期的詞作來自里巷歌謠，多寫男女言情，有時為女性代言，有時自男性的立場自我抒情也寫得含蓄柔婉，甚至於近似靡靡之音。當時文人溫庭筠〈夢江南〉之類的曲調，詞評家還說「猶是盛唐絕句。」晚唐五代的《花間集》，到北宋中期的大晏、小晏、歐陽脩等人莫不如此創作，形成以婉約為正體的本色風格。在此之前，有李後主貴為國君卻遭遇亡國之痛，王國維《人間詞話》稱之為「血書」；范仲淹守邊疆，寫出邊塞詞；王安石〈桂枝香〉寫吟詠六朝的詠史詞，他們在東坡之前，都已跳脫《花間集》脂粉婉約的柔情傳統，把詠懷、邊塞、詠史詩的題材融入詞中，開拓「以詩為詞」的境界，到了蘇東坡更將所有唐詩的寫作題材，如詠物、畋獵、悼亡等，一一移入詞的領域，於是詞不再是小兒女的楚楚可憐姿態，轉而成為文人雅士大手筆的試驗場。

王灼《碧雞漫志》卷二說：「東坡先生非心醉於音律者，偶爾作歌，指出向上一路，新天下耳目，弄筆者始知自振。」經由東坡的努力，詞拓出新境，豪放派詞風也孑然獨立。

「以詩爲詞」是北宋中期開始的普遍創作現象。顏崑陽指出：「詞到東坡所建立的典範特徵，即是多用典實、直接抒寫、殊題、殊意、自我抒情言志。其中『不協律』，在東坡亦偶然如此，它只彰顯一種創作態度，就是『意』比『律』更具優先性。」[1]東坡這種創作現象，於他個人是創作多元的表現，帶動北宋中期以後詞風的走向，雖然也曾激起正、反不同意見的爭辯，但是到了胡寅、胡仔、王灼、林景熙等人，都對東坡之「以詩爲詞」給予極高的評價。南宋以後，東坡詞被塑造爲「新典範」，取代「花間」諸詞人。[2]據此我們可以理解，東坡詞以抒情言志爲主題的表現，重「意」優先於重「律」者，都視爲「以詩爲詞」。也不只東坡一人朝此方向努力，經眾人一同努力之後，改造了柔弱華美忸怩的詞風，擺脫了「豔科」的藩籬，不再以描寫男歡女愛爲近乎唯一的題材，也不再像以前那樣追求綺靡香豔的格調，是爲「以詩爲詞」的發展貢獻。

東坡集大成而傾力爲之的「以詩爲詞」，是關乎文學發展的革新運動。到了南宋，詞人秉承蘇軾的抒情範式，有感於國破家亡，南渡志士寫出豪氣奔放的詞風。詞的表現功能持續發揮，不僅可以抒情言志，也可以議論說理，兼顧社會現實生活。詞人的命運和詞風更緊密相連，譬如登臨懷古這題材寫得多也寫得比較成功的當屬辛稼軒，其原因在於他所處的時代國勢飄搖，個人生命歷程所帶來的志意與理念也深摯過人，於是傾力作詞，帶動一股英雄豪氣的詞風。稼軒詞的特色來自他的胸襟、處境，以及身負經天緯地之才卻不受重用而引發感懷。本書已選辛棄疾〈水龍吟〉、〈南鄉子〉、〈永遇樂〉都是這方面的代表作品，前人多視之為「以文為詞」。[3]

辛稼軒能用賦體的直接陳述方式填詞，也繼承了東坡詞以來開拓詞的題材的寫作方式，不過，他更加上了善用古語、用古書的故實，甚至於不避方言、俗語填詞，這些寫作技巧運用得宜，數量也多，受到後人看重。南宋劉辰翁〈辛稼軒詞序〉說：

> 詞至東坡，傾蕩磊落，如詩如文，如天地奇觀，豈與羣兒雌聲學語較工拙？然猶未至用經用史，牽〈雅〉〈頌〉入鄭、衛也。自辛稼軒前，用一語如此者必且掩口。及稼軒橫豎爛熳，乃如禪宗棒喝，頭頭皆是；又如悲笳萬鼓，平生不平事並卮酒，但覺賓主酣暢，談不暇顧。詞至此亦足矣。[4]

---

1 顏崑陽：〈論宋代「以詩為詞」現象及其在中國文學史論上的意義〉，《東華人文學報》，第二期，二〇〇〇年七月，頁五九。辛稼軒「以文為詞」的現象及其在文學發展史上的意義。

2 同前注，頁六六—六七。

3 參見拙著：〈辛稼軒「以文為詞」的現象及其在文學發展史上的意義〉，收入王基倫：《宋代文學論集》（臺北：臺灣學生書局，二〇一六年三月），頁三三一—三六〇。

4 宋．劉辰翁：《須溪集》，卷六，《豫章叢書》本；又收錄於《四庫全書珍本》（臺北：臺灣商務印書館，一九七三年），四集，別集三。

由此可知，「以詩爲詞」和「以文爲詞」有本質上很大的不同。前者是文學體製的革新運動，後者是大量使用文章語言入詞，屬於個人寫作技巧的追求。稼軒能在這方面大力突破前人陳規，又造成詞風的另一新氣象。「以詩爲詞」不是東坡一人的功勞，乃羣策羣力的造勢結果，本書所選李後主、范仲淹、王安石、蘇東坡詞可一併作如是觀；而「以文爲詞」方面，本書選入李後主的白描手法，李易安能以口語方言入詞的手法，都可說是稼軒詞的先驅。以下再補上二首稼軒於文字上著力之作，說明破體中的「以文爲詞」現象。

（一）辛棄疾〈西江月〉　遣興

醉裏且貪歡笑，要愁那得工夫？近來始覺古人書，信著全無一是處①。
昨夜松邊醉倒，問松「我醉何如？」只疑松動要來扶，以手推松，曰：「去！」

【題解】

西江月，唐教坊曲名，後用爲詞牌。又名〈白蘋香〉、〈步虛詞〉、〈江月令〉等。雙調五十字。此調始於南唐歐陽炯，本為平仄韻異部間協，宋以後詞則上下闋各用兩平韻，末轉仄韻，例須用同部。另有〈西江月慢〉，雙調一百零三字，例用入聲韻。

遣興，即遣懷，抒發情懷之意。

【注釋】

①古人書，信著全無是處：《孟子．盡心下》：「盡信書，不如無書。」

【語譯】

沈緬於醉鄉的時候，只想貪得歡笑，那裏有閒工夫去發愁呢？近日才覺得古書上的那些「至理名言」，相信它卻行不通，一點也沒有用處。

昨天晚上在松樹邊醉倒了，我就問松樹說：「我醉得怎麼樣了？」松樹一句話也沒回答我，只想跑過來扶我；「去！去！去！」我趕忙用手把它給推開了。

【賞析】

辛棄疾是中國文學史上的文武通才。早年為北方中原淪陷區的英雄好漢，一股豪情熱血，常洋溢在他的作品裏。可是，在這闋詞中，我們卻找不到「想當年金戈鐵馬，氣吞萬里如虎」的大丈夫氣魄，反而通篇酒氣四溢，滿紙醉字。是什麼因素，使詞人有如此重大的轉變呢？

第一句「醉裏且貪歡笑，要愁那得工夫？」乍看之下，彷彿詞人沈醉在醉鄉貪一時歡笑，而沒工夫發愁，實際上，詞人渾身都是愁，才會想借酒澆愁。「近來始覺古人書，信著全無是處。」彷彿懷疑書上的東西全都不值一文，但深入看，辛棄疾是懷疑書上的道理爲何與現實情況不盡相符。與其說是辛棄疾對書上的道理置疑，不如說是對時局感到灰心。

第二段，作者用了一種有趣手法——詩詞中不常使用的散文筆法，非常口語化。昨夜在松樹邊醉倒，把松樹當成了人，還問「他」：「我醉得怎麼樣？」沒想到松枝動了一下，眞要來扶呢！然而，作者依舊發揮他耿直剛毅的性格，堅持不要松樹來扶。這裏描摹人的醉態很生動。

辛棄疾身處的時代，南宋上下已經習慣於偏安江南，采石磯之役雖然獲勝，卻不能改變這種局勢。有人作詩諷刺：「山外青山樓外樓，西湖歌舞幾時休？暖風薰得遊人醉，直把杭州作汴州。」一個滿腔熱血，一心收復失土，卻不爲當局青睞，反而處處受排擠的英雄人物，只好把失望之情，全都宣洩在文學作品上。辛棄疾一肚子愁苦憤懣，藉著酒後醉語發散而出。他實在是清醒的，全篇雖然三個「醉」字，卻更映襯出他的哀傷之情。他所熱愛的國家，竟然頹廢如此，怎不令他難過？

辛棄疾〈鷓鴣天·有客慨然談功名，因追念少年時事，戲作〉：「卻將萬字平戎策，換得東家種樹書。」這是他「不合時宜」的悲哀，所以才「始覺古人書，信著全無是處。」更醉得把松樹當成扶醉人。顯然，跟那些沒喝醉也軟弱不堪的小朝廷君臣們相比，作者實在比誰都更清醒，更有思想！這闋詞中，讀到的是辛棄疾的歎息與無奈。

（二）辛棄疾〈清平樂〉村居

茅簷低小①，溪上青青草。醉裏吳音相媚好②，白髮誰家翁媼③？大兒鋤豆溪東④，中兒正織雞籠。最喜小兒亡（ㄨˊ）賴⑤，溪頭臥剝蓮蓬。

【注釋】

①茅簷：茅草蓋的屋頂，借指茅草屋。
②吳音：吳地語音，柔軟悅耳的南方話。相媚好，互相逗樂取悅，兼指吳音柔美悅耳。
③翁媼：老翁、老婦。
④鋤豆：種豆。鋤字當動詞用。
⑤最喜：最討喜，最可愛。亡賴，頑皮、淘氣。

【語譯】

茅屋低小，溪邊長滿了青綠的草。酒醉時聽見吳地方言，互相逗樂問好，聲音柔軟悅耳，這是哪一家的白髮老公公、老婆婆在說話呢？

大兒子在溪東邊種豆，二兒子正忙著編織雞籠子。最討人喜歡的是小兒子，他很頑皮淘氣，正躺臥在溪頭邊，剝著剛採摘下來的蓮蓬。

【賞析】

這闋詞題作「村居」，是作者閒居鄉村之作。辛棄疾因未獲重用，長期閒居於信州（今江西上饒）達二十年，因此作品中有不少的田園詞。這闋詞用字平易，生動描繪農家的生活情態，在寧靜祥和中飽含溫情。

上片起首兩句，點出村居的美景：低矮屋舍，緊鄰一條溪水，溪邊長滿了青草，簡單地勾勒出鄉村簡樸的氣息，彷彿一幅清淡秀麗的風景畫。接著三、四句「醉裏吳音相媚好，白髮誰家翁媼？」由視覺轉向聽覺，帶向人事，寫村居中的老公公、老婆婆彼此和諧愉快、優閒愜意的生活情態，含有幾分平淡中看見幸福的感動。下片承接前意，續寫孩兒們各種情態，他們各安其分，生活單純和樂。大兒子在溪東鋤草種豆，二兒子專注地編織雞籠子，小兒子相較不懂事，只知天眞玩耍，躺臥在溪邊剝蓮蓬，卻最惹人憐愛，可以想見他能自得其樂。

整闋詞從一條溪說起，憑藉一條溪水營造出村居的風情，「溪上青青草」、「大兒鋤豆溪東」、「溪頭臥剝蓮蓬」，三度藉由「溪」字黏接畫面，全景自然融合一體。寫作對象全以人事爲主，取材全是農家美好生活的題材。其中形容小兒的無憂無慮、天眞活潑，栩栩神情宛在眼前，「臥」字尤其富有生動氣息，充分展現他的可愛，更增添許多情趣。整闋詞看似用字平淺，絮叨叨，說的都是家常話，實則構思巧妙，透過簡單情節，描寫了安適自得的村居生活，一片清新寧靜畫面，令人心神嚮往。

十二、翻新

詞的創作，除了需要情感內容與音樂格律的結合外，還需要巧妙語言的運用，提升詞的境界。然而，情感可以追尋體會，音律可以蹈履前人的腳步，但是妙語卻是越來越難創新。

文人創作過程中，推陳出新，翻出新意，是常常放在心中的追求目標。韓愈〈答李翊書〉提出「惟陳言之務去」，道出了其中的甘苦。然而宋人生活在唐代詩文的黃金歲月之後，「影響的焦慮」難以避免，而文人創作的許多語彙都來自古代《詩》、《書》，想要超越前人的創作更是難上加難。愈是如此，愈須努力，釋惠洪《冷齋夜話》記載黃庭堅的說法：「詩意無窮而人之才有限，以有限之才追無窮之意，雖淵明、少陵不得工也。然不易其意而造其語，謂之換骨法；窺入其意而形容之，謂之奪胎法。」此即所謂「奪胎換骨」說。這說法也影響到北宋中期以後詞人的創作。

實則，詞家一直努力作此翻出新意的嘗試，如李煜〈子夜歌〉（人生愁恨何能免）每兩句的內容都不同，四聯八句推出四層新意；秦觀〈鵲橋仙〉（纖雲弄巧）也把牛郎、織女七夕相會故事的意思，愈練愈深，彷彿劉勰《文心雕龍．辨騷》評價《楚辭》所說的：「雖取鎔經意，亦自鑄偉辭。」本書還分析過下列這些詞，觀其內容，似乎後者都在揣摩學習前者，如：

溫庭筠〈夢江南〉（梳洗罷）→柳永〈八聲甘州〉（對瀟瀟）：寫女子倚高樓遠望江帆

溫庭筠〈更漏子〉（玉鑪香）→李煜〈浪淘沙〉（簾外雨潺潺）→李清照〈念奴嬌〉（蕭條庭院）：寫夜晚衾被寒冷

溫庭筠〈更漏子〉（玉鑪香）→李清照〈聲聲慢〉（尋尋覓覓）→聶勝瓊〈鷓鴣天〉（玉慘花愁出鳳城）→蔣捷〈虞美人〉（少年聽雨歌樓上）：寫梧桐葉上的滴雨聲

李煜〈浪淘沙〉（簾外雨潺潺）→范仲淹〈蘇幕遮〉（碧雲天）→歐陽脩〈踏莎行〉（候館梅殘）：寫獨自一人倚高樓遠眺

辛棄疾〈醜奴兒〉（少年不識愁滋味）→蔣捷〈虞美人〉（少年聽雨歌樓上）：寫少年到中老年的心路歷程

以上各闋詞，如果仔細比對詞中的文句，當能觀察到原作被後來者借鑑之後，更能創出新意，這是宋人的習慣之一，這是一種借鑑而創新。詞家無論練字或鍾煉文意，往往愈練愈深，這是值得注意的現象。以下我們再舉兩闋詞為例，說明范仲淹〈御街行〉（紛紛墜葉飄香砌）如何被李清照〈一翦梅〉（紅藕香殘玉簟秋）改創文句而翻出新意。

（一）范仲淹〈御街行〉　秋日懷舊

紛紛墜葉飄香砌①。夜寂靜，寒聲碎。真珠簾卷玉樓空，天淡銀河②垂地。年年今夜，月華如練③，長是人千里。　愁腸已斷無由醉，酒未到，先成淚。殘燈明滅枕頭欹（ㄑㄧ）④，諳⑤盡孤眠滋味。都來⑥此事，眉間心上，無計相迴避。

【題解】

〈御街行〉，詞牌名。御街之名，始於宋代，指東京開封府（今河南開封）皇室宮殿前的道路。《東京夢華錄》載：「自宣德樓一直南去，約闊二百餘步，兩邊乃御廊。」百官上朝循此御廊而前行，故有此調。雙調，七十八字，上下片各四仄韻。下片亦有略加襯字者，列為變格。此詞牌又名〈孤雁兒〉。

這闋詞或有副題「秋日懷舊」，意謂某年中秋節作。

【注釋】

①香砌：香階，有花香的臺階。

②銀河：參見秦觀〈鵲橋仙〉【注釋】③。

③練：白練，白色的綢緞。
④欹：傾斜。
⑤諳：熟習。
⑥都來：算來。

【語譯】

好多落葉飄上了香階。夜晚一片寂靜，只聽見寒風吹落樹葉發出細碎的聲息。捲起珍珠簾子，人去樓空，望見天色清明，銀河斜垂到地面。每年的中秋夜，月光如同白綢緞一般皓潔，人卻常常遠離家鄉，被阻隔在千里外的地方。

思念家鄉早已肝腸寸斷，我如何能用沈醉來忘卻，酒還沒送來，就先流下了淚水。深夜裏殘餘的油料點燈不夠明亮，燈火忽明忽暗，人斜靠著枕頭，嚐盡孤眠的滋味。算來算去，這離愁就在眉宇間、就在心頭上，根本沒有辦法回避。

【賞析】

這闋詞上片寫秋日之景，下片寫思鄉之情，由景而生情，感觸良多。

與范仲淹〈漁家傲〉、〈蘇幕遮〉一樣，都是生活在塞外而思念故鄉，有家歸不得的心情下，借酒澆愁，反而心情更愁苦的作品。尤其是中秋夜，天色清明，銀河高掛天際，這是遼闊壯麗的景象，想起返鄉路途那麼遙遠，襯托出人的孤獨渺小。上片提到的景物，墜葉、夜、寒聲、眞珠簾、銀河、月華等，皆屬稀鬆平常，但是描繪出來「眞珠簾卷玉樓空，天淡銀河垂地」，頗不尋常。「眞珠簾」在李中主〈攤破浣溪沙〉出現過，而「銀河垂地」就前無依傍了。

下片寫情，寫鄉愁，屬於抽象的情感層面，並不好寫。作者直接說出「愁腸」、「孤眠滋味」，這些原本都是心理感受，不容易表達，卻經由「酒未到，先成淚」、「殘鐙明滅枕頭欹」這麼具象化的描寫，烘托出來。失眠的人，才會斜靠在枕頭上，整夜看著周遭環境的變化，很熟悉那種失眠滋味。最後三句，又把複雜的心情用「眉間心上」這麼小而具體的地方形容出來，寫得很好。由於眉頭與心頭之間能回旋的地方太小，一旦有愁，那就愁眉不展、「使我不得開心顏」[1]了。這裏又再一次以具體事物形容抽象的情感。

整闋詞從寫景歸結到無可逃避的思鄉之情，情感深刻而悲苦，令人動容。而讀完全詞後，可以發覺有幾處亮點：一是「天淡銀河垂地」的描寫，二是前人有「舉杯銷愁愁更愁」[2]的說法，而作者卻寫出「酒未到，先成淚」的難受，三是把離愁用「眉間心上」的畫面表達出來。這些地方都是遣詞用字造成語意上的翻新，引人注目。

1 語出唐．李白〈夢遊天姥吟留別〉。

2 語出唐．李白〈宣州謝朓樓餞別校書叔雲〉。

【評箋】

明・李攀龍《草堂詩餘雋》：月光如晝，淚深于酒，情景兩到。

明・王世貞《藝苑卮言・詞評》：范希文「都來此事，眉間心上，無計相迴避」，類易安而少遜之。其「天淡銀河垂地」，語卻自佳。

明・沈際飛《古香岑草堂詩餘・正集》：「天淡」句空靈。

清・沈謙《填詞雜說》：范希文「珍珠簾捲玉樓空，天淡銀河垂地」及「芳草無情，又在斜陽外」，雖是賦景，情已躍然。

民國・王闓運《湘綺樓詞選》：是壯語不嫌不入律，「都來」即「算來」也，因此處宜平，故用「都」字，究嫌不醒。

（二）李清照〈一翦梅〉

紅藕香殘玉簟秋①。輕解羅裳，獨上蘭舟②。雲中誰寄錦書來？雁字③回時月滿樓。

花自飄零水自流。一種相思，兩處閑愁。此情無計可消除，纔下眉頭，卻上心頭。

【題解】

〈一翦梅〉，詞牌名。宋人稱一枝曰一翦，一翦梅者，即一枝梅也。古時遠地贈人，輒以梅花一枝表相思（參見姜夔〈暗香〉【注釋】⑥），詞牌即取斯義。雙調小令，六十字，上下片各三平韻。每句並用平收，聲情低抑。亦有句句叶韻者。此詞牌有因易安此詞而名爲〈玉簟秋〉、〈月滿西樓〉者，又有名爲〈臘梅香〉者。張宗橚《詞林紀事》說：易安詞之上片結尾二句，原作「雁字回時月滿樓」，「西」字後人所增。鄭騫《詞選》指出：「〈一翦梅〉前後結均爲四字兩句，此作前結七字一句，是爲別體。」

【注釋】

①紅藕：即紅蓮，大約每年農曆九月結蓮藕。玉簟：古人織珠玉爲簟，或指光澤如玉的竹席。簟，一種植物名，可製成竹席。

②蘭舟：木蘭樹製造的船，既堅且香，後世以此爲船之美稱。

③雁字：羣雁飛翔天空，行列有序，往往成「人」字形。

【語譯】

紅蓮謝了，蓮香也消了，竹蓆已有秋天的涼意。輕輕換下夏天的羅綢裙襬，改穿秋裝，一個人獨自登上木蘭小舟，遊湖去也。抬頭凝望天空，那白雲舒卷的地方，會不會有丈夫的來信呢？雁羣排成「人」字形飛過，皎潔的月光灑滿了我所住的亭樓。

花自顧自地飄零，水自顧自地漂流。我和你同樣有相思離愁，卻是分住在不同的地方。這種相思之苦無法排除，微蹙的眉頭才剛剛舒展一下子，瞬間心頭又纏繞起許多愁緒。

【賞析】

《瑯嬛記》卷中：「易安結褵未久，明誠即負笈遠遊。易安殊不忍別，覓錦帕，書〈一翦梅〉以送之。」可知此詞爲易安新婚後不久的小別之作。詞中沒有相送，而是別後相思。

俗話說：「小別勝新婚。」但是對一個閨秀女子來說，丈夫出門遠去，她就只能獨守空閨了。一個人在家，看見室內有一牀竹席，每日生活於此斗室之內；再望向室外，紅荷已謝，夏盡秋來，轉眼深秋入冬。爲了轉換心情，去遊湖吧！生活中有「玉簟」、「蘭舟」，物資並不匱乏，所缺少的是心靈上的伴侶。獨自一人遊湖，純屬打發時間，望向天際，雲朵中是否有美麗的書信寄回來？這一問，是心中抱有一絲希望的。而看見「雁字回時」，自然會想起良人何日歸來？可憐的是，從白天思念到晚上，直到深夜，月兒都繞到一邊去了，還是在思念之中啊！

下片仍然回想起白天的生活，在船上，看見花瓣飄零在水波上，想起夫君有他的生涯規畫，有如流水流向遠方。此時分明就是我思念你、你思念我，同樣的相思，卻在兩個地方發愁。「一種相思，兩處閑愁」的寫法，前人罕有，卻是道道地地寫出了夫妻之間心心相印的感情。末尾還是繼續訴衷情，這般愁苦之情，消也消不去，才剛在人的外表眉頭間放下來，就立刻在人的心頭間鎖起來，內心的糾結難捨可知。范仲淹〈御街行〉說：「都來此事，眉間心上，無計相迴避」，這是靜態外貌的表達。李清照也用眉頭和心頭的意象，添加了「才下」、「卻上」，就成爲動作形態的表達，而且帶出瞬間的感受。後出轉精，由此可見。

這闋詞的上片以景結情，下片就直接抒發情意了。詞中有柔情，心頭有一點酸楚，但是處在新婚中，夫妻兩人情好日密，因此沒有抱怨的話來。這眞是《禮記．經解》說的：「其爲人也，溫柔敦厚，詩教也。」

【評箋】

宋．胡仔《苕溪漁隱叢話》：此詞頗盡離別之情，當爲拈出。

清．王士禛《花草蒙拾》：俞仲茅小詞云：「輪到相思沒處辭，眉間露一絲。」視易安「纔下眉頭，卻上心頭」，可謂此兒善盜。然易安亦從希文「都來此事，眉間心上，無計相迴避」語脫胎，李特工耳。

清．陳廷焯《白雨齋詞話》：易安佳句如〈一翦梅〉起七字云：「紅藕香殘玉簟秋」，精秀特絕，眞不食人間煙火者。

附錄一：唐安史亂後地圖、北宋疆域圖、南宋疆域圖

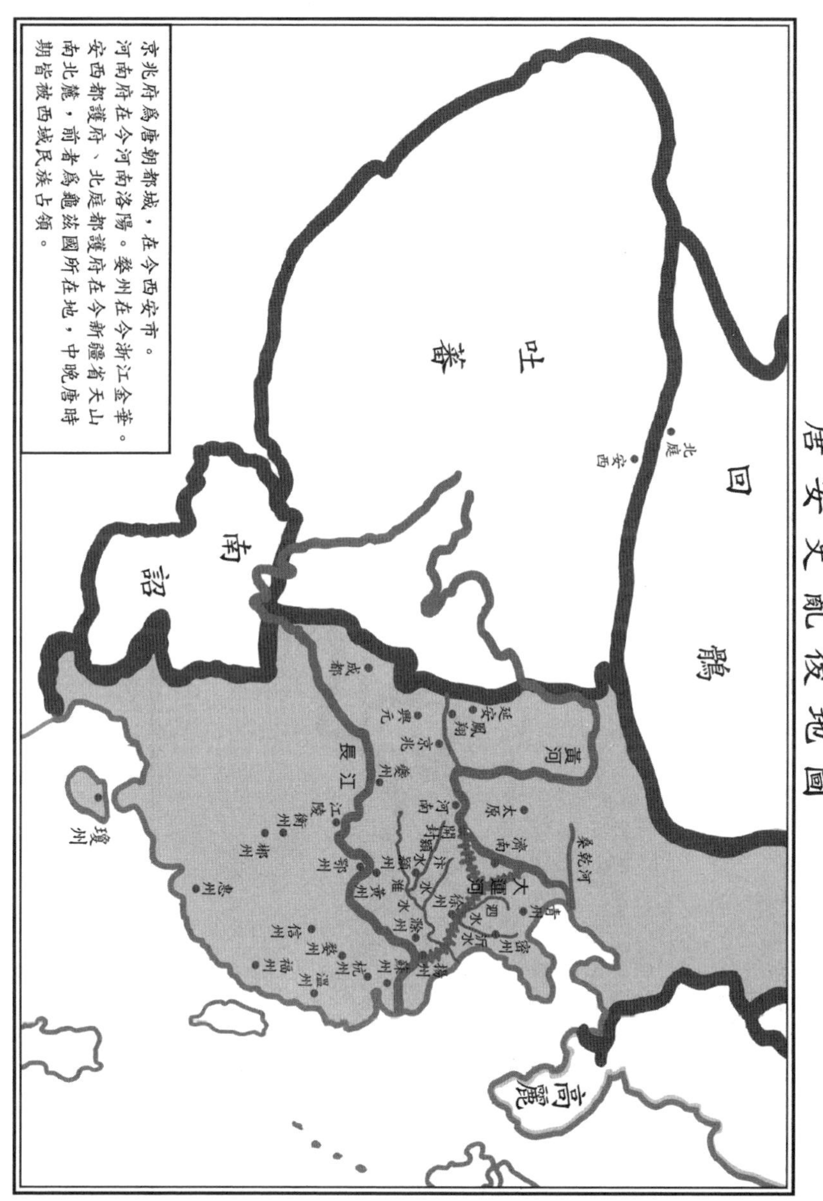

北宋疆域圖

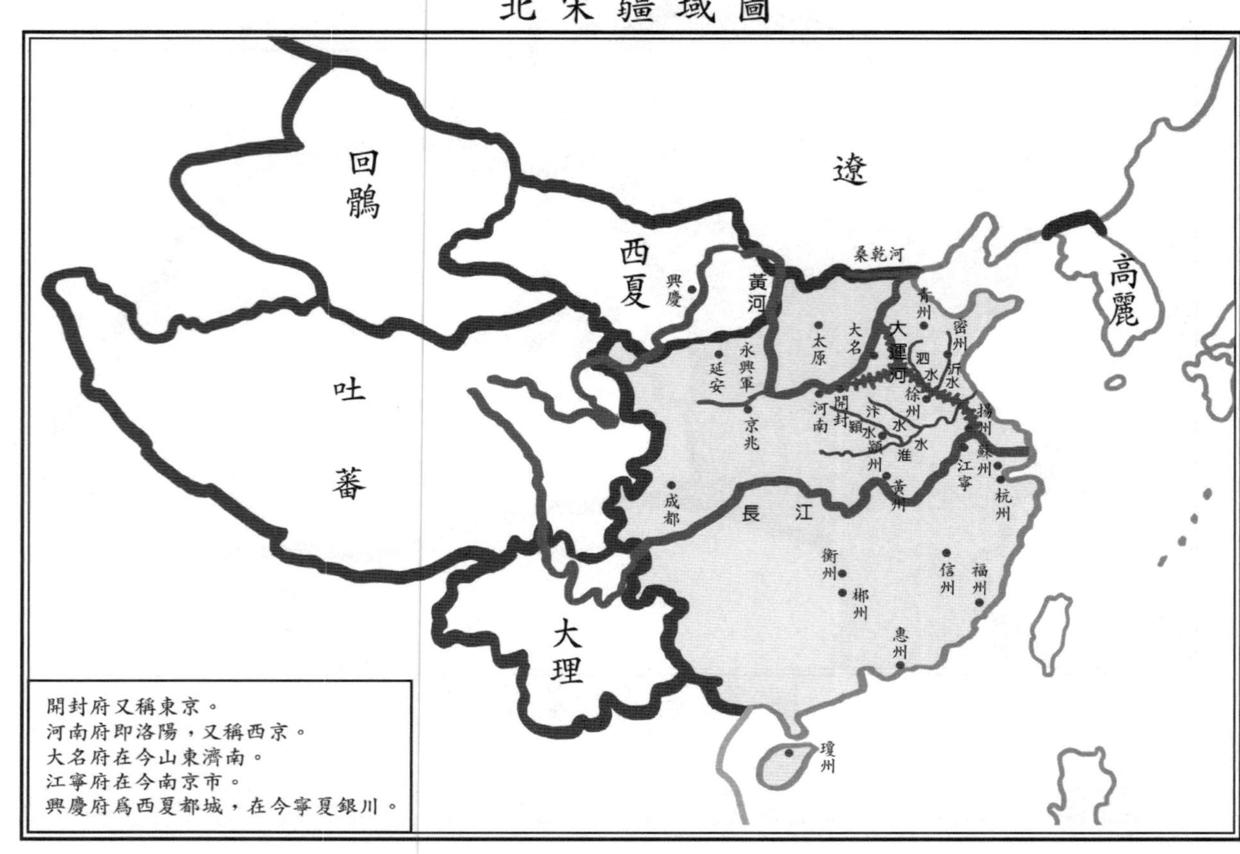
回鶻
遼
西夏
興慶
黃河
桑乾河
高麗
吐蕃
太原
大名
大運河
青州
密州
泗水
沂水
永興軍
延安
京兆
河南
開封
汴水
潁州
徐州
淮水
揚州
蘇州
江寧
杭州
黃州
成都
長江
衡州
郴州
信州
福州
惠州
瓊州
大理
開封府又稱東京。
河南府即洛陽，又稱西京。
大名府在今山東濟南。
江寧府在今南京市。
興慶府爲西夏都城，在今寧夏銀川。

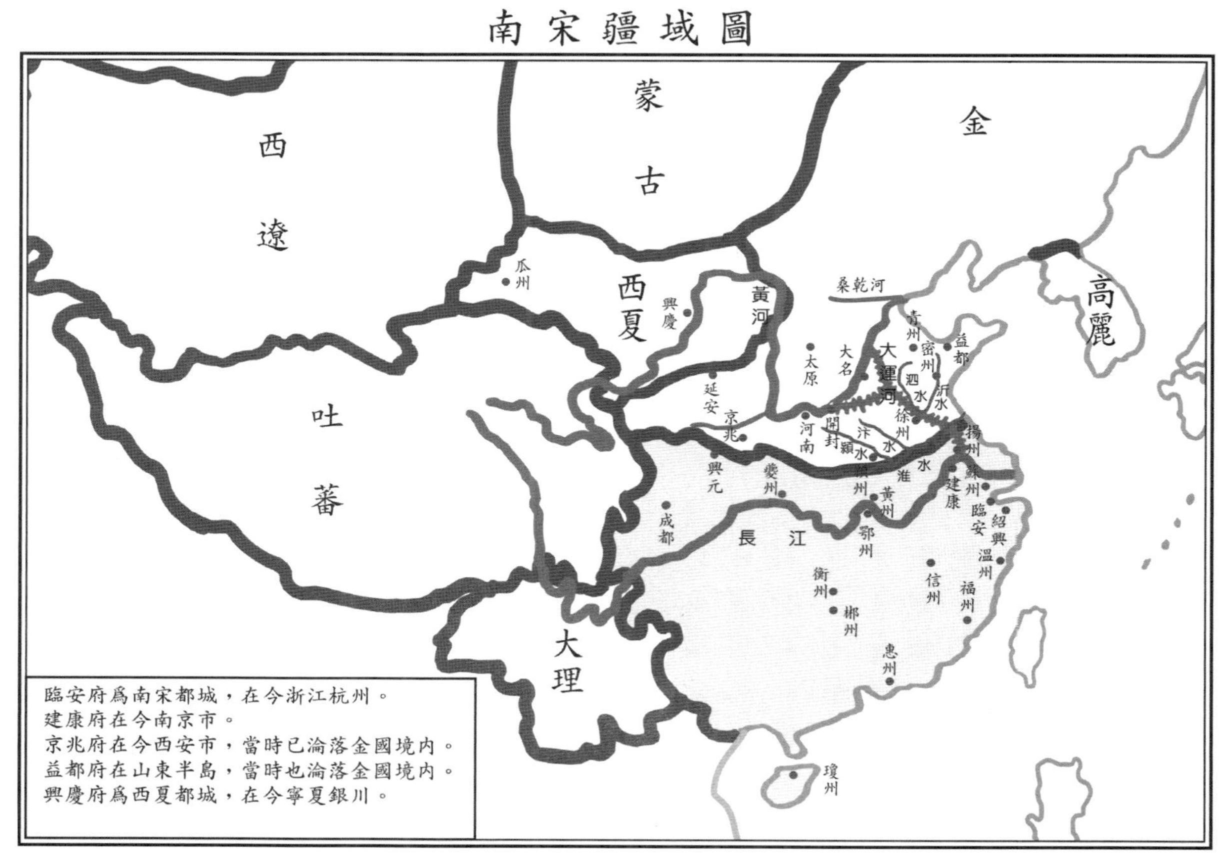
南宋疆域圖
臨安府爲南宋都城，在今浙江杭州。
建康府在今南京市。
京兆府在今西安市，當時已淪落金國境內。
益都府在山東半島，當時也淪落金國境內。
興慶府爲西夏都城，在今寧夏銀川。
西遼
蒙古
金
高麗
吐蕃
西夏
大理
瓜州
興慶
黃河
桑乾河
延安
京兆
太原
大名
大運河
青州
密州
益都
泗水
沂水
徐州
河南
開封
汴水
潁水
淮水
揚州
蘇州
建康
臨安
紹興
溫州
福州
興元
夔州
黃州
鄂州
成都
長江
衡州
郴州
信州
惠州
瓊州

附錄二：〈陳文華老師的詞選課〉

民國六十七年（一九七八）九月，文華老師初次登上臺灣師大國文系講堂，講授「詞選及習作」，我是他第一年在大學授課的學生。

那是奇妙的機遇。當年課表上是聞汝賢老師授課，開學後聞老師前來授課，講完每一闋詞，都會吟唱一番，聲調抑揚，頗有韻味。可惜他年事已高，吟唱時手會不停地搖幌，兩三週之後就賦閒在家了。文華老師前一年才獲得碩士學位，此時臨時受命，接下聞老師的課，一上就是兩學期，每週二節。

那年陳老師三十二歲，正好大我們一輪生肖。他既不羞澀，也沒有意氣風發，只是很平實認眞的講學。他常常從生活經驗出發，推想古人寫作時的生活情境，由此知其人、識其心，得出詩詞中的奧義。講到李後主〈清平樂〉「砌下落梅如雪亂，拂了一身還滿」，這是在樹下站了許久，心有所專注。講到晏殊〈踏莎行〉「鑪香靜逐遊絲轉」，這句是從動態中顯出「靜」，玉鑪香煙轉成遊絲需要一段時間，可見他享有富貴的生活。講到秦觀〈踏莎行〉「霧失樓臺，月迷津渡，桃源望斷無尋處」這起筆三句，是住的地方不見了，去的地方也沒了，不是無處可歸了嗎？而理想的桃花源也沒處找，人生至此只有孤苦了。從這些地方看得出老師的感情細膩，用生命在讀詩。

文華老師常常告訴我們練字的重要，譬如不直接寫花，而寫「落紅」；不直接寫愁，而寫山、寫水，詩詞中常見具體事物與抽象感情的代換。倒裝字句也有妙用，一是生新，產生新鮮感；二是取勁，產生勁勢。講到范仲淹〈蘇幕遮〉「黯鄉魂，追旅思」、〈漁家傲〉「將軍白髮征夫淚」，那又是「互文生意」。范仲淹〈御街行〉「都來此事，眉間心上，無計相迴避」，這是靜態的表達，到了李清照〈一翦梅〉寫成「此情無計可消除，纔下眉頭，卻上心頭」，成爲動態的表達，且帶出瞬間的感受，練字練出了新義。

文華老師講述詩詞寫作技巧，還會從大處著眼。王維〈九月九日憶山東兄弟〉、杜甫〈月夜〉都是「對面著筆」的寫法，由此聯想到韋莊〈菩薩蠻〉「殘月出門時，美人和淚辭」以及柳永〈八聲甘州〉「想佳人，妝樓顒望，誤幾回，天際識歸舟」也都是這種寫法。又如柳永〈雨霖鈴〉上片實寫，下片虛寫，然而實中有虛，虛中有實。這是「虛實」的妙用。而蘇東坡〈定風波〉「莫聽穿林打葉聲」，上片有風有雨，下片無風無雨，老師由此談到《莊子．逍遙遊》的「有待」與「無待」。這是「有無」的妙用。老師常常會從「時間、空間」、「感性、理性」、「情語、景語」、「人我雙寫」等相對的視角，討論詞作上下片的結構。這些地方都看得出老師有敏銳觀察力，能讀出寫作技巧，與詩心情感相結合。

講到歐陽脩〈蝶戀花〉「門掩黃昏，無計留春住」，實爲「天眞語」，蓋「詩人者，不失其赤子之心。」老師其實看出詩人創作的本心。有一次在課堂上，老師提及汪中老師愛喝酒，而他既然成爲入室弟子，應該奉陪。於是文華老師自己在家練酒，天天自喝一碗，讓酒量壯大起來。談及這件往事，老師笑意盈盈。

老師上課拿起粉筆，有時題寫眼目，有時誦寫全詩，有時串聯歷代相關的精美詞句，隨手拈來，如數家珍。我們很難想像碩士畢業才一年、剛讀博士班沒兩年的文華老師，竟然這麼博學多聞。當年我們都很好學，常常旁聽口碑較佳的老師的課。文華老師沒執教以前，大家都跑去隔壁班旁聽王熙元老師的課。文華老師來了以後，本班同學再也心無旁騖了。

民國七十年我考取師大國文所碩士班，校園內遇見老師，他立刻跟我說：「你們班有兩位同學回來讀研究所了！」他知道前年教過的十五位學生，吳順令和我回來了。民國八十八年老師離開師大，而我是民國九十年才重返母校任教，不清楚他提早退休的緣故。後來幾次遇見老師，他都絕口不提往事。不過，那幾年的學生說：「師大沒有詩學研究的老師了。」言下不勝唏噓。

民國九十七年淡江大學曾金承博士論文口試，陳文華老師、張雙英老師、沈秋雄老師、黃雅莉老師和我同場出席。民國九十八年上半年，我擔任高等教育評鑑中心委員前往淡江中文系，開放觀課時段，我坐在教室裏，聽到老師講起有我之境、無我之境，並舉「鳥鳴山更幽」爲例，那舉止從容，不疾不徐的風貌，彷彿時空回到從前。民國九十九年東華大學鍾曉峯博士論文口試，陳文華老師、劉漢初老師、呂正惠老師、王文進老師和我同場出席。文華老師和漢初老師都是我十分敬重的學者，他們那天初次見面，相談甚歡。這幾年間，我和老師的互動比較多。老師教學認眞，關心學生，與人交往眞誠熱情而友善，往事歷歷在目，令人懷念。

（本文原載《國文天地》第三十六卷第六期，總號四二六期，二〇二〇年十一月，頁七三—七四。）

附錄三：引用書目

一、傳統文獻

南朝宋．劉義慶撰，徐震堮校箋：《世說新語校箋》，臺北：文史哲出版社，一九八五年七月。

南朝梁．劉勰：《文心雕龍》，臺北：文史哲出版社，一九七九年九月。

唐．歐陽詢等編修：《藝文類聚》，中國哲學書電子化計畫，浙江大學圖書館，《欽定四庫全書》．子部．類書類。

唐．蘇鶚：《杜陽雜編》，臺北：臺灣商務印書館，《欽定四庫全書》．子部．小說家類，一九八五年六月。

後唐．孫光憲：《北夢瑣言》，西安：三秦出版社，二〇〇三年一月。

宋．樂史撰，王文楚等點校：《太平寰宇記》，北京：中華書局，二〇〇七年十一月。

宋．蘇軾著，唐玲玲箋注、石聲淮訂正：《東坡樂府編年箋注》，臺北：臺灣學生書局，二〇一七年十月。
宋·王象之：《輿地紀勝》，杭州：浙江古籍出版社，二〇一三年十二月。
宋·馬令：《南唐書》，中國哲學書電子化計畫，浙江大學圖書館，《欽定四庫全書》·史部·載記類。
宋·胡仔：《苕溪漁隱叢話》，中國哲學書電子化計畫，哈佛大學燕京圖書館。
宋·陸游：《南唐書》，中國哲學書電子化計畫，哈佛大學燕京圖書館。
宋·辛棄疾撰，鄧廣銘箋注：《稼軒詞編年箋注》，上海：上海古籍出版社，一九九三年十月。
宋·劉辰翁：《須溪集》，收錄於《四庫全書珍本》，臺北：臺灣商務印書館，一九七三年。
明·楊士奇等撰：《歷代名臣奏議》，中國哲學書電子化計畫，浙江大學圖書館，《欽定四庫全書》·史部·詔令奏議類。
明·沈際飛：《古香岑草堂詩餘》，中國哲學書電子化計畫，哈佛燕京圖書館。
清·金聖歎著，陸林輯校整理：《唱經堂批歐陽永叔詞十二首》，南京：鳳凰出版社，二〇一六年十月。
清·浦起龍：《讀杜心解》，臺北：羣文書局，一九七九年三月。
清·永瑢、清·紀昀等撰：《四庫全書總目提要》，臺北：臺灣商務印書館，一九八三年十月。

清・黃蘇、周濟、譚獻選評，尹志騰校點：《清人選評詞集三種》，濟南：齊魯書社，一九八八年九月。

清・何文煥編：《歷代詩話》，臺北：木鐸出版社，一九八二年二月。

清・梁紹壬：《兩般秋雨盦隨筆》，中國哲學書電子化計畫，北京大學圖書館。

清・劉熙載：《藝概》，臺北：廣文書局，一九七四年十月。

清・譚獻：《復堂詞話》，南京，鳳凰出版社，二〇一九年十二月。

清・陳廷焯：《白雨齋詞話》，中國哲學書電子化計畫，北京大學圖書館。

二、近人論著

丁福保輯：《歷代詩話續編》，臺北：木鐸出版社，一九八八年七月。

王基倫：《國語文教學現場的省思》，臺北：萬卷樓圖書公司，二〇一五年七月。

王基倫：《宋代文學論集》，臺北：臺灣學生書局，二〇一六年三月。

吳梅：《詞學通論》，臺北：五南圖書公司，二〇一七年二月。

周振甫：《詩詞例話》，臺北：長安出版社，一九八二年十月。

林文寶：《馮延巳研究》，臺北：輔仁大學中文系碩士論文，一九七四年十月。

俞平伯：《讀詞偶得》，臺北：臺灣開明書店，一九七五年十月。

俞陛雲：《唐五代兩宋詞選釋》，上海：上海古籍出版社，二〇一一年四月。
胡可先、徐邁：《歐陽脩詞校注》，上海：上海古籍出版社，二〇一六年六月。
唐圭璋：《宋詞三百首箋注》，臺北：臺灣學生書局，一九七六年九月。
唐圭璋：《詞話叢編》，北京：中華書局，一九八六年一月。
唐圭璋：《唐宋詞簡釋》，臺北：鼎文書局，二〇〇一年五月。
張夢機：《思齋說詩》，臺北：華正書局，一九七七年一月。
張夢機、張子良選注：《唐宋詞選注》，臺北：臺灣學生書局，二〇一六年三月。
曹章慶：〈宋詞對面著筆藝術探析〉，《渭南師範學報》，第三十二卷第三期，二〇一七年三期，頁七十—七五。
曹豔春：《詞體審美特徵論》，成都：巴蜀書社，二〇一〇年五月。
梁啓勳：《詞學》，臺北：學海出版社，二〇〇〇年一月。
葉嘉瑩《迦陵談詞》，臺北：純文學出版社，一九七六年五月。
葉嘉瑩：《溫庭筠．韋莊．馮延巳．李煜》，臺北：大安出版社，一九八八年十二月。
葉嘉瑩：《唐宋名家論集》，臺北：桂冠圖書公司，二〇〇〇年二月。
葉嘉瑩：《唐宋詞十七講》，臺北：桂冠圖書公司，二〇〇二年二月。
閔宗述、劉紀華、耿湘沅選注：《歷代詞選注》，臺北：里仁書局，二〇一二年九月。
黃永武：《中國詩學——鑑賞篇》，臺北：巨流圖書公司，一九七六年十月。

黃永武：《中國詩學——設計篇》，臺北：巨流圖書公司，一九七六年十月。
楊海明：《唐宋詞主題探索》，高雄：麗文文化事業公司，一九九五年十月。
楊憲益：《零墨新箋——譯餘文史考證集》，臺北：明文書局，一九八五年四月。
齊鐵恨、梁容若、方祖燊、鍾露昇、林文月、曾永義、黃啓方、王基倫、洪淑苓主編：《注音詳解古今文選》，精裝本第一集～第十五集、附刊第一集～第二集，臺北：國語日報社，一九六六年七月～二〇〇六年一月。
聞汝賢：《詞選》，臺北：自印本，臺灣師範大學圖書館藏，一九七六年八月。
劉永濟：《唐五代兩宋詞簡析》，臺北：龍田出版社，一九八二年一月。
鄭騫編註：《詞選》，臺北：中國文化大學出版部，一九八二年二月。
龍沐勛：《唐宋名家詞選》，臺北：學海出版社，一九七九年四月。
龍沐勛：《唐宋詞格律》，臺北：里仁書局，一九九五年八月。
顏崑陽：〈論宋代「以詩為詞」現象及其在中國文學史論上的意義〉，《東華人文學報》，第二期，二〇〇〇年七月，頁三三—六八。
顏崑陽：《蘇辛詞選釋》，臺北：里仁書局，二〇一二年九月。
羅光：《理論哲學》，臺北：先知出版社，一九七六年六月。
譚其驤主編：《中國歷史地圖集‧第五冊‧隋、唐、五代十國時期》，北京：中國地圖出版社，一九九六年六月。

譚其驤主編：《中國歷史地圖集·第六冊·宋、遼、金時期》，北京：中國地圖出版社，一九九六年六月。
嚴建文：《詞牌釋例》，杭州：浙江古籍出版社，二〇〇三年八月。

筆記頁

國家圖書館出版品預行編目資料

唐宋詞風景／王基倫著. —— 初版. ——
臺北市：五南圖書出版股份有限公司,
2023.10
面；　公分
ISBN 978-626-366-663-4（平裝）

1.CST：詞論　2.CST：唐代　3.CST：宋代

823.88　　112016300

1XNJ

唐宋詞風景

作　　者— 王基倫
發 行 人— 楊榮川
總 經 理— 楊士清
總 編 輯— 楊秀麗
副總編輯— 黃文瓊
責任編輯— 吳雨潔
封面設計— 姚孝慈
地圖繪製— 陳秀珠
出 版 者— 五南圖書出版股份有限公司
地　　址：106臺北市大安區和平東路二段339號4樓
電　　話：(02)2705-5066　　傳　　真：(02)2706-6100
網　　址：https://www.wunan.com.tw
電子郵件：wunan@wunan.com.tw
劃撥帳號：01068953
戶　　名：五南圖書出版股份有限公司

法律顧問　林勝安律師

出版日期　2023年10月初版一刷
定　　價　新臺幣520元

經典永恆·名著常在

五十週年的獻禮——經典名著文庫

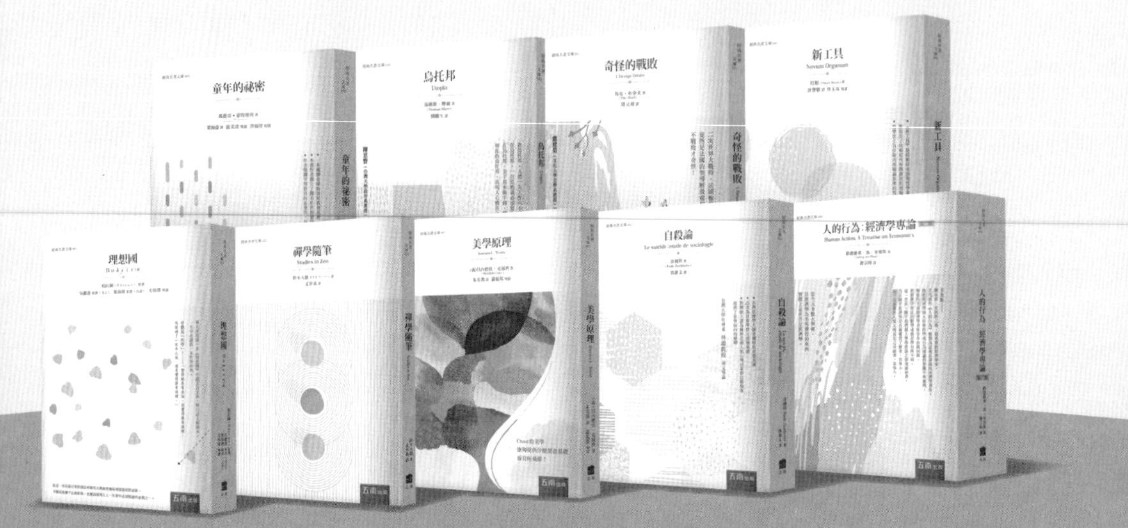

五南，五十年了，半個世紀，人生旅程的一大半，走過來了。
思索著，邁向百年的未來歷程，能為知識界、文化學術界作些什麼？
在速食文化的生態下，有什麼值得讓人雋永品味的？

歷代經典·當今名著，經過時間的洗禮，千錘百鍊，流傳至今，光芒耀人；
不僅使我們能領悟前人的智慧，同時也增深加廣我們思考的深度與視野。
我們決心投入巨資，有計畫的系統梳選，成立「經典名著文庫」，
希望收入古今中外思想性的、充滿睿智與獨見的經典、名著。
這是一項理想性的、永續性的巨大出版工程。
不在意讀者的眾寡，只考慮它的學術價值，力求完整展現先哲思想的軌跡；
為知識界開啟一片智慧之窗，營造一座百花綻放的世界文明公園，
任君遨遊、取菁吸蜜、嘉惠學子！